U0837080

Best Time

白马时光

蓝淋 著

失恋阵线联萌

Lost Love Alliance

百花洲文艺出版社
BAIHUAZHOU LITERATURE AND ART PRESS

图书在版编目（CIP）数据

失恋阵线联萌 / 蓝淋著 . — 南昌 : 百花洲文艺出版社 , 2018.12
ISBN 978-7-5500-2777-0

Ⅰ . ①失… Ⅱ . ①蓝… Ⅲ . ①长篇小说 — 中国 — 当代
Ⅳ . ① I247.5

中国版本图书馆 CIP 数据核字（2018）第 063362 号

失恋阵线联萌

SHILIAN ZHEN XIAN LIAN MENG

蓝淋 著

出 版 人 姚雪雪
出 品 人 李国靖
特约监制 王 瑜
责任编辑 游灵通 程 玥
特约策划 王 婷
特约编辑 李 肖
封面设计 小 贾
整体绘图 三 乖
版式设计 王雨晨 赵梦菲
出版发行 百花洲文艺出版社
社　　址 南昌市红谷滩世贸路 898 号博能中心 I 期 A 座 20 楼
邮　　编 330038
经　　销 全国新华书店
印　　刷 三河市金元印装有限公司
开　　本 880mm × 1230mm　1/32
印　　张 10
字　　数 285 千字
版　　次 2019 年 1 月第 1 版第 1 次印刷
书　　号 ISBN 978-7-5500-2777-0
定　　价 38.00 元

赣版权登字：05-2018-163
版权所有，侵权必究
发行电话 0791-86895108
网 址 http://www.bhzwy.com
图书若有印装错误，影响阅读，可向承印厂联系调换。

目　　录

CONTENTS

Chapter1	今天的你，我刚好喜欢	001
Chapter2	一点心事	021
Chapter3	恶作剧之吻	053
Chapter4	你的样子，我都见过	066
Chapter5	只有你	091
Chapter6	今晚很漂亮	112
Chapter7	暗恋的生长	133
Chapter8	想见你	154

目　　录
CONTENTS

Chapter9	迷乱	176
Chapter10	动心	200
Chapter11	认输	210
Chapter12	一个无人解答的问题	233
Chapter13	童话的沦陷	252
Chapter14	最重要的小事	272
番外一	轻轻的浅吻	282
番外二	恋爱阵线联萌	306

你不知道什么时候会在人群里遇见那一个人。

Chapter1

今天的你，我刚好喜欢

颜苗出了地铁，一路向公交车站冲刺，在一系列高难度的推搡揉挤钻之后，终于幸运地成功登上换乘的公交车。

到此为止一切都很顺利，她通过了层层笔试，总算到了最后一关的面试，离那个大家打破头在抢的职位越来越近了，就剩下几站路而已。

不过即使在如此重要的日子里，颜苗还是舍不得掏钱坐计程车。

而且为了避免新鞋的磨损，她还在职业衬衫高腰包臀裙底下不伦不类地穿了个旧球鞋，为面试而买的高跟鞋则宝贝万分地装在包包里。

车内拥挤不堪，一路夹得她恨不得自己能少长一只脚。

离下车还有一站的时候，乘客上上下下，大家彼此贴着艰难地移动位置，尽量迁就着让别人从自己身边挤过，从她背后也传来了鲜明的异物压迫感。

颜苗一开始还昏昏欲睡，后来不由得清醒起来，犹疑地仔细分辨着那类似抚摸的动作到底是无心之失还是不怀好意。

当那只手变本加厉地用力抓住她的臀部时，颜苗当机立断，一把扣住那只手腕，转头瞪住色狼。

对方倒是个衣冠楚楚的上班族模样，还相当孔武有力，被她逮个正着，一时有些意外，不免吃惊，但还是勉强镇定地道："这位小姐，你有什么事啊？"

车子刚好到站，颜苗不吵不闹，只是抓着他的手腕，不容他反抗地将他拖下了车，而后伸出手来，"五百块。"

男人一愣，"你说什么？"

颜苗严肃地道：“你以为当公交车色狼就能想摸就摸？做坏事不用受罚吗？”

男人看她长得细胳膊细腿的，仿佛一捏就碎的瓷娃娃一样，柔弱可欺，压根就不打算认账，把脸一横道：“疯女人，你胡说什么啊？”

颜苗很生气，“你做过什么自己知道。我这裙子是便宜货，容易掉色的，你看你手上沾的是什么？这就是证据。”

“……”

“不想上警察局的话，就私了，给赔偿金。”

越是弱柳扶风的女性，在遇到坏人的时候，越是要比对方有气势、凶狠、恶霸，才能替自己讨回公道。

证据一出，果然对方顿时气势全无，乱了阵脚，眼神左右闪躲，支吾道：“我、我可没带钱啊。”

颜苗更生气了，当个色狼就算了，还撒谎，真是没救了，“好吧，你是想自己支付赔偿呢，还是我跟到你们公司，去找你们老板索赔？”

男人不再啰嗦，当即利索地掏出钱包，将里面的硬币纸币一一数出。

现金只有三百七十八块五毛，颜苗收下整数，还人性化地留了八块五给他继续坐车用，又长篇大论地数落教育了他一番，于是对方缴付了罚款，垂头丧气地走了。

颜苗再认真地数了一遍钱，收好赔偿所得，而后看看手机时间。

面试的公司大楼就在这附近，视线可及的范围内，时间也还早得很。

今天真是太顺利了。

抬起头的时候，颜苗似乎觉得，附近有人在瞧着她。

她定睛看去，对方却并没有收回视线，只是悠然大方地和她四目相对。

年轻男人虽然脸上挂着微笑，但有种奇特的邪性，皮肤相当白皙，以至于领口露出的雪白衬衫在那肤色之下，都不显耀眼了。

虽是西装革履的打扮，耳上却戴着钻石耳钉，与其说是斯文，不如说是斯文败类，拥有一身非善类的气息。

……如、如果刚才遇到的是这种人，她就对付不来了，只有请她那当警察的哥哥出场了。

“小姐。”

颜苗不由得警惕道：“什、什么事？”

难道是看到她数钱，也想来分一杯羹？

凭、凭什么呀？他又没被她摸。

“你的这里。”男人指了指眼睛。

颜苗愈发把包捂紧了，“嗯？”

男人笑道：“你的睫毛，开胶了。”

“……”

舒浣跟她讲，面试多少需要化个妆，提升一下印象分，但她省钱省惯了，只随便拍了点打折时候买的散粉，就算化好了一半。

剩下的一半，因为舍不得花钱买舒浣推荐的名牌睫毛膏和配套的睫毛雨衣，她自己在小店淘到两块钱一对的便宜假睫毛，就大喜过望，先粘一粘对付一下。

哪想得到在如此重要的日子里，她会有幸遭遇脱胶。早知道便宜胶水这么不靠谱，她就用 502 工业胶了。

颜苗挡着脸匆匆找到了大楼内的洗手间，狼狈地一照镜子，果然两边眼尾都已经双双开了胶，看起来活像四条眉毛的陆小凤。

还是个穿球鞋配正装套裙的陆小凤。

唉，她哪里知道这年头的公交车色狼会连陆小凤也不放过。

羞惭得满脸通红，颜苗也只得努力强作镇定，自我安慰反正跟那人也是萍水相逢，绝不再见了，在他面前出丑就出丑，脸丢也就丢了吧。

只要来得及在面试之前把脸捡回来，就行了。

终于轮到她面试了，颜苗从长椅上站起身来，抚平裙子上不存在的皱褶，深呼吸，而后推开会议室的门。

室内已经一字排开坐了六位面试官，这阵势很吓人。

而更吓人的是，那个方才路遇的，她深深怀疑是黑帮分子的男士，此刻光明正大地坐在桌子后面，而且连那副似笑非笑的表情都没换一换，就那么靠在椅背上，懒洋洋地瞧着她。

颜苗不由得抬手揉了揉眼睛，但怎么看那人都是实体，不是什么睡眠不足产生的幻觉。

四目相对，那人甚至还笑了一笑。

“……”好像……是……活人呢……

也许，说不定，这人只是闲着没事来凑个热闹的呢。看他那样子，怎么也不像是从事合法生意的正当商人，多半只是刚好路过，或者是来收保护费的……吧。

颜苗好容易才勉强僵硬地挤出一点诚惶诚恐的微笑，来面对主面试官的逐一介绍，却又清清楚楚地听到人家说：“这位就是公司的首席执行官，谢子修先生。”

男人应声便挑眉朝她笑了一笑。

颜苗石像立刻缓缓裂开了。

等面试结束，继续强作镇定地回到家，当晚颜苗就做了噩梦。

梦里谢子修对她笑道：“小姐，你的脸脱胶了。”

醒来时颜苗不由得对着镜子用力左右扯自己的脸，确定没有像梦里那样一把掀下来的可能后，才舒口气，回到现实世界来。

还没来得及洗脸，就听得门铃声大作。颜苗过去，从猫眼往外谨慎地看了看。她那做了警察的哥哥颜子清总跟她说，不要随便给陌生人开门，尤其是陌生男人，因为外面的世界很危险。

但是……

如果外面站着的，是昨天给自己面试的未来老板呢？

颜苗糊里糊涂，也只得开了门，“谢、谢先生……”

谢子修先生莅临，令寒舍蓬荜生辉。

谢子修倒也并不客气，大大方方地进来，而后大大方方地在桌边的椅子上坐了。

颜苗也只得跟着坐下，头发还乱糟糟地扎在脑后，呆若木鸡地看着对面的高大男人。

“请、请问，是面试，出了什么问题吗？”难道宣布录取结果，还需要老板大人亲自登门？用不用这么客气啊。

谢子修微微一笑，“我来不是谈公事的。”

“……”

那就是谈私事了？

她跟他素不相识，能有什么私事好谈的呢？

在开口之前，谢子修抬眼将这屋子扫视了一遍，显然这旧公寓和穿着格子睡衣、脸都还没洗的女主人都和他格格不入。

而后他便轻描淡写地推过来一张支票。

“收下这个，作为分手费，够了吧？”

颜苗定睛一瞧，原本惺忪的睡眼立刻就变圆了。这支票的数目真是体贴备至，出手着实不是一般的有诚意！

把它撕碎了怒斥“别用钱侮辱我”……

那多半是电视剧看多了导致脑袋不清醒的人才干的。

有这样一笔分手费，要颜苗跟世界上任何一个男人断绝关系，她都会毫不犹豫地立刻点头如捣蒜。

但问题是……

她并没有跟谁在交往，要找人分手都无从分起啊。

确定不是遣散费口误吗？现在的公司好贴心啊，不予录用的话，老板还会亲自来发安慰金？

颜苗只得吞了吞口水，小心翼翼地道：“那个，请问这是……”

大清早的突然有这样一个帅男人来敲她家的门，还附送一张大额支票，不管是出于什么理由，都实在太梦幻了。

谢子修并不回答，只说：“请你转告颜子清，让他离杜维维远一点。”

颜苗不由得从支票上抬起头来，“啥？杜维维？”

谢子修道：“无非是要钱而已，我提前给他也是一样，请他不用再费心思了。”

颜苗忙晃了晃脑袋，好让自己清醒一点，“呃，等一下。你是说那个地头蛇、T 城一霸，名扬四海、威震八方的杜家独生女吗？”

谢子修挑一挑眉，“……虽然我没听过这些头衔，不过应该是吧。”

颜苗忍不住要澄清：“谢先生，请不要开玩笑好吗？或者我想你是误会了，我哥不可能跟那种恶婆……呃，跟那么有个性的女人交往的。他如果去找杜维维，应该是在帮谁讨回公道吧。”

“讨回公道？”

“呃……就是，有纠纷啦……”

对着外人，颜苗不好意思用词太直接。其实杜维维尽管家世显赫，也没她的劣迹斑斑来得显赫。

颜苗也曾有幸成为她那万千“劣迹”中的一笔，还留下了后脑勺的伤疤做永久纪念。

如果杜维维是个男人，她多半能顺利发展成 T 城传奇性的帮派老大。

而出身良好、品行端正，现在正从事警务行业的颜子清，显然斯文到让人无法将他跟这样的人联系在一起。

颜苗郑重地把支票推回去，“总之一定是你搞错了。”

唉，大清早收支票，果然是梦一场。

见谢子修并没有动作，颜苗心下害怕，又斗胆劝道：“我说真的，麻烦你们去查查清楚，不要随便找我哥麻烦。一来我哥是警务人员，不是好欺负的！二来他绝对不是受虐狂。”

谢子修又挑起眉，“受虐狂？”

“因为杜小姐可是非常的，呃……”颜苗尽量找点委婉含蓄的词汇，“崇尚武力……”

谢子修笑道：“怎么说？”

颜苗只得举例说明：“我跟你讲，我们以前在一个学校念书，搭同一班校车。有一次，她说我穿得太丑污染她们的眼睛，就在校车要停靠刹车的时候，突然推了我一把！”

谢子修饶有趣味地问道：“然后呢？”

“然后？”颜苗倒没想到有人听到这个悲惨的故事，还会继续追问下文的，“然后，我当然是一路从后门滚到前门，整个人一直摔到了车外去，还扯掉了一个男生的裤子……呃……那个不是重点，总之，呃……”

对方点点头，“那还挺可怜的。”

颜苗心有戚戚焉，“是啊，幸好没有摔伤……”

谢子修笑道：“我是说那个男生。”

“……”

谢子修看了看手表，站起身来，微笑道：“我要先走了。关于颜子清和维维这件事，首先，它的真实性，你可以向颜子清确认。其次，那个T城一霸，名扬四海、威震八方的地头蛇，是我的未婚妻。”

晚上颜子清打电话来嘘寒问暖，颜苗也不跟他客套，开门见山就问：“哥，你有女朋友了？”

“啊……”

听见那边支支吾吾，颜苗愈发无力，“你还想瞒我到什么时候啊？”

“苗苗，其实，我一直是打算告诉你这件事的，只不过……”

“只不过，第一次见面她就打了我，然后你第一次去见她，据说也是为了帮我讨回公道，对吗？”

“……”

就算身为大义凛然、威风凛凛的高级警官，这种时候颜子清也心虚得鸦雀无声。

“真是会咬人的狗不会叫。”

“……”

“我看错你了！”

“苗苗……”

跟一直欺负自己妹妹的人交往，这算怎么回事啊？这年头的男人，实在是……

“重色轻妹也就算了，你这回害死我了！杜维维的未婚夫，就是我面试公司的老板啊！”

颜子清叹了口气，“抱歉啊苗苗……”

“道歉有什么用啊。”

一声招呼都没跟她打过，害她完全没有心理准备，还跟个傻大胆一样，在那种黑帮少主模样的人面前，不知死活地大说人家未婚妻的坏话，现在想起来她都觉得后怕。

“不是我不想告诉你，是维维不让我对第三个人说……其实……我们，在一起已经有四年了。”

“……”

这简直就如晴天霹雳。

“苗苗啊，我知道这很突然，但……”

“……你、你还能更夸张一点吗？”

颜子清解释道：“因为她有婚约在身，所以我们一直保持着地下恋情。”

颜苗简直要虚脱了，“你也知道人家已经有婚约在身！你、你到底怎么想的啊？”

颜子清耐心地解释道：“她的婚约，是小时候就订下来的，然后对方在国外长大，彼此也只互相看过照片，远距离联络，其实谈不上什么感情，顶多只是名誉上的受损吧。”

唉，谢子修对杜维维有没有感情，哪是他这个外人说了算的啊。

“……那、那你也犯不着去当第三者啊，还一当就是这么多年！”

卿本佳人，奈何做贼。

颜子清又叹口气，“那也没有办法，我喜欢她啊。”

的确，天下的道理，都大不过一句“我喜欢”。颜子清心甘情愿地去做杜维维的“地下情人”，是他自己的事，虽然实在太笨。

但更笨的是她自己。

她偷偷摸摸把颜子清当成白马王子来暗恋了这么多年，结果连他交了女朋友都没发现。

她是颜家收养的，和颜子清整整差了七岁。虽然两人在称呼上是兄妹，但其实并没有任何血缘关系。

正因为谈不上禁忌，所以她对哥哥的感觉就难免会想东想西。

颜子清和她认识的所有男生都不一样，他成熟、体贴，有内涵、有风度，优秀得很沉稳。

他修养好，还比很多男孩子都长得好看，永远穿着简单规范的白衬衫和深色外套，笔挺而干净，那是一种醇厚的经典。

少女情怀的寄托里总有这样一个代表了所有可封存的美好和理想的人。

所以颜苗一直没有男朋友，也不追星，她只要有哥哥崇拜就可以了。颜子清可比那些什么班草校草偶像明星，好太多了。

虽然她也没什么不现实的幻想，只是像小女孩憧憬着橱窗里摆出来的漂亮蛋糕一样，知道自己吃不到，只要时不时经过看上一眼就好了。

但连蛋糕都已经被人买走好几年了，她都没觉察到，还继续对着空橱窗流口水，这世界上还能有比她更悲惨的暗恋者吗？索性来个雷劈死她这个倒霉蛋好了！

一早上颜苗都在专心致志地研究招聘网站的最新发布，同时垂头丧气地看着简历投递的进度。

被未来老板撞见自己在大街上顶着四条眉毛勒索一个壮汉，还在套裙底下穿球鞋。如果这还只是半死的话，加上她哥哥抢了人家的未婚妻，她就完全是死得透透的了。

当然不被录用，她也想得通——那家伙一看就是个浮夸的公子哥，只会用第一印象决定一切，根本不管她的专业素养有多好。而且他一定是睚眦必报的，因为她哥哥抢了他未婚妻就把她刷掉，这怎么听都很合理。

唉，城门失火殃及池鱼，谁让颜子清是她哥哥呢。

只不过，长久以来她都是家里最大的米虫。颜家待她很厚道，爸妈和哥哥都宽容仁爱，从不将她当外人，更秉着女孩子要富养的原则，尽量给她比儿子更多的零用钱。

而后她靠着贷款，出国把学位念了下来，又是颜家人一起帮她来还这几十万的贷款。

她长这么大了，怎么都该经济独立，有点出息，开始反过来好好回报他们，而不是一直只给他们增加负担。

她很希望赶快找到一份体面的工作，赚到钱交回家，以表孝心。所以对于这次的职位，她是花了很多心血在争取的。

结果在已经十拿九稳的时候，因为这样的无妄之灾而落选，颜苗未免要悲从中来。唉，这年头，一份薪水丰厚的好工作，可比什么刻骨铭心的恋情要难找多了。

电话在手边响了，颜苗只得暂停了自怨自艾，放下笔，顺手接起。

“你好。”

“是颜苗小姐吗？这里是谢氏集团人事部。”

颜苗伤心地想：真是说曹操曹操就到，这拒绝也来得太快了。

“恭喜你，你被录用了。”

“……”

颜苗瞬间就对谢子修肃然起敬，不由得开始反省自己对他是不是太以貌取人、太有偏见了！

人家虽然长相看起来不正派，一副惹不起的坏人模样，但其实一点都不肤浅、不小鸡肚肠、不斤斤计较，而是个非常有内在、有想法、有涵养、有眼光的上司！

颜苗第一天去公司报到，担任谢子修的秘书，以示尊重，她还隆重地穿上颜子清送给她的那套，从来都舍不得穿的名牌正装。

带黑色细蝴蝶结扣的收腰白衬衫，黑白缎面包臀半裙，黑色白跟鱼嘴高跟鞋，耳朵上是小巧的黑色闪钻耳环，还高高地挽起头发，用黑白山茶花发夹精心弄了个淑女的发髻，出门之前再拿上新买的黑色漆皮菱格拎包。

颜苗以这种经典色系的专业形象早早到了公司，诚恳地先熟悉了办公室和同事，而后便得到了谢子修的传召。

即使已经有了“谢先生是英明无敌的正直老板”的心理建设，又是在这样正派专业的宽敞办公室里见面……

但只要一看见他的脸，颜苗还是很难觉得这家伙是好人。就算面带微笑，那种“我是坏男人”的气场也强到令人无法假装看不见啊。

谢子修示意她坐下来，而后道：“我们公事公办。之所以录用你，是因为我仔细看过你的履历，还有笔试面试中的表现，相信你会是个合适的秘书人选。今后的时间里，期待你的工作表现，不要让我失望。”

颜苗忙点头如捣蒜。

“还有一个原因呢，就是，我父亲一直提醒我，不能用太漂亮的秘书，省得分心，或者传出无意义的绯闻，但是呢……”

颜苗毕恭毕敬地等着他的下一句。

“看到你的照片以后，他表示非常放心。”

“……”

而后谢子修又用励志的口气说：“选你当秘书，正因为断定你是个有内在的人，至于外表嘛，不是最重要的，你不必气馁。”

“……”

任谁被这么明示暗示自己长得对不起观众，都会想在他脸上挠两把吧。

等被交代完各项事宜，颜苗起身告辞，正要离开，又听得谢子修在身后说：“对了，要不是读过你的履历，我还真看不出来你的年纪呢。光看样子，会以为你只有十六岁。”

刚挨完一鞭子，突然又得到这么一颗糖，颜苗不免受宠若惊，诚惶诚恐。

谢子修又笑道：“大概我刚从国外回来，习惯了那边的女生。你这样的，真算是未成年人的身材呢。”

“……”

颜苗算是明白了，谢子修录用她，一定是为了借机报仇，不录取她只是整她一时，录取了才是整她一世呢。

从小到大，颜苗都坚定地认为女人的内在比外在更重要，所以拼命用功，要以实力来摆脱被当花瓶的悲哀。

然而被人充满鼓励地表扬“内秀”，外貌变得很凄凉，她一时还是不知是喜是悲。

不过被鄙视，总比被觊觎来得好。年轻女孩子担惊受怕的办公室骚扰什么的，她完全没有过这类苦恼，还真有种悲壮的喜悦呀。

不过颜苗很快又找到了可以让自己高兴的点。

既然在谢子修眼里她是个有内在美的人，那外在方面，她就可以不用花心思了。优质的正装总是昂贵的，完全合身的衣服穿着更是累人，若可以自由地省钱又舒服，她当然乐得不买。

女为悦己者容，谢子修又完全不悦她，她也不打算让他悦，打扮得花枝招展那纯粹是浪费辛辛苦苦赚来的钱。

于是颜苗就很吝啬地每天穿着从衣柜角落里翻出来的宽松无线条的，颜妈妈留下来的旧套裙，或者旧短袖衬衫长西裤，配上平底鞋，在老板面前大剌剌地走来走去。

这样过了有一个月，谢子修终于开口叫住她："颜秘书。"

"谢先生有什么事？"

谢子修将手中的签字笔若有所思地撑在下巴上，"我记得公司是有置装费这一项吧？你每天穿成这样是怎么回事？"

颜苗低头看看自己，严肃地说："谢先生，我认为我的穿着没有问题，每一条都符合办公室着装规范。衣着整齐干净，不露肩膀不露肚脐不露大腿不露脚趾，完全是端正严谨的职业形象。"

谢子修笑道："那么，颜秘书，公司提供置装费，这费用只能用在你上班的服装上。如果看不到成果，那就是你的失职。你四套衣服轮流穿了一个月，会不会太中饱私囊了？"

说到钱，颜苗立刻全身警戒，脑子里的算盘打得哗啦啦响，"谢先生哦，你要了解一下现在的物价，那点置装费，只够买两套，原则上我应该是三套轮流才是。"

存钱多么辛苦，她傻掉了才会把这些钱都拿来买没用的办公室套装呢。

谢子修扬起眉，"好吧，各退一步，置装费我私人赞助，给你加一倍。你也有义务照顾到你老板的眼球健康，起码一个礼拜要换两到三套。"

颜苗在脑子里迅速把账算了一遍，得出的结论是不合算，便说："谢先生，我记得你是因为我的专业能力才录取我的，外貌完全不重要啊。”

谢子修笑道：“当时我是那么说的吗？那是我失言了。”

怎、怎么，终于要为攻击她的外貌这件事而道歉了吗？

谢子修又用那种励志的口气道：“虽然我不会以貌取人，但你不能自暴自弃啊。”

“……”

“你自身条件已经很对不起我的审美了，如果连衣服也没有半点可看性的话，我的视觉福利怎么办？”

“……”

谢子修最后慵懒地往椅子上一靠，又是那种似笑非笑的表情，“衣服换得多的话，我当然会考虑到你的置装负担，酌情给你增加置装费用，而反过来呢……”

“……”

谢子修笑微微地总结道：“你不换衣服，我就换秘书。”

颜苗不是不喜欢漂亮衣服，闲来她也喜欢看从舒浣那里借来的时尚杂志，对着那些好看的新款想入非非。

然而她是需要存钱的，她要尽快攒钱来还掉助学贷款，再好好孝敬颜家二老，把钱都花在刀刃上。

套装这种东西，平时又不合适穿，来来回回基本上只穿给谢子修一个人看，她变那么多花样干什么呢。

但这个职位的福利实在是太好了，空间大，薪水高，办公室工作氛围很好，又不可能被上司性骚扰，加班也少，就算需要加班，津贴也很人性化。

如果因为舍不得把钱拿来买衣服而被换下去，那实在是捡芝麻丢西瓜。

颜苗权衡利弊之后，威武立刻成屈，当即从善如流，拨款给自己准备行头。

谢子修给她准备新衣服的时间是周六、周日两天，周一上班，颜苗就准时换下旧套裙，精心卷好长发，穿了多层荷叶领口的丝绵白衬衫，米色后蝴蝶结鱼尾高腰裙，配上白色细腰带。

周二则是象牙色修身包臀洋装，藏蓝条纹腰带，胸前是同色的水钻小蝴蝶结。

周三是泡泡袖水玉衬衫，嫩绿色的花苞裙，绿色的玫瑰弹力腰封。

周四下了雨，略微降温，她又换上薄款白色针织吊带洋装，加件荷叶领的五分袖无扣短款银色薄西装。

而后这一周的着装便以淡蓝桃心紧身洋装和深蓝蝴蝶结编织细腰带完美终结。

这一个星期以来，谢先生的眼球福利终于得到照顾，视力健康得以保持，对她的工作成果便表示大大地赞赏。

“颜秘书果然很尽职。考虑到你如此有上进心，置装费方面，我会兑现我的承诺。”

等她欢欢喜喜地离开，谢子修就打开网页收藏夹，再一次点进某个购物网站上某人的购买记录页面，而后托腮微笑道：“嗯，能把八块五的腰带、八十九块还包邮的裙子穿出这种效果，我的秘书真能干呢。”

为了庆祝自己辛苦博来的变相加薪，颜苗决定奢侈一回，把跟舒浣周末聚餐的场地从家里改到了外头的餐馆。

舒浣最近购物太多，又刚为一条名牌裙子刷爆了卡，为卡债所困，听说要出去吃饭，就落魄地道：“我知道一家店，粥非常好喝呢。”

颜苗豪气干云道：“没关系，今天我请客，一碗粥我还是请得起的。”

两人进了餐厅，颜苗还想着，看这装潢不差，粥多半不会太便宜，做好了心理准备。

但一看见那菜单价格，她的手还是不受控制地哆嗦了。

“什、什么样的粥要一百六十八块钱一碗？”

坐在对面的舒浣在她的视线之下缩成小小一团，颤抖地道：“我、我不知道这么贵，上次是徐玮泽买单的……”

服务生微笑着过来，“请问可以点餐了吗？”

这时候直接放下菜单走人，实在太失颜面，颜苗只能眼一闭，心一横。

“来两碗粥。”

端上来硕大的两个海碗，里面鲍鱼蟹粉粥的分量倒是颇对得起价格。

点都点了，虽然心碎，也只能尽量吃到对得起付出的钱为止。两人把各自的粥珍惜地吃到差不多，对着碗底剩余的、勺子刮不起来的部分看了两秒钟。

颜苗毅然地道：“把碗舔干净！”

见颜苗身先士卒，舒浣只得含泪把比她脸还大的碗举起来。

两人捧着硕大的碗，各自唧唧地喝粥。

等颜苗终于把盖住脸的底朝天的碗放下来，一抹嘴，发现对面有个皮肤甚白的男人正玩味地瞧着她。

“……”

颜苗强作镇定，就算跟自家天敌老板在同一家餐厅狭路相逢，她也不愿意吃完马上走。

这么贵的粥，自然是包含了环境和服务的费用，多吹一会儿冷气、喝点免费茶水也是好的啊。

刚一人两杯柠檬水下肚，服务生又端上来两碗粥。

舒浣已经是惊弓之鸟了，立刻瞪大眼睛，连连摆手惶恐地道：“等等，我们没要啊。”

服务生微笑着道：“这是一位先生帮你们点的，算在他账上。请慢用。”

莫名地被赏了两碗粥，等服务生一走，颜苗立刻掏出电话，打给她对面桌位的老板，“谢先生，请问您这是做什么呢？”

话费是公司报销的，但作为敌人，免费的午餐那就太可疑了，难道是下了老鼠药吗？

谢子修一手还在为同桌的美艳女伴夹菜，一手将手机贴在耳边，笑道：“你们只点两份粥，还吃得那么干净，难道不是因为特别喜欢吗？做上司的有义务体贴关怀员工。”

难得谢子修这么有人性。颜苗想了一想，虽然已经喝得八成饱，但是，花一份粥的钱，如果吃到两碗的话，那就相当于半价。

于是颜苗果断拿起勺子，“吃。”

两人低头奋战了一阵，舒浣含泪道：“苗苗，我、我吃不下了……”

颜苗循循善诱道：“把这个吃了，就等于我们今天一碗粥才花了八十四块，明白吗？”

“嗯。”

于是两人最终各自喝了一肚子的粥，几乎满到喉咙口，腹胀如鼓，回家的时候走路还得扶着后腰。

次日上班，颜苗依旧觉得昨天的蟹粉粥还没消化干净，以至于看见姓周的同事都觉得肚子很饱。

不过无论如何还是有必要感谢一下谢子修的慷慨，不管怎么说，他跟她哥哥有着夺妻之恨，竟然还能尽弃前嫌地请她喝粥，这实在太感人了。

抱着需要签名的文件进了谢子修的办公室时，谢子修正要出门，见了她便笑道：“东西先放着吧，等我回来处理。”

颜苗把文件整整齐齐地放到他桌上。作为对粥的回报，她顺便帮他整理了书架上的一排水晶摆设，给盆栽浇了点水。

一回头，谢子修的电脑正好进入屏保状态，那超大的显示屏上跳出来的画面，是无比震撼的一个碗底特写，以及捧着碗的两只手。

而后除了细节图还有半身图全身图，还是 N 连拍，还是高清的。

“……”

果然没有白吃的午餐，尤其还是你哥哥的仇人买的单。

会以为谢子修对她是善意的，她实在是太天真了。

中午在员工自助餐厅吃午饭，颜苗端着托盘，大鱼大肉地往盘子里放。谢子修走过来，笑着开口：“颜秘书……”颜苗立刻转身，用后脑勺对着他。

受到如此待遇，谢子修倒也不计较下属的无礼态度，只跟着她，而后在她对面微笑着施施然坐下，存心要让她吃不下饭。

颜苗则无视他的存在，放开手脚，努力大吃大喝。公司的午餐是免费的，吃多少赚多少，吃得够多的话，晚饭可以省一半，她不能因为自己那可恶的老板而减少进食量。

等她把第二个鸡腿吃下肚，又夹起一块腊肠，谢子修也挑起眉毛，露出由衷敬佩的神情，“哇，颜秘书，你胃口……不小嘛。”

颜苗努力咀嚼之余，回应道：“这你昨天不就知道了吗？”电脑上还有新鲜热辣的存证呢。

旁边餐桌上耳尖的秘书处杨姐立刻闻风而动，“你们昨天一起吃饭了？”

颜苗忙把嘴里的五花肉嚼都没嚼就吞了下去，而后腾出空间来澄清，“怎么可能哦，跟他一起吃饭？！”

谢子修笑着说：“我们是没吃饭，只喝了粥。”

又、又来了。颜苗一口肉噎在喉咙里，早知道就不该受嗟来之食，为一碗粥出卖了自己的尊严。

“谁、谁稀罕你的破粥。”被拍照存证也就算了，还要当众取笑。

谢子修还不知适可而止，依旧笑道：“咦，你当时不是很喜欢吗？还喝得那么投入，连碗底都舔干净了。”

“……”

“人家服务生还以为你帮他们把碗都洗了，感激得不得了呢。”

颜苗只恨自己拿的是筷子，不是刀叉，不能一把射过去当场叉死他。

吃过让人胃痛的午饭，颜苗把餐盘端去回收处，顺便拿保温杯去装点甜汤留着当下午茶点心。

杨姐尾随而上，小声八卦道：“颜苗，你是不是真跟老板搞暧昧啊？”

颜苗立刻不受控制地打了个超大的寒战，差点把汤都泼了，“怎么可能哦？杨姐，你不要这样吓人好不好？”

已近退休年龄的杨姐是个和善的大姐，在公司资历很深，相当于元老，所以现在的工作很是清闲，没什么事情做，只等着薪水和退休金，业余爱好就是打听八卦，“不要瞒我嘛，我们交情这么好，偷偷跟我说，我肯定不会告诉别人啦。”

颜苗义正词严地道：“我如果真沦落到跟他有什么，今天出门就掉钱包，信用卡还被盗刷！”

这一毒誓令杨姐松了口气，“那就好。你要知道，谢先生现在是失落期，不能当真的。公司员工如果出现感情纠纷，一定要走一个，到时候肯定是你走啦。如果因为这种事被开除的话……”

颜苗心想，这真是言重了，有谁肯为谢子修那种人丢掉宝贵的饭碗啊，谢子修有她的薪水袋值钱吗？

不过颜苗也不得不承认，谢子修在公司里的人气还是很高的。

身为上司，他为人处世的方式，似乎很得男同胞们的赞赏，众人都很服他，当然也可能只是他散发着黑帮荷尔蒙的缘故。

而至于女职员们，就更容易了，都在他那皮囊面前兵败如山倒。

颜苗连想找个人说他坏话都找不到倾诉对象，她的寂寞真是无人能懂。

抱着保温杯进了电梯，电梯升了几层，而后为同行的人打开，颜苗眼尖地一眼就看见大办公室里有好几个女职员在那儿围着挑挑拣拣，还踊跃地掏钱包，一副商场打折前的抢购景象。

颜苗心想，不知道有什么好热闹的，莫非是有人拿了什么内部价的东西来分销？

一想到有超值的东西可以抢，她就心急如焚，也不顾自己跟这一楼层的职员并不熟的事实，立刻杀出去，跟着一头扎进人群里。

不等看清在卖的是什么，她就焦急地道：“我要一个，给我留一个！”

“每张五块钱，你要哪张？”

颜苗定睛一看，在卖的居然是谢子修的日常抓拍照片。

颜苗又打了今天的第二个大寒战，有种白日撞鬼的感觉，寒毛倒竖，“这种东西也有人买？！”

五块钱一张，她还不如买两卷手纸。

“当然啊，”卖照片的欧巴桑热情地道，“这个很热销呢。今天就剩这些了，再等下就不会有了。”

照片对比照片，待遇简直是天壤之别，让人情何以堪。

颜苗咬牙看着那堆照片，从中用拇指和食指捏出一张来，“这张能便宜点吗？”

“她买了我的照片？”

谢子修虽然一贯波澜不惊，不动声色，但对此还是有点意外的。

公司里半公开贩卖他照片的行为，他早已得知，也无意剥夺员工这小小的乐趣。现在经济不景气，拉动内需也是很有必要的。

不过……居然连一直对他如临大敌的颜秘书，也开始懂得赏识他的美色了？他要不要为她的知错就改而发奖金呢？

于是谢子修先生亲自大驾光临自己属下的办公室，玉树临风地推门道：“颜秘书。”

“……”

“颜秘书？”

工作时间，颜秘书居然不在自己的位子上。不过这种玩忽职守，他也是勉强可以原谅的。

看在她超高的工作效率，百分百圆满完成任务的工作表现，以及慧眼识英雄，迷途知返的分儿上……

这么想着，门一关上，谢子修就看到门后自己英俊的脸上射满了飞镖。

“呃……”

颜苗办完事情回到办公室，关门的时候蓦然发现贴在门后的照片凭空不见了，这让颜苗不由得疑惑。哇，这年头，连这种东西都有人偷，大家现在对谢子修是有多饥渴啊。

而后她得到了谢子修先生的传召。

一推开老板办公室的门，就看见谢子修靠在椅背上，食指与中指指节夹住那张被射成筛子的照片，以她的天敌姿态，微笑道：“颜秘书，你似乎对我很有意见嘛。”

那种不怀好意的表情，不论放在谁脸上，都可以解释为“你敢让我不痛快，我就让你一辈子都不痛快”，更何况是谢子修。

这种时候颜苗是威武立刻成屈，当即瑟瑟发抖起来，“哪里哪里，不敢不敢。”

“那这个是……”谢子修扬一扬照片。

“哦，这个，只是……我工作之余放松的方式，就是，练飞镖，然后呢，谢先生的照片，又能，呃，点燃我们的工作热情，于是，我想到哦，如果，放松的同时，又能，那个，瞻仰谢先生您的英姿，这不是，一举两得吗？”

她瞎扯得连自己都不相信，谢子修倒没有无情地揭穿她，只挑起眉毛，若有所思地说：“是吗……”

颜苗为保住工作而点头如捣蒜。

“那这样好了，颜秘书你的这种崇敬让我很感动，为了进一步提高你的工作热情，不如你去再买两张，放在办公室里吧。”

“……”

谢子修微笑道：“记得要用相框装好啊。相框我要实木的，桦树皮外表，纯牛皮皮条缝制，到时我会去检查。”

“……”

颜苗被迫掏钱买了谢子修指定的照片（还被临时涨了价），以及高档的相框，疼得心肝都颤抖了，几乎要大病一场。

为了把这些钱省回来，她更是每天都在公司吃到撑。公司的美女们为了保持身材，取一盘食物都吃不完，弄点素食沙拉什么的就算一餐了；只有她能一个人吃四盘，还都是大鱼大肉，都不带歇地一口气吃完。

于是她在公司上下就以女壮士的封号闻名。

但吃那么多也是不得已，一来她要连同晚餐一起吃饱，二来身为谢子修的秘书，工作量真的很大，老板事务繁忙，连带秘书也要排行程表排到手断。

更何况她现在每天还要接受办公室里谢子修照片的荼毒，增加了无限的精神压力，不多吃点，怎么抵抗那邪恶照片的辐射呢？

Chapter2

一点心事

不管怎么说，熬过五天就到了周末，可以摆脱谢子修的真人以及照片带来的阴影，好好享受一个放松的懒觉。

颜苗便取消了闹钟，打算睡到自然醒，试图把一周的困乏都消掉。

颜苗用被子蒙着头，睡意深沉，因为每日工作都要面对上司照片的关系，她居然梦见了谢子修。

正在噩梦连连，冷不防耳边突然铃声大作，颜苗猛然睁眼，心脏都差点儿从嘴里蹦出来了，胸口咚咚跳了好一阵，才回过神，挣扎着摸到那响个不停的手机，颤抖道："喂……"

男人独特的嗓音在电话那头响起："颜秘书。"

颜苗整个人都醒了，"有什么事吗谢先生？"

周末大清早上司打来电话，难道是工作上出了什么纰漏？

"今天钟点工临时来不了，我有事要出门，麻烦你过来帮我遛一下狗。"

"……"

"还有，路上顺便帮我买份凤鼎轩的蟹黄小笼包。"

"……"

头发随便在脑后扎个长马尾，颜苗顶着睡眠不足的脸，提着一袋包子，摸索着找到了上司的住所。

谢子修一个人住在高层公寓，窗外景色很好，室内是明朗大气的设计，色调淡雅、风格简约，完全体现不出主人任何刁钻的习性来。

原以为谢子修养的狗，多半会是些什么凶狠拉风的犬类，搞不好是藏獒。结果从卧室里跑出来的是条友善的拉布拉多。

不仅完全没有她想象中的邪恶气质，反而无比热情，一见面就扑在颜苗怀里，伸着舌头舔了她一脸口水。

颜苗勉强撑住拉布拉多的体重，“呃……它这是很喜欢我的意思吗？”

“不，是表示你身上有肉包子的味道。”

“……”

谢子修享用了她带来的早餐，而后道：“它叫达尔文。狗粮在柜子里，它要吃就先给它吃一点，然后带它出去散个步。”

“等下，你说有事出门，是什么事啊？”

谢子修穿上外套，“跟朋友去打高尔夫。”

“……那、那干吗不把它带去啊。”岂有此理，还以为是有什么要紧事，原来是自己想出去玩！

谢子修笑道：“不行，它会把高尔夫球都吃掉的。”

“……”

“所以，拜托你了，颜秘书。”

主人出门逍遥了，留下室内一人一狗面面相觑。

“……好吧，你想玩点什么？”

拉布拉多开始热切地舔着她的手心，用温润的眼神一个劲地瞧着她。

“喂，随便对个陌生人就这样，你能不能不要这么没节操。”

拉布拉多带着无辜的表情继续舔。

“好啦，我知道，你是要吃东西了是吧，我去看看有什么可吃的。”

柜子里除了袋装狗粮之外，还有一堆的牛肉干、猪肉条、牛羊肉罐头、牛皮卷、鸡胸肉干、鸡肉三明治。

颜苗瞪了一会儿，不由得低头看着在自己脚边端坐着的一脸期待的拉布拉多，“唉，你的生活水平比我高多了啊。”

伺候达尔文吃完了它的罐头，颜苗牵了它，准备出门散步。

在电梯里达尔文就很兴奋地围着她转圈圈，直到她被皮绳困住为止。颜苗只得边给自己松绑，边喃喃道：“为什么谢子修周末可以出去玩，我却要遛他的狗？”

出了门，颜苗才意识到，她错了，不是她遛狗，而是她被狗遛得在街上狂奔。

达尔文活泼地一路雀跃，她在后面紧抓绳子狂追。

“喂喂，慢一点，喂！达尔文！”亏得她穿的是平底鞋，学生时代还是长跑健将，就这样还跑得腿都要断了。

等达尔文终于停下来，一人一狗都不知道究竟跑了多久的马拉松了。颜苗已然精疲力竭，只得买了两根烤香肠，坐在街边长椅上，一根自己吃，一根分给狗吃。

达尔文一口就把香肠吞下去了，颜苗怀疑它根本就没有咀嚼这个动作，然后它又继续热切地望着她。

“……死心吧，这根是我的早饭。出门前你还吃了两个罐头呢，不记得了吗？”

达尔文就改成一个劲地蹭她的脚，好玩似的咬她的鞋后跟。

颜苗感受着那毛茸茸的磨蹭，连生气的力气都没了，只能有气无力地道：“知道吗，达尔文，你刚刚咬坏了两百块钱。”

等歇够了，颜苗站起身来，准备打道回府，但是……

“我、我这是在哪儿呀。”完全陌生的街头，连公交车站牌上的站点都很陌生。

颜苗绝望地低头看着脚边的狗，“达尔文，你知道吗？”

达尔文吐着舌头，热切又无辜地看着她。

“……喂！是你把我扯到这里来的，你居然也不知道？！”

她现在总算相信这是谢子修的狗了，跟主人一样难搞。

等终于回到谢子修的公寓，颜苗累得跟达尔文一样，恨不得一起吐舌头。

谢子修开门迎接了他们，笑道：“辛苦了。”

颜苗顾不得喘过气，就忙着先跟他清账，“呼，呼，你、你的狗，咬坏了我的鞋子，呼，呼，还有我们迷路了，坐计程车回来的，呼，呼，我还买了报纸，给它接大便，全部花费一共是……”

“这样好了，作为你今天辛苦的报酬，我请你吃饭吧。”

什、什么，难道不是给加班费吗？

但不管怎么说，有顿免费的晚餐吃，已经很不错了。能从谢子修手里讨到东西，无异于虎口拔牙。

“为什么请我吃饭还要我去买材料？！”

谢子修斜靠在沙发上，笑道：“今天打球有点累，不想再出门，所以就麻烦颜秘书你了。”

“……”

“对了，我想吃酸菜鱼火锅。”

好吧，谁让她哥哥抢了人家未婚妻呢？

等酸菜鱼底锅端上来，红色的碎辣椒伴着酸菜，其间铺满雪白的鱼片，汤浓，鱼鲜，满目皆是软溜滑嫩。

只是颜苗已经累到都不觉得饿了，只能对着面前的小碗，悲愤交加地看着那大快朵颐的一人一狗。

手机在包里响了，颜苗只得放下没怎么动的筷子，去接了电话。

“苗苗，”颜子清的声音听起来是克制着的欢喜，“有件事要告诉你。”

颜苗被他的幸福情绪感染，“是什么事啊？”难道之前买的乐透中奖了？

“维维向我求婚了。”

“什么？！”

“虽然听起来是有点怪，”颜子清笑道，“应该我主动才对。但不管怎么说，总之，我们打算先订婚。”

“……”

开什么玩笑，现在这样，她就已经被谢子修整得半死了，真结婚了，她在这公司还能混下去吗？

“老哥！你不要鬼迷心窍啊！这种大事，你再考虑考虑，你可以拒绝的啊！”

颜子清又叹口气，“我知道维维给你的印象不太好，但她现在真的变了，其实我还是希望，你们能做朋友……”

“啊啊，重点不是这个，哥，你听我说……”

“现在接受不了也不要紧，别放心上。乖，我现在要去给爸妈打电话。”

“……喂，我说……”

“嘟嘟嘟——”

回到餐桌上，颜苗虽然极力忍耐，但还是无法控制自己的面部神经。冷不防听见谢子修在对面问：“发生了什么事？”

“没……没有啊。”

“跟我有关的？”

“……怎么会跟你有关系？”

谢子修又看了她一眼，“是不是，他们准备结婚了？”

“吓！”这家伙的直觉真是准得可怕！

“这样啊，”谢子修想了一会儿，垂下浓密的长睫毛，若有所思地说：“这动作还真是快呢，是怕夜长梦多吗？”

“……”

“不过，你在发什么抖啊，你不是应该高兴吗？”

颜苗不想让他借题发挥，但实在做不出高兴的表情来。

“说实话，只要能成功举办婚礼，哪怕他们结了以后就马上离婚，你家也不吃亏，杜伯伯处理这种事会很大方的。不管怎么样，对你们来说都是好事啊。”

颜苗压根听不进他的嘲讽，只专心致志地在担心自己的人身安全。

谢子修突然微笑着道：“你这样看着我，是干什么？”

“……”

“莫非，你想替颜子清补偿我吗？”

“咦？”

眼看谢子修站起身，颜苗立刻惊慌失措地道：“你、你想干什么？”

谢子修愉快地道：“你来我手下做事，就该料到有这一天的，不是吗？”

颜苗立刻瞪大眼睛，“什、什么？”

谢子修倒是来了兴致，“说真的，如果我对你怎么样的话，颜子清一定会紧张吧？”

“我可以拿你作为要挟，然后颜子清就会让步了。”

颜苗脸立刻憋红了，“我不要！”

谢子修笑道：“这不是你要不要的问题。”

颜苗看他走近，在他那气场之下只觉得动弹不得，整个人吓得都呆了，结巴道：“我、我说真的！我是颜家收养的，我不是他亲妹妹，他其实一点都不疼我的，你对我怎么样，他都不会在意，也报复不到他的！”

谢子修带着那种可恶至极的微笑道：“真的吗？我来试试。”

“真的真的，您不用亲自试了啊！”

“很难讲呢，说不定他其实暗恋着你，毕竟你们不是亲兄妹。”

颜苗被戳到痛处，不由得含泪道：“真要是这样就好了呢。”

谢子修看着她，又一次福至心灵，“难道是你在暗恋他？”

……她最讨厌这种有着可怕直觉的人了。

谢子修若有所思地道：“原来如此，这就更好了。”

“……”

“你去跟他表白吧。”

“咦……为、为什么？”

“不为什么。去对他表白，让他别跟维维结婚，或者替他来补偿我，你自己选一个吧。”

颜苗颤抖着，“我……我可不可以都不要？”

谢子修笑道：“当然不行。”

“……”

“快点，打电话去表白。”

颜苗张大眼睛用力摇头。

谢子修微笑着道：“这么说，你是比较想兄债妹偿了？”

颜苗简直要吓哭了，“我不要！”

“那好，我直接拨电话，边做边让颜子清旁听好了……”

颜苗几乎要崩溃了，“哇啊——”

在她的惨叫声里，谢子修一伸手，轻而易举就将她拉过来。

颜苗毫无抵抗力地摔到他身上，仅仅是压着他，这种姿势就足以让她整个人都吓僵了。

她可以跟凶神恶煞的壮汉理论，向孔武有力的色狼索赔，然而对着这样微笑的谢子修，却像是见了毒蛇的青蛙一样，害怕到都没法控制自己的四肢。

谢子修觉得她那呆若木鸡的样子很有趣似的，开心地一手抓了她的腰，一手去拿了电话，悠闲地躺着笑道："现在我要打电话了哦。"

颜苗总算回过神来，"不行啊——"

她全身的重量也不足以对谢子修造成威胁，就算用两个手一起抓着，谢子修照样轻而易举地打开了手机，调出她的通话记录。

很快电话那头也传来了颜子清熟悉的嗓音，"喂？"

颜苗原本就吓坏了，听见自己哥哥的声音，一时就跟被按了开关一样，再也控制不住，眼泪哗地就淌了出来。

谢子修显然猝不及防，忙收了线，偏头去躲，但泪珠还是啪嗒啪嗒地落了两滴在他脸上。

遭此正宗的眼泪攻击，谢子修不由得喃喃道："……真是的，沾到这种东西要倒霉的。"

颜苗抽噎着说："你、你太过分了……"

谢子修只得欠起身来，抽了纸巾给她，"唉，开玩笑而已，你看不出来吗？"

颜苗还在抽泣，"开、开什么玩笑……"

他到底知不知道他以这种邪恶兮兮的长相，在讲那种话的时候，气势是有多逼真、多吓人啊。

谢子修显然没有被她哭出同情心，倒反而有了兴致，"你不会以为我真的对你有兴趣吧？"

"……"

"放心，我做人很有原则，也很挑食的。"

"……"

颜苗觉得自己真是集万千倒霉于一体。

暗恋的哥哥要跟一直欺负自己的恶霸订婚，然后她的上司、恶霸的未婚夫，也就是另一个恶霸，本来就公报私仇地欺压她，现在就愈发变本加厉地迁怒于她，让她加倍做牛做马。

她的整个人生，就是在恶霸与恶霸的夹缝间成长。

第二天，颜苗鬼鬼祟祟地从谢子修办公室门口溜过去的时候，突然被魔音贯耳。

"颜秘书。"

"……"

"你进来。"

颜苗只得硬着头皮推开门，磨磨蹭蹭地迈了进去。

"你干吗今天一看到我就躲？"

颜苗颤抖着道："我……我哪有啊。"

"真没有？"

"……没有。"

其实是有，简直太有了。

她哥哥要和杜维维订婚，这无疑是雪上加霜，谢子修在气头上，就算当场撕了她，也不奇怪。她不躲远点，难道在这非常时期，还自己往枪口上撞吗？

谢子修微笑道："那好，你过来。"

她刚战战兢兢地迈了一步，谢子修又扬起下巴，"把门关上。"

颜苗顿时毛发倒竖。

半个小时以后，谢子修躺在沙发里，做闭目养神状，嘴里指点道："往下一点，再往下一点，很好。"

颜苗帮他按摩着腿，简直想哭了，"谢子修我恨你！"

"不要偷懒，我今天开会开太久，腿还没放松，再用力点。"

可恶啊，谢子修根本就是被那两人要订婚的事情刺痛了，借机在拿她发泄。要她跑个腿遛个狗什么的也就算了，得寸进尺什么的就未免太欺负人了。

“你还有什么悲惨的故事，再讲来听听吧。”

“……我都讲那么多了……”

她的人生也才这么短短二十来年，哪有那么无穷无尽的倒霉事可拿来让他开心的啊。

谢子修笑道：“那要不然讲讲你是怎么暗恋颜子清的吧。”

被无情地戳到痛处，颜苗终于抹泪道：“我不干了！”太过分！

谢子修依旧躺得很舒适，“那我可就要换秘书了。”

颜苗也不是逆来顺受的苦菜花，在此就坚强地和恶势力做斗争，“谢先生，那我会提出劳动仲裁的！”

谢子修看了看她，笑道：“也好，不过，颜子清最近可得小心点了。”

颜苗站起身来，硬着头皮说：“哼，你、你不用吓唬我。我哥是警务人员呢，而且有杜维维在，她不会让你随便把我哥怎么样的。”

这本来只是勉强嘴硬，但话一出口，看见谢子修的脸色，颜苗就发现自己瞎猫撞见死老鼠，险胜了。

“我走了！”

太好了，从此再也不受他的非人压迫了。

刚走到门口，忽然听得谢子修在背后说：“颜秘书，其实我觉得，我们是统一战线的。”

颜苗不由得停了一下，狐疑地回头，“哈？”

谁要跟他统一战线啊。

谢子修略微欠了欠身，“我们的利益是相同的，不是吗？”

“有吗？”

“当然了。我们都希望他们分手，对吧？这正是我们并肩作战的基础。你也不希望他们在一起吧，难道你想让维维当你嫂子？”

“……”

“而且，维维可以跟我悔婚，对你哥哥也是一样哦。”

“……”

“如果你不做点什么，将来你哥哥说不定会很惨的。”

的确如此！但是……

“我、我才不要跟你联盟。”有杜维维那样的对手，再有谢子修这样的盟友，这不是典型的前有狼后有虎吗？

“那你觉得，以你一人之力，阻挠得了他们吗？”

说、说得也是啊。

“所以嘛……”谢子修懒洋洋地朝她招招手。

在他那蛊惑人心的气场之下，颜苗也只得乖乖走回去，于是“拆散情侣同盟”正式成立。

“不过说起来，既然没有血缘关系，你何不早点表白，那就没这么多事了嘛。”

“你……你怎么不说你自己要是能再有魅力点，杜维维就不会去追我哥了？”

“你再多点女人味的话，他就不会被维维抢走了，”谢子修想了想，又改口说，“算了，实力太悬殊，当我没说过。”

“……”

“对了，继续捏啊，小腿上面一点，用力点，对的。”

“……”

然而他们这拆散情侣同盟自从建立之后，工作效率似乎就很低，基本上没能产生任何效果。

联盟的基本工作就是，跟踪颜子清和杜维维。

人家去看电影，他们也跟着买电影票、爆米花；人家去高级餐厅吃饭，他们也跟着吃了顿法国料理；人家去逛公园，他们也跟着去公园，还买了气球；人家约会结束，卿卿我我地开车回家，他们也随之打道回府了。

颜苗觉得，眼睁睁地瞧着那两人幸福满满，估计除了在谢子修心口上不停地撒盐，好为谢子修日后对她更凶残做铺垫之外，估计半点其他用处都没有。

于是不用谢子修要求，颜苗就开始自觉地负责起他的早点、下午茶，还会送点吃的到他公寓去，大拍其马屁。

受了情伤却丝毫不表现出来，依旧风平浪静，整日似笑非笑，这种人是最可怕、最腹黑的，发作起来是最有杀伤力的。

她现在真是伴君如伴虎，每天战战兢兢。不想点办法来讨好谢子修，顺顺他的毛，万一他发起飙来，她身在虎口，当然是第一受害者。

而谢子修虽然一贯锦衣玉食，对她的手艺倒是表现出了接受的意愿。于是两个被甩的可怜人一起在公寓里吃火锅，也是不错的消遣。

除此之外她还担任起了周末遛狗的任务，以及为谢子修打扫、做饭的钟点工作，成日忙着跑前跑后，还不另外收加班费。

她这一切的殷勤，都只为试图培养起谢子修的同情心，以及联盟革命感情，省得他将来翻脸如翻书。

“我觉得，达尔文的毛好像该刷一刷了。”

颜苗说这话的时候，谢子修还在床上，继续他周末的懒觉。

颜苗忍不住扯他被子，“那个，你该起来了，你这样的主人还像话吗？”

谢子修懒洋洋地翻了个身，“不是还有你吗？”

这家伙未免太惬意了，好歹她也是个女人，在他睡梦之中用他家钥匙登堂入室，站到他床边，他还能睡得一点心理障碍都没有。

“快起来吧，我跟达尔文都散步回来了，你怎么还能再睡？”

谢子修依旧不为所动，睡得很放松。

颜苗小声怂恿道：“达尔文，咬他！”

达尔文闻声立刻扑到床上，热情地舔得他一脸口水。

在这火热的攻势之下，谢子修终于慵懒地睁开一只眼睛，抬手略微抓了抓头发，从床上坐起来。

颜苗看着他那略微凌乱的头发和带了睡意的脸，说实话，她很意外有人刚睡醒也能那么帅的，睡眼惺忪完全无损于他的美貌。

为什么她自己每天起床照镜子，都会被里面的人脸吓到清醒？

达尔文在床上兴奋地转圈圈，谢子修靠在床头，眯眼看了颜苗一会儿，说："好吧，我们一起给它刷。"

所谓的"一起刷"，其实就是，谢子修撑着下巴，坐在沙发上悠闲地指导她给达尔文刷毛、剪指甲。

"来，达尔文，我们清一下耳朵哦。"

颜苗拿起滴耳油，认真地翻开狗耳朵。

刚揉了一揉，原本乖乖躺在她腿上的达尔文就立刻子弹一样"嗖"地弹了出去，在屋子里到处乱窜，撞倒无数家具，活像一个被侵犯了的良家妇女。

谢子修笑喷了，颜苗顾不得瞪他，只得满屋子追着狗跑，"别跑啊，擦耳朵很舒服的，不然会发炎的，啊啊啊，快回来！"

颜苗追得气喘吁吁，好容易才把它哄回来，谢子修也终于大发慈悲，伸出援手，帮忙牢牢地擒着它。

一直抚摸到它舒舒服服地放松下来，颜苗才终于成功地翻开它的耳朵，滴了耳油。

然后看它把脑袋摇得跟拨浪鼓一般地在甩耳朵，再用棉签帮它擦干净，这才算大功告成。

颜苗累得要命，一身狗毛和臭汗，只能无力地谴责谢子修，"你怎么不告诉我达尔文耳朵很敏感？"

面对她的指责，谢子修只是斜倚在沙发上装睡，做闭目养神状。清洁完毕的达尔文也舒服地趴在他们俩的腿上，眯着眼睛让颜苗抚摸脊背，两人一狗倒是其乐融融。

门铃响了，谢子修这才起身，去开了门，对来人笑道："王师傅。"

进门的是个头发有些白了的男人，那架势一看就知道是个裁缝，颜苗忙擦干净手上的狗毛，给来客倒了杯茶。

谢子修介绍道："王师傅来给我量尺寸，要做下一季的衣服。"

"……"

百货公司里有那么多高级成衣可以买，干吗还费力气请裁缝做，又贵又慢，还不见得多么时髦，纯粹是资本家的穷折腾。

老裁缝很是和蔼，客气地接过茶，便对两人打招呼："谢先生，谢夫人。"

颜苗一口茶没来得及咽下去，"噗"地喷了半桌子。

老人家未必会关注那种花边新闻，大概只帮谢子修筹备过大婚要用的衣服，却不知道已然取消婚约，就理所当然地把她误认为是女主人。

谢子修并没解释，只笑了笑。颜苗也能理解他的尴尬，毕竟这要对外人解释起来，不是一般的"说来话长"，还不如误会一下来得无伤大雅。

颜苗坐着看王师傅在帮谢子修量尺寸，男人长身玉立地站在那里，让老裁缝娴熟地为他量肩膀、袖长。

量体裁衣在她的认知里是很古老和遥远的事了，近在眼前，就有种微妙的感觉。

谢子修笑道："你也来量一下吧。"

颜苗愣了愣，"我？"

也特意为她做衣服的话，那就太客气了。

"不用啦，我……"

不等她客气推辞，谢子修就无情地说："因为我觉得你最近好像腰变粗了。"

"……"颜苗狼狈之余，更是气坏了，"我才没有！"

"那就量量看啊。"

老裁缝也相当仔细地替她量了一遍，才收起皮尺。颜苗还来不及说什么，谢子修已经将记录了数据的本子抢先拿过去，瞧了瞧，挑一挑眉，又将她上下一打量，再次挑眉道："嗯，实在是看不出来……"

颜苗恼羞成怒，"看不出来什么？"

"你难道不是平胸的吗？"

"谁说的？"

"这里大概是腰围跟胸围写反了吧。"

颜苗忍不住扑上去一头将他撞倒，"我杀了你！"

老裁缝很是镇定地收拾好东西，而后告辞道："谢先生，谢夫人，我先走了。"

人家都走出老远了，颜苗才从谢子修背上爬起来，满脸通红地愤愤道："谁、谁是谢夫人啊？"

谢子修在抱枕底下发出闷闷的笑声，"当然是说达尔文了，不然呢？"

"……"

虽然无良上司总以戳刺她的自尊心为乐，颜苗还是恪守了秘书的职业道德，有薪水可领就继续为他任劳任怨。

这天颜苗抱着资料刚要进谢子修的办公室，就见一位穿了象牙色的香奈儿套装，拿着菱格手包，一头浓密酒红长发的美人站在那里，询问道："谢子修在吗？"

颜苗待要转身落跑，已然来不及了，对方一眼就瞥见她，而后说："哈，你也在啊。"

颜苗还来不及反抗，就被左右开弓地捏住了两边的脸颊。

"好久不见了，子清还交代我要跟你联络感情呢。"

唉，没想到杜维维这么快就能抛开悔婚的事，出现在这里，她还没做好御敌的思想准备呢。

"我听说，是你一直在劝子清不要跟我在一起，嗯？好大的胆子呀你。"

"……"

好吧，她根本就是食物链的最底端。

谢子修出现在门口，"维维。"

杜维维闻声才不太情愿地松了手，给颜苗一个"暂时放过你"的眼神，而后便走向谢子修，两人一起进了办公室，关上门。

颜苗忧心忡忡地在门口站了一会儿，很想趴上去窃听，但因为人来人往的，只得作罢。这两人表面上看起来，似乎算是又做回了朋友，但也不知道这到底靠不靠谱。

谁能那么容易地解开心结呢。

过了一阵，办公室门打开，听得杜维维爽朗地笑道："那期待我们的合作了。"而后这美艳到让公司一干男同事都两眼发直的女人便袅袅娜娜地离开了。

"这就是谢先生的前任未婚妻啊，真人比报道上漂亮多了。"

"气场好强大……"

"果然百闻不如一见。"

"难怪谢先生那么受打击……"

一片窃窃私语之中，颜苗推开了谢子修办公室的门，看他坐在桌后，神色如常，不由得愈发担心。

她到现在甚至都还不愿意接颜子清的电话，更不用说人家前未婚夫妻要这样面对面了。

拿到文件签名，颜苗并没有马上离开，谢子修抬头看她，"还有什么事吗？"

颜苗立刻说："其实啊，你跟杜维维太相似了，人以群分，所以很自然就走到了一起，但其实可能并不是对方真正需要的那个人。朋友和爱人是两回事，你以后会遇到更好的。"

"……"

"反正恢复轻松的心情是好事，试试看就知道了。这世界上能让你幸福的人，不会只有一个，不是非杜维维不可的，所以呢……"

待她发表完长篇大论，谢子修往后靠在椅背上，笑道："我早就放下了。"

"……又骗人。"

不要每次都拿这种坏人笑脸面具出来，也该偶尔释放一下内心压力吧！

"是真的，所以下了班，我就要去寻欢作乐了。"

"咦……你也不要恢复得这么快吧？"

谢子修挑眉道："恢复得快也不行？"

"那个，太快了也是不健康的嘛，"颜苗转念一想，又恍然大悟，"啊，我明白了，其实你是在找寄托，填补空虚对不对？"

谢子修看了看墙上的钟点，笑道："我要下班了。"

"喂！"颜苗跟在他身后，要跟着下班又想起自己的资料还没送到该送的地方去，只得冲着他的背影大叫，"喂，做人不可以这么堕落……"

她这么一心为他好，结果谢子修还故意折腾她似的，大步流星，害她在后面一路小跑着去追。然后进了电梯，眼看她要赶不上了，也不帮她按住，只笑着看她在渐渐合拢的电梯门外直跳脚。

好不容易搭另一架电梯追下楼，出了公司大门就看见谢子修的车子在那里，像是要发动的样子，颜苗慌不迭地扑上去，一把拉开车门，挣扎着钻了进去。

谢子修笑道："颜秘书也要跟我一起去寻欢作乐吗？"

颜苗还在气喘吁吁，完全说不出话来，可恶，也不看在同病相怜的分儿上，给她这秘书好一点的福利。

"你、你要去哪里寻欢作乐啊？"

"当然是夜店了。"

颜苗脑内立刻浮现出各种淫乱的画面，忙一把抓住他，"喂，夜店少去啦，那种地方没什么好的！而且据说还会有人卖毒品！"

谢子修笑道："夜店有很多美女啊。"

"……但是，那里灯都打得那么暗，你根本不知道人家到底长什么样啊。万一带回家才发现……那岂不是……悲剧……"

谢子修挑起眉毛，"唔，说得也对哦……"

颜苗豪气地拍拍胸口，"要借酒消愁，我陪你喝就是了嘛。"少去不良场所，有益于培养健康正确的人生观。

谢子修用指节微微撑住脸颊做思考状，"你是想要我，别去夜店，而是晚上跟你一起，孤男寡女，共处一室，喝酒？"

"……"为什么听起来这么可怕?

谢子修又微微一笑，问："你确定？"

颜苗颤抖着回答："不，当然不是孤男寡女啦。"

"嗯？"

“不是还有达尔文嘛。”

“……”

于是两人真的到便利商店买了一打啤酒，还有大包小包的蔬菜海鲜肉食。

达尔文对此显然很满意，从他们一进门，就雀跃不已，而后热情地在两人脚底下转来转去，一刻也不停歇。

颜苗放下购物袋，抱着它的脑袋亲了亲，它也无比热切地给予回报，舔得颜苗一脸口水。

谢子修说：“达尔文还蛮喜欢你的。”

“有吗？”

“你看它都快把你脸洗干净了。”

“唉，它会舔所有会带它出去散步、喂东西给它吃的人吧。”天下狗狗都一样，有奶就是娘。

谢子修从袋子里取出盒装的牛肉，交给她料理，“这个嘛，维维会给它带礼物，所以他们的交情也不错，不过它不敢舔她的。”

颜苗不由得看了一眼那一脸无辜的拉布拉多，心想，亏你长得这么老实，原来也懂得看人下菜。但摸着它的皮毛，看它亲热地跟在脚边，不停地用温润的眼神示好，又觉得很可爱。

都说物似主人形，照她对谢子修的印象，这一人一狗实在不般配，达尔文怎么看都不像是谢子修会养的狗。

两人用海鲜锅底来涮肥牛吃，各色蔬菜肉食在那汤里涮过都备显鲜美，达尔文在桌子底下欢乐地钻来钻去，也得到一些肉吃，很是其乐融融。

两人边吃边看电视聊天，达尔文就在各个房间中精力充沛地来回穿梭。

颜苗眼睁睁地看着它把浴室里的卫生纸一路扯到客厅，拉得老长老长，而后跟一个抱枕耐心而热切地玩了半天，还把谢子修的阿玛尼的皮鞋拖出来嚼了半只。

虽然遛过它几次，早就见识过它的破坏力，应该习以为常了，但颜苗还是不由得折服于谢子修面对这一切时的镇定。

他甚至能不被那鞋子惨遭蹂躏所干扰，而继续准确地从锅里夹出残存的最后一片牛肉来呢。

达尔文在那儿翻天覆地的时候，谢子修接了个电话，聊了两句，末了笑道："这倒不用，光达尔文就闹翻天了。亏得你这么记挂，有空出来一起打两场球吧。"

颜苗趁他接电话的时候把锅内的残余搜刮一空，汤都喝了一半，而后才问："怎么，跟达尔文有什么关系吗？"

谢子修挂了电话，笑道："朋友刚到手一些苏牧，有冠军犬，让我去挑一只。"

颜苗放下勺子，"啊，那你是拒绝了吗？"

"是啊。"

颜苗想了一想，斟酌着开口："苏牧你不喜欢吗？又名贵又聪明，能养到比赛优秀犬的话，带出去很拉风吧。"

她虽然很喜欢达尔文，但也清楚地知道它离参赛犬的水准差得有多远。

它不仅不优秀，相比起同龄的其他拉布拉多而言，甚至还不是太聪明，有点傻乎乎的，而且过分好动了，经常闯祸。

要按大众标准来看，达尔文算是比较次的狗，身价很一般。她虽然很乐意养，但它绝对不会是有财力饲主的选择。

有条件的人，大多应该都想要身边的东西能配得上自己的身价。

"那又怎样，"谢子修笑道，"养狗又不是拿来炫耀的。达尔文，过来。"

达尔文闻声立刻趴到他膝盖上，热情地舔舔他，又用头去蹭颜苗。

颜苗摸着它柔软的脖颈，低声嘀咕："我还以为你就是那种人呢。"

达尔文尽情地在两人之间磨蹭，而后选择了挤在中间躺着的惬意姿势。

颜苗看着达尔文那张无忧无虑且一无所知的脸，又问："那你会不会有一天，嫌它惹太多麻烦，就不要它了啊？"

谢子修说："麻烦是一定会有的。不过达尔文惹的麻烦再大，能大得过我吗？"

……真有自知之明啊。

“我能接受自己，当然不会受不了它。”

“那……会不会哪天觉得它连累到你，害你很不方便，就……”

谢子修挑起眉，“这么说吧，如果生活不好，那不会因为赶走一只狗，就变得好起来。如果生活很好，那也不会因为养一只狗，就变得不好了。”

颜苗摸着达尔文那光滑的皮毛，揉着那暖洋洋的肚皮，这幸运的家伙看来可以下半生狗食无忧了。

她也突然觉得，其实她对谢子修，一直有偏见。

只因为他长得邪气，又时常欺负她，就把他归类到肤浅又邪恶的花花公子二世祖里面去。

其实说不定他也是内心温柔的人。

第二天颜苗就追悔莫及。内心温柔，温柔个屁啊，哪有内心温柔的人会逼自家员工请他去游乐场的?

事情的起因在于，游乐场全国巡回又开始了，公司里有很多年轻人，大多都愿意去凑那个热闹，几天下来都在讨论新增的项目如何如何刺激。这天谢子修碰见她便问：“你喜欢悬挂式过山车吗？”

颜苗老实地道：“不知道，没有玩过。”

谢子修很真诚地讶异了，“你居然没玩过？”

“那种东西，在电视上看就好了，为什么要花钱去玩？”

把辛苦赚到的钱，花出去，还让自己被吓得哇哇大叫涕泪交流，不是太吃亏了吗?

“颜秘书，太吝啬的话，你的人生会少掉很多乐趣的，”谢子修大方地道，“我陪你去好了。”

面对他鲜有的热心，颜苗不由得心存狐疑，“呃，不用了吧。”

“没关系啊，虽然我的时间很宝贵，但作为员工福利，你也只需要掏钱买两张票就可以了。”

“……”颜苗愈发坚定，“我不要你陪！”

谢子修微微笑道："好吧，这样的话，颜子清就会知道，有人在暗恋他。"

"……"

简直太可耻了，身为上司，居然揩小员工的油。

她觉得谢子修对她实在太坏了，他可以随随便便就请全公司正加班的员工去吃大餐，把人家餐厅挤爆，或者带大家去夜店喝酒，一结账就是几万，却总是占她的小便宜。

唉，谁让她哥哥抢了人家未婚妻呢。

周末早上，到了约定的时间，颜苗就如丧考妣地出现在游乐场售票处。

她只简单地穿了白色长款蝴蝶结针织裙，灰色紧身牛仔裤打底，整个人灰蒙蒙的，连头发都懒得打理，只简单地全部往后梳，露出额头，扎了个马尾。

谢子修已经早她一步在门口等着了，他今天也刚好穿了白色针织上衣、浅灰色牛仔裤，跟她相同的色调，却一点都没有她那种灰头土脸的萎靡气息，只显得肩宽腿长，清新又休闲。

打了招呼，谢子修就只微笑，英俊潇洒地站在那里，悠闲地将手放在口袋内。颜苗不得不从钱包抽出几张百元大钞来买票，心疼得直手抖，暗自把谢子修诅咒了无数遍。长得帅有什么用，又不能用脸换门票。

于是颜苗平生第一次坐上了十环过山车，时速百公里的过山车让她整个过程东倒西歪，毫无形象地放声尖叫，鬓发散乱。

因为实在太快，下来以后颜苗什么都不记得了，只觉得脑袋里的东西都在那高速之下被甩了个干净，光剩下一片空白。

谢子修跟她说话的时候，她睁大着眼睛，也只能看到他嘴唇在动，脑中完全茫然。

过了一阵才听见谢子修在笑着问："还要玩吗？"

颜苗哆嗦着挣扎道："要。"

当然要了，既然是通票，玩多少都是这些钱，那她就豁出去了，无论如何都要把那么贵的门票钱玩回来。

投身奋战在惊险刺激游艺设施第一线，颜苗很快又强撑着去坐了垂直过山车、旋转大摆锤。等从跳楼机上下来，她已经无法控制地眼泪飞飙，但还是抓着谢子修的袖子问："下、下一个玩什么，激流勇进吗？"

谢子修笑道："先休息一下，吃点东西喝点果汁吧，你嗓子都哑了。"

到了店里，颜苗又一次颤抖了，"什么？不是买了票就能随便吃喝吗？吃东西还要另外收费的？"

于是她用力抓着谢子修的胳膊，"你别点啦，我不要那个，我也不要猪排饭。"

怎奈谢子修的力气不是她能抗衡的，轻而易举就把她吊在胳膊上拖了过去，边买还边可恶透顶地笑着说："钱我从你奖金里扣哦。"

"……"

她在谢子修面前毫无反抗之力，只能含泪吃完了这顿让她痛彻心扉的午餐，连盘子都意犹未尽地刮干净，而后又听谢子修说："我们去鬼屋吧。"

颜苗立刻汗毛倒竖，"我、我想休息下。"

活生生的恶霸流氓、蟑螂老鼠她都不怕，但鬼什么的，她最吃不消了。

谢子修微笑道："少玩一个，就等于亏掉一笔钱哦。"

"……"

颜苗勉强镇定地和谢子修一起，在那破旧凄凉的医院建筑前排起了队。然而进门的时候，排在他们后面的游客恰好被截在下一拨，于是他们便走在了人群的最后。

颜苗立刻就觉得背上凉飕飕的，本能地就很想伸手去抓紧身边的男人，但终究是忍住了，抓鬼都比抓谢子修好一点吧。

走着走着，他们似乎就跟前面的大部队脱节了，血迹斑斑的屋里只剩下他们两个人。

没有固定路线，他们只能在摆放着各种装了器官的玻璃罐和残肢的架子之间，漫无目的地往前走，上楼梯下楼梯，像是永远都没有尽头。

颜苗在拐过墙角的时候，冷不防地，就觉得有人从后面拍了她的肩。

她一开始没反应过来，等意识到谢子修的背影就在她眼前，这才战栗着转过头，于是对上了背后一张笑容诡异的苍白的脸。

颜苗整个人已经不能动了，闭上眼睛就站在原地，从肺部发出海豚音。

一口气惨叫了不知道有几十秒，便感觉到有人抓住她的肩膀，哭笑不得地对她说："别叫了，你把鬼都吓跑了。"

颜苗这才缓过气来，再也顾不得，紧紧地就抓住谢子修的手，他的手掌有力而温暖，让她心安得几乎要哭了，"你、你不要再把我丢在后面了。"

谢子修这种时候倒是大方，任她抓着，稳步走在她身侧。

不知道是不是因为两人都穿着白色衣服，在昏暗的色调里很是显眼的关系，他们一路上受到了不少"特别照顾"，在穿过走廊的时候，还和一批僵尸狭路相逢。

颜苗连牙齿都打战了，眼见对方离自己越来越近，避无可避，出于求生的本能，她一拳就朝对方脸上挥去。

谢子修拉住她，"喂，不要殴打演员啊。"

颜苗哪里还听得进去，就算理智上知道那是工作人员扮演的，还是快吓疯了，只觉得一股拼命的勇气从体内迸发出来，恨不得打掉对方的牙。

谢子修只得从后面抱住她，进一步制止，"打伤工作人员是要赔钱的。"

颜苗简直绝望了，无计可施，于是只能干脆闭上眼睛，拼命抓着谢子修，放声尖叫，把他的上衣扯了个稀巴烂。

走过这一段，颜苗觉得她已经快把这辈子的肺活量都用光了。

而后她突然发现，身后空荡荡的。刚才还一直走在她后面，帮她殿后的谢子修，不见了。

"谢子修？"

没有人回应她。

"谢子修……"

颜苗瞬间只觉得满心的无助，她从来没像现在这样依赖过谢子修。

颜苗战战兢兢地独自一个人在楼梯上走着，耳朵里只能听见自己的脚步声，啪嗒，啪嗒，冷清而清晰得可怖，不由得怕到有点想干脆闭上眼睛。

因为害怕看到什么吓人的东西，一路上她都低着头，而后在踏上最后一级台阶的时候，视野里出现了一个男人的脚。

颜苗本能地惨叫一声，而后借着微弱的光线，她在昏暗里看见了谢子修微笑的脸。

大脑还不及做出反应，她就已经一下子扑上去，瑟瑟发抖地攀在他胸口，感觉到他皮肤的温度，以及手臂的力量，这给了她一种前所未有的安全感。

“快走吧快走吧。”

谢子修一言不发，只微笑着看她。

颜苗颤抖道：“怎么？”

谢子修又笑了笑，“你再看看，我还是谢子修吗？”

“哇啊——”

颜苗整个人快被吓疯了，眼睁睁地看着谢子修朝她伸出手来，却是四肢瘫痪了一般，动都不能动。

男人带着那种邪性的微笑凑近她的脖子，在嘴唇碰到皮肤的时候，突然扑哧笑了出来。

他这一笑，颜苗才勉强缓过劲来，都要哭了，“你这个王八蛋！”

谢子修轻描淡写道：“开个玩笑嘛。”

“玩笑不能乱开的。”

因为太生他的气，接下来的路程颜苗都是怒火中烧，爆发了前所未有的能量，遇鬼打鬼、见怪揍怪，连扮演僵尸护士的工作人员都不敢再靠近她，于是两人出奇顺利地离开了鬼屋。

谢子修倒是心情很好，乐不可支，出去以后还破天荒仁慈地开口说：“好啦，你被吓到算是工伤，有补助的。”

颜苗这一天下来，总算听到第一个让她冒出点希望的词，不由得回过头去，看着他，“补、补助？”

“是啊，”谢子修把手伸进口袋里，而后掏出块巧克力给她，“喏，这个给你吃，压压惊。”

"……"

她的这位上司，整个是集黑帮少主、吸血鬼、小气鬼，以及一切其他不良气质于一身。要不是看在高薪水的分儿上，她才不替他干活呢。

她一边努力地拆吃巧克力，一边听到谢子修笑着问："好玩吗？"

"……"

虽然被吓惨了，不过真的，这一切跟看电视比起来，还是很不一样。

她这一整天都在用尽全力地尖叫，身上的压力什么的，就像是都被释放出去了，虽然累，但精神很好，某种意义上说，心情也很好。

谢子修微笑着道："我们去吃火锅吧。"

"好啊！"她被吓到手脚都冰冷，这时候，正需要来份热腾腾的肥牛海鲜锅！

谢子修又说："当然了，这还是得……"

颜苗垂头丧气地说："我知道，你作陪，我请客嘛。"

她因为要省钱，除了跟舒浣一起吃饭逛街之外，基本没有任何其他的社交活动，生活简单到只有两点一线。

而有生以来第一次跟同龄男性出门，去游乐场，掏钱请对方共进晚餐，对象居然是谢子修。

太悲惨了，一点都不浪漫。

但要自我安慰起来，其实也还是有性价比的，至少以谢子修的容貌，就当她在请小白脸，也算值回票价啦。

吃过饭，谢子修开车送她回家，在公寓楼下朝她微笑道："今天玩得很开心，谢谢你的款待。"

"……不客气。"

明明就是强行被款待。

不过虽然花了很多钱，她的心情大受影响，但也没有因此而跌入谷底，看着相机里谢子修帮忙拍的照片，以及她抓拍的谢子修的照片，甚至还笑得出来。

虽然不能免费这点上很煞风景，但是，还是很好玩的。

因为一整天过度紧张而腰酸背痛，次日颜苗爬都爬不起来。听见门铃声的时候，她只能在床上做蚕蛹状蠕动。

好容易才挣扎下床，去开了门，门外高大的男人裹在挺拔的制服里，手里拎着蛋糕盒子，朝她温柔微笑道："苗苗。"

这是她的哥哥，颜子清。

颜苗兴冲冲地推开谢子修办公室的门，"谢先生，有好消息！"

谢子修笑道："什么？你的彩票中奖了？"

……这人需不需要这么了解她的习性啊。

颜苗坐到他对面，郑重其事地说："你猜，是什么好事？"

谢子修放下手中的笔，"嗯？难道你真的中了？"

颜苗两眼闪闪发亮，"不是，是杜家极力反对我哥跟杜维维结婚！"

虽然很对不起颜子清，但听完他的诉苦，她的第一反应就是欢欣鼓舞，以至于安慰起来都显得不诚恳了。

谢子修对此只轻微一挑眉，"哦。"

这反应也太冷静了吧。

不过，身为杜家前任未来女婿的谢子修，对于杜家的态度，应该是比她了解得更多、更早，自然不会有什么惊喜可言。

有城府的人就该是这样的，喜怒不形于色，不像她，什么心思都写在脸上，这就是上司跟下属的差距啊。

"既然这样，你快去把杜维维追回来吧！人家显然还是比较想要你这个女婿啊。"

谢子修好整以暇，问："怎么追？"

颜苗想卖力地出谋献策，可怜她在这方面的经验为零，长这么大都没被追求过，完全没有当别人爱情参谋的资本，只能说："杜维维的生日是不是快到了？该是你好好表现的时候啦。"

"要怎么表现呢？"

颜苗顿时感到捉襟见肘，道："那个……你好歹也动一动脑子嘛。"

谢子修慵懒地说："你是我秘书嘛，不就等于我的另一个脑子吗，你来动一动吧。"

颜苗才思枯竭，无奈地提议："这样好了，我烤个蛋糕吧，然后你可以跟她说，这是你亲手做的，这样感人吗？"

这种创意实在连三流都算不上，不过谢子修倒是表现出了相应的兴趣，"嗯？你会烤蛋糕？"

"会啊，"这样自己想吃的时候，就不用花钱去蛋糕店买贵得离谱的成品了，"杜维维喜欢什么口味的？"

"嗯，蓝莓的吧，要重奶酪的。"

杜维维生日前一天，颜苗准时把千辛万苦烤好的小蛋糕提到自己上司家里。

"怎么样，好看吧？"

她一口气做了三个，才定下这个最完美的，还做了很漂亮的装饰，卖相不输给专业的蛋糕房。

谢子修懒洋洋地看了一会儿，伸出手指，在颜苗反应过来之前，就大方地在蛋糕上挖了一块，放入嘴里。

"嗯，味道不错。"

颜苗目瞪口呆地看着那多了个洞的蛋糕。

谢子修还不知适可而止，又挖了一块，而后递到她嘴边，"你也试试？"

颜苗只觉得眼泪都快飙出来了，哪里还吃得下去。真是不怕狼一样的对手，只怕猪一样的队友。

谢子修还在用那种蛊惑的笑容道："你自己尝过吗？嗯？"

颜苗对着那在眼前晃个不停的手指，气到发晕，唯有恶自胆边生，张嘴就用力咬住他。

谢子修笑了，倒也不叫疼，只等她松了口，才把手指抽回来，看了一眼，"哇，你都把我咬出血了。"

出血算什么，没让他少个手指头就算好的了，对这种人，就要给他血的教训。

谢子修不以为意地笑着将自己出血的地方舔了一舔，看她已经气得两眼血红，才敷衍道："好啦，是我不对。"

"但你那么不喜欢维维，连她都有蛋糕可吃，我身为你敬爱的上司，不是更该有蛋糕享用吗？"

"……"听起来，居然还挺有道理的。

而且都已经被挖成这样了，再生气也是徒劳，完全于事无补啊，还不如想开点。

于是两人面对面坐着，一起分享了她辛苦做的芝士蛋糕。

为了对得起这蛋糕的美味，谢子修还点了漂亮的蜡烛，制造出浪漫的气氛来，连达尔文都跟着吃了一点。

"你的手艺不错嘛。"

颜苗摸着小肚皮，"因为自己做省钱嘛。你知不知道光买材料的话，能比成品便宜多少？"

吃蛋糕当然是开心，尤其这么奢侈的一个重奶酪蛋糕。

但明天的礼物现在已经被他们吃下肚，就不得不另想办法了。

谢子修真诚地建议道："出去逛逛，帮我挑个礼物。"

杜维维这样的女孩子，送花送草的已经没有用了，至于名牌包什么的，店里有现货的好看的，估计都已经在她衣帽间里放着了，还是直奔珠宝店吧。

颜苗还是第一次大大方方地推门走进这种店里，而非在橱窗外隔着玻璃远观，顿时快被闪瞎了眼，紧张地道："送、送什么好啊？"

谢子修又摆出那种"我们男人什么都不懂"的样子来，微笑着道："你喜欢什么呢？"

虽说她跟杜维维都是女人，但她跟杜维维之间的差异，也不见得比他跟杜维维来得小吧。

颜苗只能边走边瞎猜，"大概她适合红宝石吧？翡翠？钻石？你的预算是多少啊？"

杜维维一条巴尔曼的牛仔裤就要四千美金，便宜的宝石，颜苗提都不敢提。

“预算啊，无上限，你挑就是了。”

也对，谢子修既然是要追回前女友，钱自然不是问题了，价格不值得考虑，重要的是得能讨杜维维的喜欢。

眼花缭乱之间，颜苗突然一眼瞥见一个一汪碧绿的东西，不由得就说：“这个，麻烦让我看一下好吗？”

店员取出来递给她，原来是一枚玲珑剔透的翡翠葫芦，通体翠绿，嫩绿的藤蔓，其间细嫩的绿叶脉络清晰可见。颜苗把它托在手心上，那种温润的感觉像是能渗进皮肤，莫名地就掉转不开眼睛了。

“小姐真是好眼光，这个是老坑玻璃种，水好，色也好，”店员很是殷勤，“不过想要更珍品的，还可以到这边来看一看。”

一圈看下来，的确不乏有让人觉得钱包压力很大的顶级翡翠，但颜苗还是觉得那个挂坠最好。虽然说不是很大，跟那些配了钻石的翡翠项链比，华丽程度也差得远，但她就是克制不住地喜欢。

她对这么一块不能吃不能喝的小石头一见钟情了。

谢子修向她确认，“你最喜欢这个？”

颜苗点头如捣蒜。

谢子修就真的把那绿莹莹的小东西买下来了，交给店员包好。

杜维维的生日派对，颜苗自然也得陪着自家上司去参加，为上司鞍前马后地效劳，据（谢子修）说是秘书的本分。

一看见谢子修从车里出来，颜苗就不由得脱口而出：“哇，穿得这么帅。”

虽然总觉得他坏，配不上任何褒义词，但美色的客观性还是不容抹杀的。

谢子修微笑道：“是吗？”

“当然了，”颜苗狗腿似的给他整整衣领，把西装下摆抚平，“你这样一定能让杜维维动心的，加油啊。”

谢子修进了杜家，颜苗还不能走，作为同盟军兼下属，她得待在外面的车里，随时等待召唤。

因为不知道究竟得等到什么时候，她已经自备了面包和纯净水，准备解决晚餐。

哪知道面包才啃了半个，远远地就看见谢子修的身影在门口出现了。

颜苗忙开门下车，毕恭毕敬地待他走近，就问："怎么样？送给杜维维了吗？她喜欢吗？"

谢子修挑挑眉，并不说话，只把手伸进裤兜里，掏出来一个锦缎小盒子，单手打开。那枚挂坠依旧安安静静地躺在里头，带着雨过芭蕉的颜色。

"……"

果然她挑的东西人家根本看不上眼。

颜苗不由得有点泄气，"抱歉啦……"完全帮不到他的忙。

"没关系。"

"那不然还是拿去退了，换一个，"颜苗小心地确认了一下，"应该能退的吧？"

不能退的话那真是损失惨重了，但如果能退的话，想着它要被送回去，颜苗又觉得很可惜。明明是这么美丽的小东西，在月光底下光点游动，含珠欲滴，怎么杜维维就不喜欢呢？

谢子修笑道："你要是喜欢的话，就不退了吧。"

颜苗愣了一愣，"呃……"

"你过来。"

颜苗一时动弹不得，看他低下头，将那一抹翠绿挂在她脖子上，胸前蓦地一凉，后颈感觉得到他手指的温度。

谢子修温柔地说："配你很漂亮。"

颜苗一时说不出话来。

"你分期付款吧。"

"……"

谢子修微笑着说："我不收你利息，这是很大的优惠了哦。"

"……"

谢子修真是命中灾星，只要跟他扯上，就必然害她破财。

但这块小翡翠，她的确是莫名地喜欢，简直谈得上迷恋，不然她早就可以把这种完全没有实用价值还贵到离谱的石头直接扯下来塞回给谢子修了。

分期付款就分期付款吧，反正没利息，她每天节约一块钱，在退休之前，总是可以还掉的。

“你也不用这么难过，其实你之前遛狗、帮我做饭，都应该是有报酬的，我会从债务款项里扣除。”

总算有点人性了。

“以后你就继续慢慢还吧。”

那还得帮他遛二十年的狗啊。

上帝保佑达尔文跟他们俩一样长寿……

敲诈完自己可怜的员工，谢子修又说：“我们找个地方吃饭吧。”

“咦，你没有吃饱了再出来吗？”

“没有啊。”

颜苗顿时恨铁不成钢，“这种场合，怎么说都该有很多好吃的啊，唉，你真是浪费，早知道我就替你去了……算了，我面包分你半个吧。”

谢子修笑了笑，“你让我，在这种时候吃干面包？”

颜苗噤若寒蝉，“那么……我请你……吃猪脚面线好了。”

“猪脚面线？”

“……好啦……你要吃什么，你说就是了啊。”

末了还要被上司敲诈一顿海鲜，颜苗真的很想死。

但好在是刷卡买的单，在面对信用卡账单之前，她可以暂时绝望地自我逃避花钱这个事实，而享用了一顿自己梦寐以求的叙福楼的招牌海鲜宴。

帮忙出谋献策不成，还背上了债务，颜苗对当军师这个行业完全失去了信心。但为上司排忧解难，又是秘书的天职，因此她依旧不得不每日面对谢子修的咨询。

“颜秘书，要怎么讨女孩子欢心呢？”

唉，这种事情由他来请教她，这画面连一点说服力都没有吧。

可怜她连三流军师也算不上，为了不玩忽职守，只好埋头做功课，天天看偶像剧，研究人家成功的男主角是怎么追女生的。

然后她带着小本本去向谢子修汇报，“谢先生，听说海景公园的马车很浪漫的！”

谢子修说：“哦？”

“而且晚上十点钟还有焰火呢。”

谢子修笑道：“那很好。”

晚上颜苗又照例得在公园附近蹲点，上司泡妞，秘书放风待命，这种勤恳程度，不拿额外津贴都说不过去啊。

在她做着津贴美梦之际，便听得咔嗒咔嗒的马蹄声渐行渐近，高头大马很是气宇轩昂，而谢子修独自一人坐在马车后座上，白肤黑发，姿态慵懒，宛如贵族。

美则美矣，然而……

颜苗顿时有了不祥的预感，“唉？难道……杜维维不肯来？”

谢子修笑一笑，“没错。”

“所以坐马车的费用也记在你账上。”

“……”这个禽兽。

不管怎么说，钱都付了，不坐白不坐，于是她含泪跟着爬上马车，委屈地坐到谢子修身边。

纵然为车资心疼，但这晚风清凉，她高高地坐在车里，耳里是马蹄清脆的落地声，身侧是微笑着的高大俊美的年轻男人；车子一路稳稳驶过，像是要载着他们赴往盛宴似的，夜晚的T城在霓虹之间美不胜收。

那么浪漫，仿佛灰姑娘、水晶鞋与南瓜马车的童话再现，在颜苗有限的人生幻想里，当公主也不过如此了。

于是听见男人的声音在耳边说：“喜欢吗？”颜苗便诚实地点头如捣蒜。

而后又听得谢子修笑道：“不用太感谢，等下请我吃夜宵就可以。”

“……”

跟舒浣在家里聚会的时候，颜苗终于忍不住大声哭诉："我再也不要帮谢子修追女友了。"

无论帮他什么，不仅对杜维维完全不起作用，最后还都会报应到她头上，简直比下蛊的反噬作用还强大。

舒浣边做石锅鳗鱼拌饭给她吃，边说："是哦。不过，你好歹坐过马车了，还是跟帅哥一起坐的呢，这经历很棒啊。"

"呃……"

舒浣很乐观，说："你也吃到了叙福楼的海鲜。"

"……没错。"

"你在游乐场也玩得很开心。"

"嗯……"

"而且这个玉坠，真的很好看，很适合你啊。人家都说，挑玉最重缘分，它就该是你的，不买才可惜呢。"

说得也是。

"我觉得，你真不需要太节俭啦，人生短短几十年，该享受的还是要享受，你要记得对自己好一点嘛。"

被乐天派的舒浣这么一说，好像谢子修也没那么可恶了。

虽然颜苗还是觉得有点不大对，但到底是哪里不对呢？

Chapter3
恶作剧之吻

年底到了，等着大家的除了年尾的加班加点，自然就是宝贵的年假，还有期盼了一年的奖金。

颜苗一直在等她的过年红包，大大小小地破财数次，这年终奖金就是她唯一的精神支柱了。

主动向上司开口当然不好。可是左等右等，眼看再过个几天就放假了，谢子修还是云淡风轻的，绝口不提，渐渐地她就有点憋不住了。

这天到了下班前十分钟，谢子修也早已经完成了手头的工作，貌似百无聊赖，靠在窗口懒洋洋地看她整理东西。

谢子修生得英俊之余，脸上还总是带着点笑，这笑容虽不和善，但看着也让人心荡神驰，可上司就算再美貌，她也不能拿他的脸当年终购物卡呀。

颜苗忍不住要暗示他，“谢先生，对我今年的工作表现，您还满意吗？”

谢子修点头道：“很满意啊。”

“那，您有什么要表示的吗？”

谢子修双手放在口袋里，正经道：“感谢颜秘书你这几个月以来的勤恳工作。”

“……还有呢？”

“哦，感谢颜秘书为我追回女友而做出的努力。”

“……不客气。”这样会有额外的红包拿吗？

颜苗期待地瞪大眼，和他那笑微微的眼睛对视了一阵子，眼看谢子修没有进一步感谢的意思，只得继续暗示道：“那，有具体一点的表示吗？”

谢子修笑道：“具体一点？”

“呃，您知道的，就是，有实体的……”

“哦，”谢子修做恍然状，“好，你过来。”

颜苗乖乖地往前走了一步，冷不防地谢子修就朝她低下头来，在她屏住呼吸瞪圆了眼睛的视野里，微笑着在她额头上亲了一下。

颜苗过了好一阵子才回过神来，“咦？……这、这就是红利？”

谢子修笑眯眯的，“是啊。”

颜苗顿时失魂落魄，“……那……我、我的奖金呢？”

谢子修笑道：“哦，我们可别谈钱，谈钱多俗气啊。”

颜苗结巴道：“……所、所以，我没有奖金了？”

“当然，我已经给过了嘛，你也不去问问，我谢子修的吻有多么值钱。”

颜苗完全抓狂了，没他这么耍人玩的。她辛辛苦苦工作，可是眼巴巴地在盼着这笔奖金，管它多俗气呢，哪能这样就把她给打发了，“我不要，我要钱！你的吻还给你！”

谢子修笑道：“怎么还？”

颜苗急火攻心，硬把谢子修拉住，踮起脚要把那昂贵到离谱的一个吻还到他额头上去，怎奈身高距离相差甚大，加上谢子修毫不配合，这任务实在难以完成。

“还给你还给你！快把红包发给我！”

颜苗急得汗流浃背地在努力，感觉得到手掌之下谢子修的胸腔在颤动，他像是笑抽了。

而她已经财令智昏，顾不上细想自己这般“非礼”上司是有多冒犯了，反正无论如何她也得把这“吻”还回去，不然辛苦了半年，大过年的，全公司上下就她这个工作最卖力的人没红包拿，叫她情何以堪啊！

终于努力地揪着谢子修的领子把他扯下来，挣扎着要在他额上印上那该死的天价之吻时，谢子修不配合地又一抬头，于是她猛然亲到了一个温暖柔软的地方。这犹如能破除财迷心窍的咒语一般，颜苗就突然清醒过来自己在干什么了。

在那大脑的一片混乱里她本能地后退两步，看着他，谢子修也正瞧着她，脸上没什么表情，颜苗突然就心慌了，结巴道：“抱、抱歉。”

谢子修看了她一会儿，突然笑了，“这下严重了，你还有赔款要支付。”

颜苗顿时从意外献出自己初吻的震惊里清醒过来，又陷入另一重震惊，“呃……咦？！”

“都跟你说过我的吻很宝贵了，你居然敢透支。”

“……”

这个资本家、吸血鬼、禽兽！

谢子修做人一向讲信用，说要算她透支，真的就没给她年终红包。

颜苗感觉自己整个人生都失去了颜色，一看见谢子修就觉得心如刀割，对着他的脸都悲从中来，以至于她简直不愿意用眼睛去看他，只肯拿后脑勺对着自己万恶的上司。

这是年假之前最后一天上班了，谢子修主动跟她打了招呼，“颜秘书，新年快乐。”

颜苗真是恨死他了，根本就不出声理会他。

她不会来那套虚与委蛇的，觉得气愤，她就不跟对方客套，勇敢地让人知道她讨厌他，哪怕是决定她前途的上司都一样。

谢子修还毫无反省之意，绕到她面前，笑道：“怎么了？”

“你太过分了。”

“哦？”

颜苗差点就哽咽了，“你、你欺人太甚。我辛辛苦苦，为你工作……什么事都帮你做……”

她掏心掏肺、鞍前马后地为谢子修当了半年的秘书，谢子修就从没对她好过。虽说她哥哥抢了他的未婚妻，可他这样也太冷心冷性了。

“就、就算你的吻很高贵，难道我的就分文不值了吗？”

谢子修闻言挑起眉毛，若有所思地“唔”了一声。

“我也一样吃亏了啊，难道你以为我愿意亲你？我的损失比你还大呢！”

谢子修看了她一会儿，笑道：“别难过，你还是有机会把奖金赚回来的。”

颜苗勉强收住眼泪，吸了吸鼻涕，半信半疑的，“啊？”

“明天我要带几位主管去赌城玩一趟，你要不要一起来？”

颜苗含泪看着他。怎么，难道要她上赌桌，放手一搏？她的人生还没走到那一步吧。

“你就当是加班为我工作了，赢了我会分红给你，”谢子修朝她微微一笑，“相信我的手气吗？”

在机场碰面的时候，谢子修不由得看着她的行李，“……颜秘书，你这难道是想移民吗？”

颜苗吃力地拖着她的大包小包，“东西不自己带的话，那边买会很贵啊。”

没见过世面的人就是爱大惊小怪，真该让谢子修看看她当年出国读书时的行头，那才叫包罗万象呢。

谢子修像是有些啼笑皆非，“赌场的酒店里，大部分服务都是免费的。”

“但不是所有需要的东西都会免费提供哦，以防万一嘛。”

“……”

赌城，顾名思义，满城皆赌，从机场到市区，灯红酒绿之间，处处可见醒目的赌场标志，刻意放大的C字母犹如能勾人魂魄。

高跟短裙的各色美女站在俱乐部门外，散发着浓郁的香气，笑盈盈地往经过的人手里塞传单；酒店门外的车内坐着耍酷的年轻人，大声放着饶舌音乐，招摇地扫视着行人；街头更是晃花人眼的美洲豹、道奇、林肯、莲花、法拉利，川流不息之间这些奢华名车似乎也已然显得不足为奇。

颜苗一路过来，从一开始的瞠目结舌、大呼小叫、左拍右拍，渐渐到了习以为常，连车轮足有一米高的加长悍马从身边开过，她也懒得拍照留念了。

这是一个任何东西都不值得大惊小怪的城市，你无法去想象这里有着多少金钱、美女、名车，也没法拍得完。

简而言之，这就是一个超出常理的、疯狂的人间天堂。

而在这天堂里，自然无须刻意去抵挡诱惑。在酒店房间休憩过后，吃过自助餐，大家便纷纷下楼去赌场试手气。

赌场大厅灯火通明，绚丽夺目，油画彩饰遍布天花板和墙壁，精致的古典式吊灯映衬着金碧辉煌的房间。

漂亮的兔女郎们穿着清凉，黑色网眼丝袜，尖头细高跟，可爱的兔耳朵和尾巴，脸上带着暧昧的讨人喜欢的神情，把啤酒饮料端在胸前。

大厅里随处可闻轮盘赌的声响、老虎机的喧哗，空气里是雪茄与香水混合的奇妙味道，令人醺然欲醉。

进了这种地方，就连颜苗也开始兴奋和紧张起来，这不夜城的风情令人的每个细胞都蠢蠢欲动，难以保持镇定。

谢子修基本上是个很慷慨的老板，不仅包下机票酒店的所有费用，当晚大家还可以大赌特赌，赢了算自己的，输了算他的。

去换筹码的时候，谢子修问："你要玩两把吗？"

颜苗摇摇头，紧张地道："我运气超烂的。"

虽然输了不算她的，但谢子修的钱也一样是钱，她的节省不是只对自己的钱包。

谢子修笑道："哦，运气有多烂？比如说？"

颜苗到现在还是很生他的气，"比如说，我成了你的秘书啊。"

谢子修看了她一眼，倒也不介意，只微微一笑，"那你陪我玩吧。"

换好筹码，谢子修在无上限德州扑克的牌桌前坐下。颜苗对此一窍不通，内行看门道，外行看热闹，她就紧张地站在谢子修身后，全神贯注地瞧着他的一举一动。

谢子修很安静也很低调，除了一开场慢条斯理地将笔挺衬衣的袖子稍稍卷起之外，就将手肘搁置在桌上，再无半点多余的动作。

然而那白皙美貌和笑容，在神色阴鸷的赌徒中显得分外醒目，甚至有了过于斯文的意味，连颜苗都一并冒起"糟糕，我们被盯上了"的危机感。

果然一开始，谢子修就先输了几把，数额还不小，颜苗几乎能从其他赌客眼里看出"肥羊"两个字来。

庄家继续发牌，谢子修把手指放在底牌上，一手干脆利落地再次推出大把筹码，又笑了一笑。

颜苗看得心惊胆战，那么多筹码在桌上被随随便便地推来推去，一把牌通常也就三到五分钟的时间，而这么短短的几分钟里，就轻描淡写地输赢了她一年也赚不来的钱。

而在这里其实压根算不上什么，还只是小打小闹而已。

谢子修无论输赢都是那么笑微微的，正如他旁边的赌客不管是把筹码扫进来还是推出去都一直脸红脖子粗一样。他的下注大小也没有规律可言，谁都捉摸不出他手上牌的好坏。

渐渐地谢子修就不再输了，总能神奇地在河牌里击中他需要的牌，无论概率有多小。然而即使赢了，也不见他脸上的微笑增大，或者动作有所变化。

在这让人浮躁、体温飙升的赌桌上，连颜苗都看得心跳加速，紧绷到脸颊发红，唯有他始终是一派清凉，不慌不忙。只如冷静的鲨鱼一般，安静地加注，不声不响地吞食着其他鱼儿们的筹码，而额上连一滴汗也没有，只有嘴角的一个微笑。

他坐在赌桌前的时候，那种骨子里透出来的邪性就暴露无遗，没有比赌场更适合他发挥本色的地方了。

谢子修赢了一把又一把，面前的筹码堆越来越大，同桌的赌客都成了填充他胃口的小鱼似的。

颜苗简直觉得他能这样无止境地赢下去了，连她都有点沉迷其中，响应着墙上贴的“Don’t stop”标语一般无法自拔，谢子修却突然站起身来，把筹码一扫，笑道：“好了，玩点别的吧。”

颜苗还没从中回过神来，双腿还在发麻，谢子修又带着她，去大厅21点的牌桌前坐了。

21点不如德州扑克来得费神费脑，风险没那么大，也不需要那般谨慎，然而这种翻倍筹码的方式，筹码的来去就更为迅速。

而谢子修显然把方才的好运气也带到这里来了，以他令人艳羡的手气，花枝招展的赌场女郎自然都纷纷靠到他身边，更何况他还英俊不凡。

赢完最后一把，站起身来的时候，谢子修微笑着给每个黏上来的美女都打了赏，出手阔绰，但并不碰她们。

颜苗看着他这么白白地当散财童子，连半点好处都没捞到，简直要替他心疼。平时压榨她这可怜员工的时候不是十分精明吗？现在倒糊涂起来了。

出了赌场，颜苗还有点恋恋不舍，“你手气这么旺，怎么不继续玩下去？”

照现在的走势，他真是财运滚滚来，挡都挡不住，如果赌到天亮，几辆跑车都能赢回来。

谢子修笑道：“常赌无赢家，玩到最后一定是会输的。”

“咦，会吗……”

“当然。不然你以为赌场开着是做慈善的吗？最后的赢家一定是赌场，我们不过是拿运气来娱乐一把而已。”

颜苗小声咕哝道：“可我觉得你技术很好，才不是光碰运气的，玩那个扑克，你显然是行家啊。”

谢子修看了她一眼，笑道：“你要知道，很多人失败，都不是因为赌技不好，只是因为他们控制不住自己的情绪和欲望。”

“……”

“能在赢时退场的人，才是真正的赢家。”

颜苗不由得转头看着他。在他浪荡的外表之下，是这样的清醒和自制。

在她的注视里，谢子修笑道：“怎么了？”

颜苗老实地回答：“我想，我还是先不辞职了。”

“啊？”

本来她觉得，由谢子修这样的纨绔子弟来担任首席执行官，简直是人间惨剧，不仅年纪轻，看着还不正派，公司前途堪忧。

现在看来，暂时应该还是……不太需要担心倒闭的问题吧。

“对了，谢先生，你现在头会疼吧？”

再怎么精力过人，表现得面不改色，这么长时间赌下来，脑袋里肯定也不好受吧。

谢子修挑挑眉，颜苗便从兜里掏出个小瓶子给他，“涂点在太阳穴上，会舒服很多呢。”

谢子修接过来瞧了瞧，“这是什么？”

“超好用的药油，我们家从曾祖父那时候起就在用这个老牌子的东西了，”颜苗得意地道，“怎么样，这个在酒店就买不到了吧。”

“如果你等下吃坏肚子，我还有专治肠胃的药丸呢。”

“如果输得很惨，治上火、牙疼的药丸也有哦。”

“……”

在赌城短短的时间里，谢子修场场都是大胜而归，除了小费出手阔绰之外，还大方地给几个同行的高层主管都买了贵重的礼物，诸如镶钻的名表，或者回去可以送给妻子的首饰。

唯独没有任何给颜苗的礼物。

一直到临行前的最后一个晚上，谢子修还是半点表示都没有，许诺过的种种也显然都已经蒸发到九霄云外去了。

颜苗一个人坐在酒店花园的台阶上，听着室内隐隐约约的热闹声响。

“连颗糖都没给我！大骗子。”

她是爱钱没错，但这还真不是钱的问题。而是分外被冷落被排挤的感觉。

虽然谢子修口头说了要分红给她，但她也不好意思提，的确没有平白无故就拿分红的道理。

就算这是加班，她平时下班以后被他使唤的次数还少吗，不是一样没有补贴可拿吗？

只能说谢子修又拿她寻了一次开心而已。

“哼，我才不稀罕那点臭奖金呢。”

事先说的那些好话，无非就是为了把她骗来伺候他的，而更可恨的是，她居然还傻乎乎地相信了。

就算她爱钱，也不该总拿这一点来耍她呀。

颜苗想着就很是气愤，眼睛都有点发酸。

过了一阵，有人从台阶上下来，坐到她身边。

颜苗扭过头，用后脑勺对着他。

“不好意思啊颜秘书，赢来的钱，都用来给大家买礼物了，结果漏了你的。”

“……”

“只剩下一点零钱，所以送你这个吧。”

颜苗转过头来，看到谢子修手上放着一袋巧克力豆。

不知道为什么，这一瞬间她差点就要哭了。

“味道不错呢。”

见她迟迟不伸手来接，男人便示范一般，笑着打开来，取了一颗放进嘴里。颜苗立刻眼红红地扑上去扒住他，“还给我！竟然吃我的糖！”

两人对视了一会儿，谢子修微笑着把袋子递给她。

晚上回到房间，颜苗仔细数了一遍，一袋是一百颗，还被谢子修那个浑蛋吃掉了一颗。

颜苗小心地把它藏在枕头底下，这是她辛苦工作半年的全部奖励。

不知道为什么，谢子修就算没包个红包给她，但只要还记得答应过的事，补给她一包糖，她就不再那么生他气了。

被谢子修欺负得落花流水地回到家，颜苗高兴地发现家中总算是其乐融融的，果然还是金窝银窝不如自家的草窝，家里永远最温暖啊。

放下行李，颜苗进了厨房帮着做饭，就看见料理台上摆了不少好料，冰箱里还有一整只老鸭、半片腊肉。

虽然说迎接她回来，爸妈一定会准备好吃的，但这些材料足能做一大桌子菜，未免过于丰盛了些。

颜苗不由得问：“有什么好事吗？”

颜家妈妈笑眯眯的地说："因为你懂事又能干，已经自己赚钱把贷款还清了啊。"

"哈？"

"本来我们还担心，如果子清打算交这个女朋友，不想他被人看不起的话，礼金咱们不能寒酸的，手上又有贷款要还，真不知道该怎么筹钱。这下好了，能过个好年了。"

……老妈不会是压力过大导致幻觉了吧？

颜家妈妈摸了摸她的头，"幸亏有你这么乖的女儿，我们的负担轻松了好多。"

唉，老人家也不想想，他们的负担就是她带来的。

等、等下，说了半天，那所谓的还清贷款，如果是真的，钱到底从哪儿来的呢？

颜子清是做警察的，如果家里突然有大额款项汇入，又来路不明，那不仅空欢喜一场，事情还会变得很大条。

颜苗紧张之余，忙问："老妈，汇款单子你还留着没有？"事关重大，这可马虎不得。

颜妈妈拿来的单子上，汇款人华丽丽的正是颜苗的名字，但那笔迹怎么也比她的狗爬强太多了。

那字迹看着也不是不眼熟，颜苗纳闷了一会儿，突然有种被雷劈了的感觉。

"错觉吧……他怎么可能……是不是真的啊……"

颜苗嘀咕着，将信将疑地拨通了心目中嫌疑犯的电话。

那头的男人坦然替她解了惑，"那是你的分红，我答应过你的。"

"……不是说，只剩下巧克力豆了吗？"

对方笑道："开玩笑的。"

这人，能不能不要老是出其不意地跟她开玩笑啊！

"但是，这也太多了，我的年终奖，按理根本没到这种数目的。"

谢子修笑道："这你不用在意，赌桌上赚来的钱是横财，留着不吉利，反正我都得找地方散出去，用在哪里都一样，我不是也送了其他人更贵重的礼物。”

“……”话是这样讲没错，他当时送那些主管的名表，动辄百万起，但是……

“我、我还是不该拿这么多。我才工作半年而已，对公司的贡献，跟高层主管不能比啦。”

那边像是又笑了笑，“不，这些是你应得的。你很努力，是个好秘书。”

第一次得到谢子修的嘉奖，她居然半晌都没能反应过来。

“赌城之行很愉快，谢谢你今年的服务，来年也继续为我工作吧。”

挂断电话的时候，颜苗发现自己满脸通红。

唉，谢子修也许不是个坏人，但一定是个怪人，不然干吗要光明正大地抠门，然后默不作声地慷慨啊。

颜子清因为是警职，春节前后更是忙到十二分，完全没法休假，只剩一家三口在老家过不算太团圆的团圆年。

热闹了两天，颜家爸妈便有出门旅行的打算。他们虽然不年轻了，但还是很浪漫，出门散步还要手拉手，颜苗自然不好跟去当电灯泡，就乖乖在家看门。

一个人看了会儿电视，颜苗突然有点想打电话给谢子修，怎么说他最终也表现得像个很好的上司，给他贺个新年也是应该的。

电话接通了，听见谢子修喂了一声，颜苗就忙说：“呃，谢先生，我是来给你拜年的，呃，新年好。”

谢子修笑道：“多谢，你也一样。”

寒暄之间，电话那头突然有细微的声响，像是有人亲在脸颊上的动静。

颜苗不由得问：“你旁边是有人吗？”

“是啊。”

“呃，是女孩子吧。”

“没错。”

颜苗顿时不敢想象那边的场景了，“哦，那……”

谢子修很是大方地道："她正坐在我腿上呢。"

"……"

"又可爱，又漂亮，正朝我笑呢……嗯，苏菲你当然是我见过的最美的女孩子了。"

"……"这……还能再淫邪一点吗？光天化日的。

颜苗正寻思着要不要识相地挂电话，非礼勿闻，又听得谢子修笑道："你那边冷吗？"

"嗯，今天又降温了。"她冻得手指头都缩起来了。

"我在度假，这边很暖和，过来吧。"

"咦？"

"现在我正在游泳池边上晒太阳呢，要不要来吃杧果沙冰？"

"……"

谢子修这是在邀请她过去做客呢。

在春假出门旅行，对她来说太奢侈了，但对泳池、日光、杧果沙冰这样的关键词，颜苗忽然就觉得很心动。

谢子修还在说："以公司名义，可以订到折扣票哦。"

想着谢子修那边春暖花开的天气，颜苗咬咬牙，打完电话就订了票。

刷卡的时候她还是非常心疼。唉，即使还掉了贷款，她也不会立刻就不小气了。

照着谢子修的建议，颜苗往行李箱里装了一些夏装和春装，还带了一套泳衣。然后就踏上了这全然计划外的旅途，飞往谢子修所在的城市。

下飞机的时候正是中午，颜苗随着人流出闸口，一眼就看见站在接机人群里的谢子修——他实在是太醒目了。

颜苗兴高采烈地朝他挥挥手，"这里这里！"谢子修也回报以微笑。

谢子修亲自来接她，这让她很高兴。

其实严格说起来，她跟谢子修相识时间不算长，相处也不算好，但俨然已有了老朋友的感觉。

他们彼此熟悉而不暧昧、亲切而不亲密，是种安全简单的关系，所以颜苗不需要去刻意讨好什么，只放松地笑容满面，心情指数整个上扬。

“这边真的好暖和哦，简直是夏天嘛，”坐进车里，颜苗就开始兴奋地叽叽喳喳，一边满头汗地摆脱她的厚外套，“我还穿了羽绒服，好热好热，里面还有两件毛衣呢，呼……我要烧起来了……”

谢子修开着车，绅士地调整了后视镜，目不斜视，任她在后座窸窸窣窣地折腾。

“裤子我也穿了两条，”颜苗边辛苦地换装边抱怨，“好难脱啊……”

车子差点一头撞在迎面驶来的轿车上。

谢子修急转方向盘，道：“我说你，在男人面前，能不能稍微有点警觉性啊？”

颜苗吓了一跳，“……哦……”

她也就是不留神顺口嘀咕一句，虽然多少有点不雅啦，但难道他忘了从上班第一天起他是怎么歧视她的了吗？干吗突然大惊小怪的。

而且她不是在他面前，是在背后啊。

颜苗躲在宽大的后座换好一字领爱心 T 恤和牙签条纹牛仔短裤，而后开了车窗，趴在上面呼吸着那充满阳光的空气，在暖洋洋的风里，整颗心都跟着长发一起飞起来了。

从后面望着开车的谢子修，大致能看见他侧面的线条，挺拔的鼻尖和一点睫毛阴影，颜苗突然有种微妙的感觉。

“谢先生，我觉得……”

谢子修微笑道：“嗯？”

“这样你好像专职司机啊！”上司给自己当司机的感觉真是太爽了。

“……”

Chapter4

你的样子，我都见过

车子到了谢子修的住处，进了大门，便是满眼翠色，目光所及之处皆是热带风情浓重的植物，绿草碧树、缅栀子、蝎尾蕉、藤萝矮树和花枝穿插着蔓延。在一片绿意盎然的静谧里，听见鸟鸣声。

颜苗不由得真心实意地赞叹道："真好看！刚才车库前面那个花架太漂亮了，真有创意。"

谢子修笑道："那是我十六岁的时候自己搭的。"

颜苗大惊，"你还会做园艺？"

谢子修转头看她，认真地反问："我不像是会做园艺的人吗？"

"……"

他手里拿着桑剪或者手锯的时候，不会有人以为他只是单纯地打算修剪植物吧？

走过庭院，便能看见那被广阔露台和凉亭包围着的足有二十米长的游泳池，令人心旷神怡的一汪蓝色，静静的有种玉石般的温润。四周均是挺拔的棕榈和三色缅栀子，枝叶掩映之间，亭阁楼房都有种天上人间的幽隐神秘感。

颜苗只觉得整个胸腔都为花叶那暖和又清新的香气而涨满，她喜欢这样的宁静安逸，冬日里这宛如世界另一角落的浓郁热带风情。

一进门，就有个东西"嗖"地扑了上来，差点把她撞个仰八叉。

"达尔文！"

颜苗又惊又喜地跟它抱成一团，达尔文已经几乎要把她的整张脸舔到变形，毫不含糊地表达了它强烈的思念。

“你把达尔文也带来啦？”

她还以为他度假的时候，顶多是找人帮忙照料一下宠物。

谢子修挑挑眉，“没办法，自从它咬坏我朋友的家具、扯掉女主人的裙子，大家就都纷纷表示它是条坏狗，没人吃得消它，拒绝寄养……我只好自己处理这个麻烦了。”

“……你也别当着它的面说这种话嘛，它听得懂的。”

达尔文诚恳地看着他们，很规律地摇着尾巴。

颜苗说：“你瞧！”

谢子修笑道：“好吧，为了弥补我的失言，明天我们带它出去玩。”

达尔文的尾巴摇得更欢了。

谢子修带她去房间，放置好行李，介绍了室内日常的基本设施，把衣橱抽屉都开给她看，而后道：“觉得还喜欢的话，就先住这里，有什么问题都可以跟我说。”

颜苗习惯了被自家上司无良差遣的日子，第一次以客人的身份在他面前站着，感觉很是微妙。

吃晚饭的时候，颜苗留意到除了上菜的帮佣之外，并没有看到其他人，不由得问：“你的那位女朋友呢？”

谢子修很无辜地问：“什么？”

“就是苏菲，怎么没看到她？不一起吃饭吗？”

谢子修笑道：“哦，那个啊，她不是我女朋友。”

“……”

果然很邪恶。

吃过晚饭，回到房间休息，颜苗独自一人待着，就开始环视卧室，室内的门窗都是茶色的桃心花木和玻璃材质，几近单一的色调和材质，让屋子显得素净又淡雅。

然而墙上精致的丝织壁挂，床单上的彩色锦缎装饰，又都鲜艳得明目张胆。无论是桌上有着特殊釉色的雕花果盘，还是蕉叶轮廓的薄胎瓷器，乃至衣橱里的描边睡衣，都很有古意瑰丽的风情。

从她的房间可以走到外面的亭子里，坐看花叶和水色。亭阁是茅草屋顶、木头材质，在烛光里有种温暖的质感。

谢子修就在隔壁坐着，看见她，便笑着朝她举了举手里的酒杯。

颜苗也跟着用放松的姿势坐下，膝盖上摊着一本带来的书，达尔文趴在脚下，晚风轻拂，时间犹如停滞一般，宛若天堂。

本来以为一个人到异地，头一天晚上多少会有些辗转难眠，而这一夜的睡眠却是意外的香甜。

第二天起来，事先知道是户外休闲活动，颜苗就穿了泡泡袖的粉色波点长 T、乳白七分打底裤、低帮露踝帆布鞋，准备一顶粉色波点货车帽来遮阳，长发整整齐齐地披在肩上，就出了房门。

早餐桌上只有她和谢子修，颜苗就不必端出做客的矜持，于是敞开肚子狠吃了一顿，吃了四个荷包蛋、两份培根、数个小香肠，还有两碗鸡肉粥，再吃下一堆杧果，吃得谢子修惊叹不已道："颜秘书，新的一年，新食量啊。"

吃饱了整装上路，又是谢子修亲自开车，颜苗问："今天我们要做什么？"

谢子修发动车子，笑道："去钓鱼。"

车子一动，颜苗差点往后翻过去，"……唉？！"

他长了这么一张脸，怎么会有这种老人家的爱好啊？

达尔文在车里就已经很雀跃了，从后座挣扎着挤到颜苗腿上，而后扒着窗口吐着舌头呼吸新鲜空气。

车子在码头停下，达尔文一钻出车来，愈发兴奋，到处撒欢，感染得颜苗也情绪高涨，"我们是要出海吗？对吗对吗？"

这种风清日朗的好天气，的确没有比海钓更美的事了。

谢子修带着欢蹦乱跳的一人一狗上了游艇，他的朋友们随后也陆续到了，是几对年龄相仿的男女，不需要正式介绍，彼此粗略地认识了一下，不多时游艇上便热闹了起来。

一行人启程出海，在抵达目的地之前，大家就各自娱乐，或躺着晒太阳，或坐下来玩牌。谢子修躺在躺椅上看杂志、喝椰子汁，颜苗则被过分活泼的达尔文扯得满甲板跑，整个披头散发汗流浃背，“慢一点，达尔文，不、不……行，不要下水，哇……”

等气喘吁吁地回到谢子修身边，一人一狗都呼哧呼哧直喘。谢子修合上杂志，笑道：“真怀念啊。”

面对颜苗的苦不堪言，谢子修突然大发善心，递过手中的椰子，笑道：“渴了吧。”

难得他这么贴心，颜苗也的确嗓子快冒烟了，便接过来就着吸管，一口气“吱吱”地喝掉大半，才呼地出了一口长气，清凉的汁水让她的气都消了。

抱着椰子喝得正投入，偶然对上谢子修太阳镜后似笑非笑的眼睛，颜苗突然意识到什么，不由得低头看看自己含在嘴里的吸管，又看看谢子修，惊悚地道：“……这是不是你喝过的？”

谢子修一扬眉，“是啊。”

颜苗不由得结巴了，“你、你为什么给我你喝过的东西？”

谢子修悠然回道：“达尔文也会喝啊，它都不介意。”

颜苗瞬间就满脸通红，“你、你……你这个浑蛋……你、你……”

吃了谢子修的口水，与其说是愤怒，不如说她已经完全慌了，不免就想起那回以下犯上，强吻了谢子修的悲惨经历。

眼睛瞪着谢子修薄薄的形状漂亮的嘴唇，心脏就跳得乱七八糟，几乎要撞破胸腔了。

在她羞耻得连脖子都要燃烧起来的时候，听得谢子修笑道：“骗你的，这个椰子是新打开的。”

“……”

颜苗选择了转身，拿背硬邦邦地对着他。

谢子修凑近过来，微笑道：“真生气了？”

颜苗小声说：“你不觉得你太轻薄了吗？这样会引起误会的。”

“嗯？”

“你有没有想过我的感受？”

安静了一刻，谢子修又笑道：“什么？”

颜苗低着头，“要是我喜欢你，你这样又算什么呢？”

谢子修收了笑容。

下一刻颜苗就猛地转过头来，“哈哈，骗你的！”

“……”

总算掰回一局。

“吓到了吧！”

谢子修摸摸鼻子，“好吧，你赢了。”

到了小岛海湾，游艇抛锚停泊，大家也纷纷准备，或下橡皮艇去浮潜，或取出渔具选地方垂钓。

眼前浪平风轻，海水湛蓝，碧莹莹的，诱惑着人往下跳。原本一直在躺椅上慵懒着的谢子修也站起身来，取下太阳镜，顺手脱了上衣。

颜苗一见他脱下衬衫，露出异常白皙、线条流畅的上半身，语言功能就自动退化了，只能发出单音节，“呃……呃……”

幸好谢子修没有留意到她的不自然，自顾自下去换了衣服。等他回到甲板上，颜苗瞬间就莫名地脸红了。

其实谢子修是很礼貌的，在女士面前就只是简单的平角泳裤，单纯要游泳而已，没有半点卖弄或者骚包的意味，仅仅是专业和利落。

可她长这么大，从来也没见过穿这么少的、活生生的异性啊。

“颜秘书，过来，帮我涂防晒油。”

颜苗磨磨蹭蹭地走过去，接过防晒油，尽量想无视上司那不容妄想的身体，但又很难不对着这样宽肩窄腰的身材想入非非。

手指碰到他皮肤的感觉很微妙，而那光滑的皮肤之下，是匀称的骨骼和肌肉，充满了力量。颜苗只能尽量镇定地，帮谢子修把防晒油在赤裸的背上搽均匀。

涂完了后背，剩下的部分谢子修便自己来，边问：“你要不要下水？”

“哦，好啊……”

颜苗很快也高高兴兴地去换了泳衣出来，保守的灰色连体式，包裹成严实的欧巴桑。

谢子修只看了她一眼，就立刻忍无可忍地挡住眼睛道：“你是想刺瞎我双眼吗？”

“……”太歹毒了。

“船舱里有几套新泳衣，就当我拜托你，去换套能看的吧。”

“……”

“风景这么好，你也想留下比较美好的回忆是不是，何苦为难自己呢？难道你不打算回去给朋友看漂漂亮亮的照片吗？”

“……”说得也是。

“再说，你穿这样，会是这背景上的污点吧。你想你朋友存海景照的时候，还要把你从照片上抠掉吗？”

……听起来太可怕了。

颜苗下去船舱，在衣柜里选了套海军条纹裙式比基尼。

从镜子里看来，这套泳衣很合身，颜色也衬她的皮肤，挂脖上衣和短小裙装显得人细腰长腿，曲线毕露，跟三十块买的特价泳衣比起来，的确有惊喜。然而露得太多，颜苗得拿件外套罩上才有勇气走出去。

但认真想想，其实也没必要躲躲藏藏的，既然要来游泳，穿得密不透风才是怪人。

谢子修那几位朋友里的女孩子，也都是火辣辣的豹纹细带比基尼上阵，人家更加身材劲爆，令人喷血，一样大大方方地在太阳底下走来走去，相当坦然，很是好看，没什么可害羞的。

颜苗左思右想半天，终于下定决心，鼓起勇气上了甲板，竭力让自己显得昂首挺胸，理直气壮。

然而一发现谢子修站在那里看着她，她就一下子觉得自己连路都走不好了，手脚怎么摆放都不自在。

同手同脚地走到谢子修面前，就见谢子修微笑道："好了，轮到我回报你了。"

"啊？"

谢子修举了举手里的瓶子，"防晒油，不然你想晒出非洲血统吗？"

颜苗忙说："我、我自己来就好。"

"嗯，你自己够得着？"

"……"

颜苗只得趴好了，让谢子修帮她在背上专业地搽好防晒油。

感觉到男性有力的手指在自己皮肤上游走，颜苗努力憋着气，然而脸还是迅速地通红了，只得咬住嘴唇。

唉，孤男寡女的，肌肤之亲，实在太不应该了。她在这之前，连异性的手都没拉过（黑漆漆的鬼屋不算），眼下光天化日之下整个背都让人摸遍，没法不觉得害羞。

很快谢子修就停了手，"好了。"颜苗忙爬起来，为了掩饰脸上的红色，低头就胡乱给自己的手脚一番乱涂。

谢子修笑道："干吗，这也害臊啊？"

"……"

作风保守不行吗？

还好谢子修很绅士，很快就把眼光掉开了，并没有再看她，省得她不自在，当然也是因为甲板上比她好的景色实在太多了。

谢子修不看她，她却是可以偷看谢子修一两眼的。谢子修的身材比例很好，双腿修长，动作轻畅地入了水，在水中看起来就犹如一尾鱼。

颜苗不由得想，美人鱼不知道有没有男性的，人鱼王子什么的。只论皮囊的话，谢子修还是很配得上那形象的。

看他游得自在，颜苗也跃跃欲试地下水，在清凉的海水里，惬意地舒展了一下手脚。

哪料达尔文看见他俩都在水里，大概是有意救主，耳朵一抖，跟着扑通一声就跳下来，几下标准的狗刨后，迅速游到她身边，不等颜苗反应过来，就一口咬住了她的泳衣带子。

颜苗遭此“搭救”，顿时狼狈不堪，只能胡乱护住差点走光的胸口，“达尔文，你干什么，不要咬，快松口……”

她怎么都挣脱不了犬类牙齿的力量，船上的人都已经在看着他们了，偏偏达尔文还忠心耿耿地咬着她的泳衣，坚持要把她往船边拖。

颜苗几乎要崩溃了，“达尔文，别扯啊……啊……”

众目睽睽之下被狗把泳衣扯走的话，她可以直接不用活了，在这里溺死算了。

在她扑腾之际，谢子修迅速游过来，一手利落地捞住她的腰，把她转过来面对面抱着，替她挡住，一手帮她将泳衣从达尔文嘴里抢出来。

两人一狗在水里乱成一团。

船上谢子修的损友们幸灾乐祸地朝他们笑道：“瞧你们一家三口！”

好不容易摆脱了瞎好心的达尔文，颜苗在水里手忙脚乱地欲图将泳衣带子扣上，折腾半天，还是靠了谢子修的帮忙才不至于彻底走光。

当众这样大出丑，颜苗只觉得人生一片黑暗，眼泪都快出来了，对着达尔文哽咽道：“你、你这大笨狗……”

达尔文无辜地看着她。

回到船上，颜苗依旧很消沉。虽说她在跟谢子修的人生交集里，从一开始就没停止过丢脸，谢子修已经习惯了，她在他面前也无所谓脸面，但毕竟是女孩子，搞成这样还是没法不沮丧。

然而对着达尔文那诚恳的脸，她又实在不忍心责怪它。它又不需要穿泳衣，哪里知道人类那么多微妙的心思呢。

颜苗围了泳巾垂头丧气地在那儿坐着，谢子修笑道：“等我钓点鱼送你，就当是达尔文的赔礼吧。”

谢子修调整好鱼竿，开始垂钓，颜苗也好奇地在旁边看着，希望能目睹大鱼上钩的一幕。

果然很快谢子修就收了线，顺利钓上来一条颇大的石斑，颜苗立刻爆出一声欢呼，达尔文也跟着大摇尾巴。

比起这大惊小怪的一人一狗，谢子修就淡定很多。

第二竿钓上来的是条斑斓的小丑鱼，颜苗兴奋地大喊：“尼莫，这是尼莫！”把它放在水箱里后，她就跟达尔文尽弃前嫌，一起围着观赏了一会儿。

谢子修一条接着一条，轻而易举地钓起好几条颜苗都叫不出名字来的鱼，尺寸不够的便解钩放回海中，包括那条小丑鱼。

然而钓鱼毕竟是项相当考验耐力和心性的运动，颜苗显然两者皆无，瞪大眼睛看了一阵子，很快两眼蒙眬，不知不觉就歪在那里，睡得口水横流，达尔文也靠着她打盹，一人一狗睡得无比香甜。

醒来的时候，发现谢子修正微笑着看着她。颜苗忙用力擦擦嘴角，“呃……收获怎么样？”

谢子修笑道：“还不错，可以让你原谅达尔文。”

边上的水箱里已经有了好多条鱼，种类各异。有一种手掌大小的鱼，是颜苗从未见过的，长得张牙舞爪，形容可怖，鱼身上支棱着大大的鳍，红通通的，犹如水怪一般。

“这是从外海域游来的，烧汤味道会很好。”

颜苗不由得问：“你钓鱼很久了吗？”怎么看都是行家的架势。

谢子修笑道：“我从五岁开始，就跟我父亲出海钓鱼了。”

颜苗隐约又有了种微妙的奇异感觉。她实在难以想象谢子修这种长相邪气轻浮的人，坐下来能有这样沉着的耐性。就好像翻开花花公子的封面，结果里面却是安徒生童话、园艺观赏，还有钓鱼指南。

晚餐除了烧烤、糕点和水果之外，重头戏便是大厨用今日收获的鱼现做出来的各式菜肴。

有用椰子壳装着的咖喱海鲜，用壳子烧过之后，所有的椰香都融进汤汁里；也有现场剔刺，片了鱼肉做的生鱼片；谢子修钓上来的鱼烧成的鱼汤更是无比鲜美，清水烧出来都能有着乳白的浓汤，肉质鲜嫩到难以言述，受到大家一致的好评。

这和以往吃过的，超市里买来的鱼，是全然不同的。颜苗难以形容这种鲜美至极的口感，只能用口水滴答地回味无穷。

以至于晚上睡觉的时候，在海浪那轻微的摇晃里，她还梦见了一整盆好吃的小怪鱼。

当然还有钓鱼的谢子修。

出海归来的路上照样是碧空万里的好天气，到了码头，两人原路驱车回去。谢子修开车，颜苗在副座上摆弄着相机里的照片，达尔文则将脑袋硬挤在两人之间，呼哧呼哧吐着舌头。

“这张谢先生看起来好好笑啊……我要拿到公司去卖大钱。”

“你敢。”

“那卖给你吧，独家呢，价格好商量。”

途中谢子修接了个电话，说上两句，便收起笑容，跟她说：“等下回去，家里可能会多点人，我弟弟带了些朋友来度假。”

“啊，你还有弟弟？”之前从没听他提起过。

“算是弟弟吧。我家里，有点复杂，”对此谢子修显然并不愿意多说，“不过你也不用把这放在心上。你是客人，来了就好好玩吧。”

回到宅内，果然远远地颜苗就已经看见泳池边上一派热闹，几个男男女女正在水中嬉戏，尺度就光天化日而言，实在是有点太大了。

池畔坐了个高大的青年，生得尖下巴长眼睛，眼尾微微上扬，邪气的长相，一看就知道他是谁的亲戚。

样貌要说英俊倒也的确算得上，只不过吊儿郎当地搂着一位蜜糖肤色的美女，另一手放在身旁金发碧眼的美人的胸部上。

颜苗想起那天在电话里听到的，不由得看向谢子修，“谢先生，你们真的是兄弟呀。”

蛇鼠必然一窝。

“……”

谢家兄弟之间的交情确实不太好，或者可以说没什么交情，双方看起来都无任何交谈寒暄之意。

颜苗本来还以为，作为家人，多少都会彼此介绍一下自己的朋友，结果他们就只当对方透明一样彼此擦肩而过了。

那帮人被安排在另一栋屋子里，别墅内又十分广阔，刻意不想碰面的话，大家基本就碰不着，这样倒也算是井水不犯河水，可以相安无事。

下午又有一辆车子开进来，一天之内这幽静的度假别墅变得十分热闹。

这回的来人身材窈窕，穿着一袭织带裹胸的月白色长裙，露出来的肩臂很是纤细秀美，全身上下除了手腕上的浅紫色鲜花手链之外，再无任何装饰，走起来长裙几乎拖地，显得安静而袅娜。

来人手里还抱了个小女孩，小女孩约莫两三岁的样子，整整齐齐的刘海、长头发、大眼睛、小圆脸，见人就笑，笑起来就灿烂得脸都要歪了，十分讨人喜欢。

谢子修上前去迎接她们，把小女孩接过来，以少见的温柔抱在手上，回头对颜苗微笑道："颜秘书，这位就是苏菲。"

颜苗猝不及防，不由得愣了一愣。

这女人实在是生得很漂亮，年纪稍长一些，却显得更有沉着的韵味，看起来怎么也不像是会光天化日下在男人腿上撒娇卖嗲的类型。

她跟谢子修一样皮肤极其白皙，面容温婉，长发中分，在脑后松松地挽了个发髻，眉梢眼角都是说不出的娴静和柔媚，我见犹怜。

即使身为同性，颜苗对着这样柔美入骨的美人，也不免要觉得有点动心呢。而、而且，连这么无敌可爱的小孩都有了，谢子修还说什么"不是女朋友"，简直没人性。

更没人性的是，他跟杜维维悔婚，明明才只是半年前的事，可孩子居然都已经这么大了。

唉，这什么世界。

颜苗以复杂的心情和她打招呼："呃，苏小姐你好，我是颜苗，谢先生的秘书。"

虽然是她的上司，但她也要忍不住觉得谢子修是个下流的猥琐男。

对方嫣然一笑，“你好，我是谢苡若，子修的姐姐。”

“咦……唉？”

谢子修说：“颜秘书，你到底是有多瞎啊，这才是苏菲。”

小女孩在他怀里笑得灿烂，友好地朝颜苗抓了抓手指。

“……”

还好谢子修不知道她刚才对他的腹诽，不然多半又得扣她津贴。

但是，她哪里想象得出那种，谢子修把小孩子抱在腿上，然后被小孩子亲脸颊的温情画面啊。

跟他的气质明明就完全不搭。

他比较适合上演“别哭了，再哭谢子修就来把你抓走”这种戏码才对吧。

谢家兄弟的感情不好，而谢苡若身为已出嫁的长姐，则是稳稳处于中立地带。带女儿拜访朋友回来，她当天晚上就安排了花园的烧烤，盛邀大家来参加。

天还没黑颜苗就已经觉得饿了，闻到烤肉的香气，不由得诚恳地循香觅去。

谢苡若在亲自为大家烤培根，她换了简单的纯棉莱卡 T 恤和浅白牛仔裤，而牛仔这样刚硬的元素在她身上也一样不失柔美，烟熏火燎之间照样脱俗。

颜苗在她那里吃了一点培根四季豆卷，跟她聊了会儿天，又转去找烤龙虾吃。龙虾一剖为二，烤好后配上酱料辣椒和青瓜，味道十分鲜美，颜苗不由得就独自吃下了一整盘。

在等着厨师给她再装一盘的时候，谢子修的那位弟弟也端着盘子走了过来。

颜苗正思量着是要出于礼貌打个招呼，还是谨遵谢子修的教诲，刻意避开，倒是青年看了她一眼，就先皱起眉，“你哪儿来的？请新用人了啊？”

“你好，我是跟着谢子修先生来的。”是客人，不是用人啊死小孩。

青年貌似很讶异，“谢子修现在喜欢这样的？眼光几时变得这么差了？就算被悔婚，也不用这么自甘堕落吧。”

“请不要误会谢先生，他的眼光一直很好。我只是公司秘书，帮他做事的下属。”

……这家的男人，干吗都是一上来就攻击她的外表啊，她长得明明就很正常。

“有差别吗？秘书不就是顺便那个的嘛。”

“……”这年头的小孩子，脑子里都在想什么？

“算了，长你这样的，谁都那个不下去。”不等颜苗再开口，他已经装好龙虾，端着盘子走开了。

“……”

回头颜苗就忍不住向谢子修感慨道：“你跟你那个弟弟，果然是亲兄弟。”不仅嘴巴一样坏，还连审美都一样扭曲。

谢子修道：“你说谢少维？我们不是亲兄弟。”

“咦？”这样一说她又糊涂了，“但你们都姓谢，他也长得跟你有几分相像啊。他也一样管你姐姐叫姐姐嘛，怎么会不是亲兄弟？”

谢子修像是笑了一下，“我父亲，有不止一个太太的。”

“啊？！”

“我们三个的母亲都不是同一人。”

颜苗过了一阵才反应过来，“不对，法律不是规定……”

谢子修笑了笑。

“……”

“不管怎么说，我家的状况你大致可以了解了。我们家的兄弟姐妹，可不是你跟颜子清那种关系。”

“……”

“所以你最好别跟他们牵扯得太深，连我姐姐也是一样，明白？”

颜苗突然觉得有点同情谢子修了。家庭不和睦，对孩子总是会造成最大的精神伤害。如果从小在钩心斗角处处设防的氛围里成长，就算有钱也未必多开心。

次日谢子修带她去花园，让她跟自己一起照料那些花花草草，也好让她亲眼确认他拿电锯真的只是用来锯木头这件事。

花园里很安静，很清凉，即使在过分强烈的日光之下，那颜色和香气也显得舒适闲散。

园内的莲花池、亭阁、秋千，都在树木的掩映之中，熏风微来，树影浮动。

巨大的翠绿色芭蕉遮挡着木质楼梯，怒放的荼蘼撑起了白色馥郁的花瀑，睡莲在水面沉静地开放着艳丽的星状花瓣。

这一派宁静而繁华的美。

谢子修去花房取了工具，站到人字梯上，仔细去修剪紫薇树那过于浓密的枝条，颜苗仰头看着他熟练的动作。

明亮的阳光里，他的五官清晰分明得令人有点不敢直视，皮肤愈发白皙到耀眼，没有任何瑕疵，唯有睫毛在上面投下一圈阴影。

真可谓，清逸起于浮世，纷扰止于内心。

颜苗看得有点发呆。

明明长了一张应该邪魅一笑，走纳粹或者黑手党路线的脸，结果却在这里一板一眼地给花树剪枝。

而且可恶的是，这样居然也很有美感。

颜苗仰得脖子都酸了，眼睛也发花，谢子修却还在很耐心地沉醉在咔嚓咔嚓的修剪里，也并不觉单调。

谢子修低下头来的时候，她还呆呆地保持着脖子酸痛的姿势，不期然与他四目相对。

谢子修微笑道："怎么？"

对上他的眼睛，颜苗突然就有点慌神了，"呃……为什么你会喜欢园艺呢？"

谢子修笑道："植物是很奇妙的。一颗小种子，最后却能长出这种花来，这是造物主的神奇。"

"哦……"

谢子修又微微笑着，温柔地道："你也来体验下这神奇吧。"

“咦？”

“就是去把铲子拿过来，跟我一起干活。”

“……”

谢子修带她在园里转了一圈，教她认了不少的植物，以及基本的修剪、除草。

颜苗就对着个大盆栽，用小花铲仔细扒拉。

中途谢子修接了个电话，道：“你慢慢弄，我先出去办点事。”

颜苗独自除了好一阵子的草，又累又觉得单调，正蹲在花间犯困，突然听得有人在说：“这也能被他抢先？你们都是怎么办事的？每顿吃的是屎啊？”

另一人惶恐地道：“谢少爷，我们也不知道是怎么回事，明明都安排好了，也没有走漏风声，哪想到……”

那人显然气得够呛，“谢子修那个王八蛋，杂种……”

颜苗蹲着听谢少维骂了一通她的上司，有些用词她闻所未闻，也不解其意，只能说他的词汇量之大，真是令她惊叹不已，这也是一种才艺吧。

而把谢子修骂得狗血淋头之后，眼前这谢子修亲力亲为的花园，显然令他进一步触景生情。

“一个大男人，还搞这种东西，恶心不恶心，真是个娘娘腔。”

颜苗真搞不懂男性的逻辑，他们互相攻击，貌似都喜欢骂对方是娘娘腔，可这也算有杀伤力的贬义词吗？

“把这烂架子拆了，能砸的统统给我砸了，放把火烧光。”

唉，要是谢子修回来，发现花园被毁了，会更有理由把她的薪水奖金都扣光吧。

颜苗只得放下花铲，站起身来。

花草之间突然冒出个人来，倒把正气势汹汹的一班人吓了一跳。

谢少维先回过神，骂道：“死三八，你躲在那里干什么？”

颜苗客气以对，说：“谢少爷，坏话你也说够了，动手破坏什么的，就太过了吧？”

“你算老几啊，八婆，你给我滚一边去。”

现在的小孩子，太没礼貌了。

“我既然在这里，就不能让你对谢先生的东西乱来。”

听她大义凛然地这么一说，众人都不屑地发出轻薄的怪笑。

谢少维上下打量了她一眼，口气轻浮，“我告诉你，别碍事，不然我们连你也一起搞。”

“……”

颜苗也不跟他们逞口舌之快，只是慢吞吞地打开手边的工具箱，露出里面一整盒精光闪闪的剪子锯子。

在众人鸦雀无声的注视里，她用纤细的胳膊轻松举起了伐木锯，打开开关，电锯顿时轰鸣着高速运转起来。

众人一时间都呆若木鸡。

过了数秒，还是谢少维先笑道：“小妞，这东西很危险的，你等下弄伤了自己，可别哭啊。”

颜苗想了一想，关掉电锯，放回桌上。谢少维边招呼几个人走近，边笑着说：“你知道这种东西怎么用吗？少虚张声势了，见了血你就会自己先晕过去吧。”

话音未落，颜苗便以射飞镖的姿势干脆利落地一投，一个手锯“嗖”地擦着他耳朵飞过，“咚”的一声钉在他身后的木架上。

“……”

谢少维保持了原姿势僵在那里，其他人也一时都悄无声息。

颜苗实话实说：“谢少爷，你也知道这些都是很危险的，我这里还有很多呢。”

一片沉默里，谢少维迅速衡量了一下局势。本来他们要发泄的对象不过就是些不会反抗的死物，现在若要意外造成自己流血，就太吃亏了，根本没那必要。对着这么一大堆的凶器，还是识时务者为俊杰。

于是他悻悻地骂了声“疯女人”，便转身带头走了。

待到谢子修回来，劈头就问：“你今天跟谢少维起冲突了？”

“呃，是啊。”

她没打算要邀功的，但如果谢子修要奖励她，她欣然接受就是了。

谢子修低头看她，“不要再有下一次。他做什么说什么，你就当没看见没听见，不必去回应他。”

颜苗有些意外，“但是他要弄坏你的花架啊，谢先生。”

“那又如何？”

在他那种生硬的口气里，颜苗突然有些不自信了，“那，我当然要做点什么才是吧？”

谢子修道：“我之前就跟你说过，别跟他有任何交集。你当时最该做的，就是什么也不用做。”

颜苗愣了一愣，“但是，我们是同一联盟的话，维护你，也是应该的啊。”

谢子修收了笑容，“我还不需要你来替我出头。”

“……”

颜苗一开始有点难受，但到了晚上，也算想通了。

谢子修他们再怎么起争执，也是兄弟俩，家务事，她这个外人插手，性质就不同了。

内外毕竟有别，如果她真的让谢少维见了血，那对谢子修来说，这其中对错又怎么判呢。

晚上在亭子里看书，感觉到有人过来，在她身边坐下。

“抱歉。”颜苗闷闷的，“我知道，这是你们的家务事。真让谢少维受伤了，你也会为难。”

“我不是那个意思。”

“……”

谢子修低头看着她，“如果谢少维对你不利，我也一定是会维护你的。”

颜苗不知道为什么，突然有点高兴起来。

“但你要明白，你跟我不一样，我能惹的麻烦，你不能惹。”

颜苗认真地说：“谢先生，你小看我了，我有保护自己的能力，才会站出来的，我不是不自量力的人。”

谢子修笑道："那很好。但不管怎么说，你来这里是做客，其他事情都与你无关。我也要对你的人身安全负责。"

颜苗摇摇头，"你想得太严重啦。"

回应她的过分乐观似的，次日颜苗开着谢子修的车，出去买海鲜的时候，半路上就被一群人拦住了。

其实她大可以猛踩油门冲过去，但万一车子被刮花蹭坏的话，她又想到她那喜欢找借口克扣她薪水的上司了。

车子停下，几个人便慢慢围过来，明显的来意不善。

"下车。"

颜苗左看右看，就是没动作。

"下车，你这个死三八。"

颜苗还是没动静。

谢少维双手撑住前盖，将他那张邪气的脸凑到车窗上，咄咄逼人道："你胆子挺大的嘛。"

颜苗想了想，开动了汽车雨刷。

"……"

被雨刷左右打了耳光，对方彻底恼羞成怒，"把她给我拖下来，一起搞死她。"

等谢子修匆匆赶到现场，从某种程度上来说，已经太迟了。

他的莲花跑车已然被刮花了，车灯碎了一地。

谢少维远远地在边上站着，跟他一起鸦雀无声地看着路中间的惨状。

颜苗毫不客气地用棒球棍将某男打翻在地，而后猛踩那人裆部。

"像你们这种强奸犯，就该被没收作案工具！"

对方用手护着还惨叫连连。另外几个人也是五体投地，手抓野草，做痛苦纠结状，显然"作案工具"已经遭到了一定程度的蹂躏。

晚风萧瑟之中，终于还是谢少维先开口："她……太狠了。"

颜苗收拾完最后一位倒霉的喽啰，转头瞪着他。

谢少维立刻条件反射地后退一步。

发现了赶来的谢子修，颜苗只是言简意赅道："谢先生，是他把车灯弄坏的，我可以揍他吗？"

"……请便。"

颜苗立刻追上去，用棒球棍接二连三猛击，"让你把车灯敲坏，让你把车灯敲坏！"

谢少维完全丢盔弃甲，一路跑，她一路穷追不舍，追得他都要崩溃了。

谢子修远远地还能听见风中传来他绝望的呼喊："为什么这么能跑啊？"

谢子修闻声不由得捂住眼睛，"……惨不忍睹。"

这次路袭的结果不言自明，连谢子修都因此留下了心理阴影。

"颜秘书……我真是，低估你了。"

颜苗还在努力吃鲜嫩多汁的烤肉排，补充这一天消耗的热量，"不然你以为我吃那么多，是在浪费粮食，都不长力气的吗？"

要是没有堪比田径选手的体力，她怎么遛得了一出门就过度兴奋的达尔文。一般女孩子的话，稍微不小心就会让它跑丢了。

"而且，我哥哥是警察，我当然会防身术啊。"

"……"

"还有，我从中学时代起，就是跆拳道社团的，我们学校的跆拳道很强，所以招很多新社员进来学，一切都是免费的。参加比赛拿奖的话，社团另外补贴的奖金更可观呢。不过社员太多了，想要作为代表去参赛，一定要水准数一数二才可以，我学得很卖力的。"

"大学的时候，我还曾经兼职当教练，赚点零用钱呢。"

"……"

末了，谢子修咳了一声，"颜秘书，我觉得有必要给你加薪。"

颜苗顿时喜出望外，"真的？因为我帮你揍了谢少维吗？"

谢子修微笑道："姑且算是吧。"

谢少维长到这么大，还是头一回毫无抵抗之力地被一个女人按着一通海扁，想不印象深刻都很难。

而被打得爬都爬不起来，从此就怕了她，这说出去实在太伤脸面了，他一个大少爷，打死也丢不起那个人。

于是他对颜苗就带了种微妙的态度，既心有余悸，又不愿意让人看出他心有余悸，不仅不能示弱，还得时常做出点挑衅的姿态来，才能挽回他的自尊心。

次日一大早，双方又冤家路窄地在院子里巧遇。说是冤家路窄，其实院内很宽敞，中间还隔着座喷泉，要是愿意的话，大可以彼此视若无睹，就这么过去了。

偏偏谢少维看见颜苗，余恨未消，先瞪了她一眼，没得到回应，就又朝她挑衅地狠狠竖起了中指。

颜苗想了想，跟着竖起两个手指，做了个咔嚓咔嚓的动作。

谢少维立刻脸色惨白地走开了。

谢子修在一边感慨道："……颜秘书，我真是与有荣焉啊。"

颜苗谦虚地回应道："过奖过奖。"

为表嘉奖，谢子修便自己驾车，带颜苗上了公路，要去看海。其实主要目的是让她吃一顿现捕捞的海鲜，吃到满足，以弥补昨天辛苦一趟却没买到海鲜还折损了车子的遗憾，顺便给她"压压惊"。

出门的时候天公不作美，下了点雨，车子也不敢开得太快。等开到视野开阔的路段，已然可以看得见公路另一侧的悬崖和海浪，天终于放晴了。

谢子修打开车子软篷，阳光便缓缓地洒满车内，海风也灌进来，有些咸味，还带点潮湿的香气。

天气好得出奇，一路都是轻松写意，除了间或的鸟鸣之外皆是一片安静，再无其他车辆。路幅虽然不宽，铺面却相当平整。

谢子修忍了前面那一段，也终于笑道"坐稳了"，而后关了车篷，大踩油门，放胆快行。

路上有大大小小的上下坡弯道，高低速的 S 弯、U 弯，然而这一点也不影响车速，谢子修的转向犹如手起刀落一般明快，没有丝毫迟滞，划弯如入无人之境。

这种无与伦比的速度感让人简直有了酒醉一般的沉迷。

过了一阵子，颜苗才从后视镜里留意到那辆紧追上来的兰博基尼，以她的迟钝，也终于察觉到对方好像带着敌意。

“那车子想干吗？”

谢子修道：“那是谢少维的车。”

“……他是想跟我们飙车吗？”还是想撞车同归于尽啊。

谢子修笑着看她一眼，问：“你想飙吗？”

颜苗犹豫道：“能飙得过吗？我觉得他的车子好像比较厉害……”

看兰博基尼那气势汹汹的样子，人家是有备而来，要放手一搏的，哪像他们，只是为了早点吃到海鲜才开得比较快。

谢子修笑了一笑。

油门踩深，浑厚的推力瞬间自车尾窜来，那力量结结实实的，能传到身上一般，随着转速迅猛向上攀升，颜苗只觉得汗毛也跟着竖了起来。

保时捷顿时犹如一只公路怪兽，涡轮全力增压时，强悍的动力伴着引擎和排气管的激昂声浪全数倾巢而出。颜苗稍微一恍惚，发现车速就上到了 200 公里 / 小时。

对颜苗这种遵纪守法的好公民来说，这速度简直要命了，不叫天也该叫警察。但因为是谢子修开的车，她在这种狂飙之下竟然都不觉得害怕，只是紧紧地盯住前面的路。

再遇到一个发卡弯，谢子修猛然扯动方向盘，颜苗只听见轮胎轻微的闷响，来不及反应，车子便不着痕迹地出了弯。

在犹自湿滑的路面上，车和人一样都是又快又稳，每个动作精确到简直能让人起一身鸡皮疙瘩。

谢少维的车子一直被卡在后面，怎么也超不过他们。

再拐过一个弯，他们依旧是顺利领先，抢了道。颜苗正想着那年轻气盛的少爷不知道要被气成什么样，猝不及防地，车尾突然就被顶了一下。

颜苗吓了一跳，第一反应是车子有没有上保险。

谢子修看了一眼后视镜，急打方向盘，“这家伙真是疯了啊。”

兰博基尼又追了上来，不依不饶地又撞了他们一次。

飙车都能飙到这样恼羞成怒，也不怕闹出人命，颜苗简直怀疑那位大少爷是不是吃炸药长大的，而且还吃太多，导致脑袋里都是炸药，没有思考空间了。

颜苗不由得转过头去，不管他能不能听得见，怒道："喂，你够了吧，你个死小孩……"

车子再一转，颜苗也感觉得出来在连遭撞击后，它已经没法应付这种弯道上的高速了，再这样下去真的会出事。

真是的……搞什么啊，她今天出门明明只是为了吃海鲜的！

眼看山壁就在面前，电光石火之间，谢子修猛然一个急刹车，车速骤减，颜苗没想到跑得这么快也能刹得这么狠，即使系着安全带，她还是差点就撞上了车玻璃。

还没等她回过神来，就见谢少维的车子控制不住地超过他们，而后一头撞在护栏上。

颜苗吓得一声尖叫都卡在喉咙里，幸而车子撞破护栏，却并没飞冲出去，只是险险卡着，总算没有翻落悬崖。

谢子修立刻拉起她，迅速下了车，谢少维也从那车里挣扎着出来，烈日之下几乎睁不开眼，日光照得他脸色惨白。

两辆车一起抛锚在路边，滋滋冒着烟，三人一时都惊魂未定，无话可说。

追逐战到此，以两败俱伤的结果狼狈地宣告结束。

方才那莫名其妙地，一争高低、你死我活的愤怒，在撞击的惊吓里似乎已经耗尽了。

谢少维没了声音，谢子修一直都是喜怒不形于色的人，颜苗更不会大吵大闹，大家都不约而同地保持了沉默。

还是谢子修先掏出手机，打了电话，叫人来接他们和拖车。

等待的时间里，三人只能在略微懊恼的安静中面面相觑。

这段路上找不到可以遮蔽的地方，地面在阳光下白花花地发着烫，之前下雨留下的潮湿，已然被蒸发干净，虽有海风拂面，也谈不上半丝清凉。

受了惊吓，又只能眼巴巴地在这烈日之下暴晒，滋味怎么也不好受。

谢子修低头问道：“还好吗？”

“嗯……”

“吓坏了吧？我不该飙车的。”

“没有啦，”颜苗给他看自己的手脚，“你看，一点都不发抖呢。”

也不知道是她神经太粗，还是太相信谢子修的技术，除了亲眼看见谢少维差点坠车会把人吓到心脏停跳之外，其他部分，她居然都还挺享受的。

谢子修微微笑了，颜苗见他脱下外套，要给她在头顶上撑起阴凉，忙说：“谢先生，我有带伞呢。”而后就从包里掏出一个十来厘米长的天蓝色波点小布包。

“……”

“这个是晴雨两用的，超轻的三折伞，收起来好小的，只有 80 克，可是质量非常好。喏，你要不要拿拿看？”

谢子修也觉得有趣似的，接过来一掂，“确实很轻。”

颜苗把伞撑起来，伞骨轻巧，伞面却颇大，谢子修微笑着跟她一起在一方阴凉之下站着，而谢少维自然只能默默地在路边独自挨晒。

不管之前多么剑拔弩张，气焰嚣张，晒起来都得发蔫。

站了一阵，颜苗看谢子修额角已经有了汗意，便又敬业地从包里翻出一样东西，“谢先生，用这个吧。”

“嗯？”

拿在手里的是个 10 厘米长的水果造型的小娃娃，颜苗把水果帽子摘下来，露出迷你小风扇。

“……”

看起来小巧不起眼，推了开关，风力居然很不错。

“凉快吧？”

谢子修不由得笑道：“哪来的这种东西？”

“网络上买的，批发才五块钱一个，我买了好多送人，你要不要？”

“……”

两人有伞遮阳，有迷你电扇吹风，可谓羡煞旁人，过了一阵，颜苗又问：“谢先生，你渴吗？”

谢子修笑道：“还好。”

颜苗又打开包，问：“我有橘子，要不要吃？”

这下连谢少维都忍不住转过头，“橘子？”

在被晒到几乎要脱水的时候，橘子这种酸甜多汁的水果，简直赛过天降甘霖。颜苗真的从包里掏出几个大橘子，谢子修迟疑着接过一个，“这是从哪儿来的？”看起来貌似有点眼熟。

“早餐桌上拿的。”

谢子修竭力控制住自己的面部表情，“呃……”

“我发现你们家很浪费啊。餐桌上剩下的东西，哪怕是没动过的水果，居然也要丢到垃圾桶。我就全拿走了，反正可以当零食什么的。”

谢少维忍不住插嘴道：“因为等下一顿吃就不新鲜了呀。”

颜苗晃了晃手里的大橘子，“怎么会，这个多新鲜啊。反正我是把剩下的都收走了，当零食什么的也好啊，扔掉太可惜了。”

她手一晃，谢少维的眼睛就不由得跟着动。

虽然这人的臭脾气差点把他们三个都害死，但出于人道主义精神，颜苗还是问：“你要吃一个吗？”

“才不要！”

颜苗也就不勉强，自己动手剥了一个，递了一半给谢子修。

橘子皮一剥开，那个味道在鼻腔里避无可避，对于渴到喉咙冒烟的人来说，简直是惨无人道。

颜苗把橘瓣放进嘴里，就由衷地感慨：“好甜哦。”

谢少维在一边默默待着，脸都快气歪了。

在对方那无法克制唾液分泌的，躲躲藏藏的偷窥之下，颜苗终于慷慨地说：“想吃你就拿吧。”

谢少维死撑道：“就算我吃了，也不代表我欠你什么人情！”

“……你爱吃不吃。”是要有多别扭啊。

对方摆出一张不情愿的臭脸拿走了橘子，颜苗才不愿意看他脸色，转头尽忠职守地朝着谢子修，“谢先生，要是觉得中暑的话，我这里还有藿香正气水。”

“……”

作为万能秘书，她的包包简直就是哆啦A梦的口袋。三人把她包里的橘子全部分吃干净，总算勉强止了干渴。等车子把他们接回去时，两边也算保持着互不理睬、相安无事的态度，起码表面上是如此。

一回去，便有人纷纷上来迎接。彼此派系不同，兵分两路，各自的前呼后拥着去休息了。谢少维从头到尾也没有道过歉或者道过谢。

颜苗喝了一肚子水，涂了一身的晒后修复，但是睡了一觉起来，还是觉得身上发热。她皮肤薄，又没有谢子修那种晒不黑晒不伤的天赋异禀，隐隐还有点发痛的感觉，便打算下水好好去游一圈。

换好那套裙式比基尼，颜苗下到泳池里，树荫之下的池水一派清凉，让她裸露出来的皮肤都得到了充分的慰藉。

舒服地游了一程，颜苗泡在水里，把头靠在池边休息，头发湿漉漉地在脑后扎高成个团子，眯起眼睛看树叶间漏下来的零星光芒。

昏昏欲睡之间，忽然就听见男人毫不控制音量的怒吼：“跟谢子修的秘书比，你们就是群废物。”

颜苗活生生被吼醒了，忙抹了一把脸上的水汽，站直身来，转过头去看岸上。

对方正气冲冲地走过来，到池边才发觉水里有人，低头去看，四目相对，两人都愣了一愣。

颜苗细胳膊细腿地站在水里，仰着脸张大眼睛，因为对方居高临下的关系，看起来分外高大。

对视了几秒，谢少维的脸色愈发难看，哼了一声就转身怒气冲冲地走了。

“……”

不是刚表扬过她吗，他现在莫名其妙地又在生什么气啊？

Chapter5

只有你

晚上跟谢子修一起吃饭，不知道为什么，颜苗觉得他也不是很高兴，她都吃了两大碗了，还干掉了一整盘的青瓜蟹柳，谢子修居然连一碗饭都没吃完。

“怎么啦谢先生，胃口不好？”

谢子修微笑道：“没有。”

“对了，”颜苗又扒掉半碗饭，“谢先生，今天我听到，谢少维好像在夸我啊。”

谢子修看着她，“嗯？”

“他在骂他的下属不如你的秘书，”颜苗还是有点自豪的，“这样有帮你争到光吧？”

谢子修笑了一笑。

“……”

糟糕，好像又是没有很高兴的样子。上司的心思很难猜，比猜女人的心思还要难。

于是颜苗忐忑道：“那个，是不是我自作主张分橘子给他吃，做得不对？”

谢子修笑道：“不，是不必小家子气，你很好。”

“哦……”

安静了一阵，颜苗只得又找话题，“说起来，谢少维其实对我很有意见吧？”

谢子修笑道：“为什么？”

“他第一次看到我，就说我是不是新来的用人，还说我长成这样，谁都那个不下去，反正就是尽情攻击我的长相啦。”

谢子修看着她，“他主动开口挑剔你长相了？”

“没错。”

这有什么好面色复杂的，他自己也攻击过啊。出口伤人，这应该算是谢家人的传统吧。

谢子修突然说：“假期差不多也结束了，明天我们就回去吧。”

“好啊。呃，不行，我买的是大后天的低折扣票，不能改签的。”

“没事，再买一张就行，公司报销。”

“呃，干吗这么急啊……”

既然有公司帮忙报销，又是上司的要求，颜苗也就无异议了，配合上司的喜好改变行程，也是秘书的职责所在。

度假仓促结束，颜苗离开那冬日暖阳，拖着行李回到寒冷的 T 城，又哆哆嗦嗦地熬过了两天。

在这零下十来度的天气里，颜苗不免要怀念起当时的阳光绿草碧树来。

但上班第一天，一拿到开门红的红包封，颜苗立刻就把海边的什么阳光白云都抛到了脑后，只剩下对上司火热的感激之情，还有工作热情。

新的一年里她没什么大志向，只要维持原样，顺利拿薪水，争取加薪，以及希望颜子清迷途知返，别再跟杜维维混在一起，就很好了。

提到颜子清，颜苗这才郁闷地想起，这几日的假期实在太丰富多彩，以至于她都忘记要及时追踪颜子清和杜维维的进展了。

而谢子修作为当事人，居然也忘得精光！

唉，他们这样的情侣拆散联盟，能有什么业绩就怪了。

这天颜苗正在茶水间泡咖啡，突然见几个同事躲什么似的挤了进来，而后窃窃私语。

“那些是什么人啊？”

“好像是来找谢先生的？”

“看起来不像是善类啊，为什么保安会放他们上来？”

颜苗捧了杯子出去，果然看见一个高大的年轻男人带了帮人，浩浩荡荡地进来。

除了领头那人眼角上挑的长相看起来很有黑帮老大气质、很有压迫感之外，后面那几位从属人员干脆还有剃个青皮，或者身上的刺青满到从袖口领口跑出来的。

难怪把同事们都吓到了。

他们虽然很有气势汹汹的意味，但又不至于行径不合法，以致大家都纷纷行注目礼，而无人敢拦。

颜苗捧着咖啡，不紧不慢地迎面走过去，带头的青年一看见她，立刻就原地停住，搞得身后那帮人也跟着纷纷急刹车。

“你来干什么？”

谢少维咳了一声，用力沉下脸，“我找谢子修，谈公事。”

“哦，”谢子修的一切公事，乃至于大部分私事，她都是第一手信息，同步跟进，像这种行程表上完全没有安排的会谈，就有点可疑了，“谢先生还在开会，有什么事可以先跟我谈。”

颜苗很大方地推开办公室的门，“请进来坐吧。”

谢少维居然像是退缩了一下，而后厉声道：“我不跟你谈，我直接见谢子修。”

颜苗有点生气，这人必定是心里有鬼，才会这般躲躲闪闪，其心可诛啊其心可诛！于是把咖啡杯往桌子上一放，“你连我这关都没过，还想见我上司？”

她要是连过滤作用都起不到，还能叫全能秘书吗？

谢少维在她对面坐着，双手插进口袋，后仰着靠在椅子里，眼睛盯牢天花板，好像心情十分不愉快。

干吗搞得像是她把他给强迫了还是怎么的。

他那群孔武有力的跟班，还在后面站着呢。他若不是心怀鬼胎，又有什么好心虚的？

两人视线相对，谢少维立刻就掉转目光。

“……”

实在太可疑了。

他不愿意看她，颜苗倒是得紧盯他，免得他藏了什么要对她家上司不利的小手段。

谢少维长得跟谢子修是真有点像的，眉飞入鬓，鼻梁挺直，只不过他长着一副在生气似的长相，让她想起了，嗯……哈士奇。

谢少维终于别开脸，咬牙低声说，“你看我干吗？”

“……”

不然他以为什么叫监视啊。

谢少维像是因为愤怒，脸都涨红了，“你别再看我了行不行！”

“……”

颜苗在心中连连摇头。

这真是太脆弱了，当老大的人，本来就是要被万众瞩目，时常要直面他人目光的，怎么能被人看两眼就抓狂？瞧谢子修多淡定，这就是差距啊。

谢子修开完会回来，看见两人如临大敌地面对面坐着，谢少维已然脸红脖子粗，倒是一愣。

颜苗忙站起来，如实汇报：“谢先生，他说他跟你有预约。”

谢子修微笑道：“的确是有预约的。”

“呃……”

“颜秘书，你去做事吧，我来跟他谈。”

颜苗去给他们泡茶，倒有点不好意思了，“原来真的是来谈公事啊？”

她还错怪了谢少维呢。

但是，一来她真的不知情，二来，没事谢少维干吗要表现得那么不自在，一副心怀鬼胎的模样，这不是白白招人怀疑嘛。

谢少维这次来，倒真的是像模像样地谈了一桩生意。大家在桌子两边正襟危坐，道貌岸然，居然没有出现大打出手拔枪互射之类的场景。

末了竟然还像是有要握手的征兆，谢子修甚至微笑道：“我们是在生意场上，当然没有永远的敌人。”

才怪，明明就满脸想赶人的表情。

谢少维说：“下个礼拜去东京参加展会，你这边需要几个人跟我们去。”

“没问题。”

“人我要自己挑。”

“可以。”

这气氛勉强也可算是和平友爱。

谢少维突然看向颜苗，“我要她。”

颜苗愣了一愣，谢子修比她先开口：“颜秘书有别的事情要做，我想是去不了。”

谢少维依旧皱着眉，“我这不是在跟你商量。”

谢子修笑了笑，“还是我来推荐更合适的人选吧。”

“不需要。”

“这点小事强人所难就没意思了。”

谢少维回报以一声嗤笑。

好不容易把场面客套做尽，眼看又要为一点鸡毛蒜皮的小事擦枪走火，颜苗忙自觉地举起手来转移两位 BOSS 的仇恨，“没关系，我可以的。”

跟谢子修回到办公室，关上门，谢子修就收了脸上的笑容，“颜秘书。”

“在。”

谢子修完全没有为她的献身精神而感动，“你没必要给自己找麻烦。”

“没事的，”颜苗宽慰道，“我一定把工作做到最好，让他没法找我的碴儿。”

谁不知道谢少维专门把她挑出来，就是为了伺机报复，她才不怕被报复呢。

谢子修看了她一会儿，“并不是你做得好，就不会有麻烦了。”

颜苗想了想，说：“但是，如果让别的人去，肯定会更被刁难，总不能因为我，就连累其他同事吧？”

她既然得罪了谢少维，自己负责到底也是本分。

不过一贯以欺压她为乐的无良上司，难得能这么替她考虑一回，这也很令人感动。

“谢先生你不用担心，我一定会完整地回来的！”

颜苗没有等大家一同启程，而是跟一位同事提早两天先到了东京，跟主办方取得了联系，熟悉了路线，核实了酒店交通方面的安排，把零零总总的工作布置好，然后再去接谢少维一行人。

夜里下了雪，清早去接机时寒冷异常，张嘴就看得见呼出来的白气。

颜苗怕冷怕得很，于是戴了兔毛帽子、狐狸毛耳罩、貉子毛领、羊毛手套，还有一个大口罩，保暖到牙齿，活像个因纽特人，只露着两只大眼睛。

总算等来他们的航班，谢少维是最后一个出来的，裹在羊毛绒大衣里，板着那张永远都在不耐烦的脸。

她那全副武装的厚重打扮在人群里很是醒目，谢少维看了她一眼，颜苗也正好抬头看他，他就立刻把眼光掉转开去。

“切，穿得跟抢劫犯一样是怎么回事啊？”

颜苗已经习惯了他的藐视，接了他们，就帮着司机把行李全装上酒店的车子，又检查一遍。等确认大家都上车了，她自己才上去，向众人分发了印着每个人联系电话的行程表。

“这几天我们的行程会很满，所以请掌握时间好好休息，注意保暖和准备好走路的鞋子。”

“到时有专职的翻译人员，不过我也可以帮忙，有问题请联系我。”

谢少维只哼了一声。

到了酒店，等入住妥当，颜苗又给每个人都送了份次日要用的资料，晚上再发消息提醒第二天的路线、天气、出门时间。

一切都安排妥当了，最后遵照指示，她还要给谢子修写一封图（照片）文并茂的邮件来汇报。

她还是第一次离开谢子修独自出差，没有亲自监督，谢子修会担心她做不好也是应该的。不过要拿着相机左拍右拍，然后传一堆照片上去，她也觉得怪变态的。

邮件写了一半，手机突然响了，颜苗顺手接起来，就听得那边粗声粗气地道："喂。"

居然是谢少维。

"请问有什么事？"

谢少维的声音听着就一点都不客气，"我要找人按摩。"

"……你翻桌上的酒店服务目录不就好了，干吗打给我啊？"

对方没好气，"不是说有事就联系你的吗？"

"……"

谢少维在房内坐着，穿着宽大的薄款针织上衣，散着裤脚，赤了脚踩在地毯上，头发还湿漉漉的，又是一脸的不高兴。

颜苗当着他的面，很快就打完电话，"帮你约好了，半个小时以后按摩师会到你房间来的。"

谢少维哼一声。

"那我先走了。"

谢少维叫住她："喂！"

"干吗？"

"你走了，我怎么跟按摩师沟通啊？"

"……"

于是随后的两个小时里，谢少维享受着专业手法的按摩，颜苗则在边上哈欠连天地被强迫观看。

真是无聊死了。就算对方的身材挺养眼，也不如她柔软的床铺来得有吸引力啊。

于是等她困倦不已地回到房间，继续写汇报邮件的时候，颜苗没忘了据实把这件事也一起写上去。

次日早上起来，果然又是大雪天气，看着交通状况像是不太妙，在大家还在慢条斯理地吃早餐的时候，颜苗便先打了电话去核查。

等确认了车子还堵在大老远的地方，颜苗宣布了这一噩耗，谢少维果然发怒道：“搞什么，车子来不了？”

“因为雪很大……”

“雪很大就可以不来？那他们干脆也不要吃饭啊。”

颜苗只得宽慰道：“等车子来接，一定会迟到的。到处都堵车，干脆我们自己搭地铁过去好了。”

“开什么玩笑，谁知道怎么走啊？”

“没关系，路线我都已经先勘探好了，你们跟着我就行。”

“……”

谢少维一路都很不高兴，等进了地铁站，他就更不高兴了。

颜苗买好票给大家，他依旧板着脸在一边站着，也不去伸手接。

“怎么了？”

随同的人都面面相觑，欲言又止，还是颜苗自己领会过来，“咦，你是不是，不知道怎么坐地铁？”

谢少维暴躁地道：“我干吗得知道怎么坐地铁？”

“……”

的确，有些人是没体验过公共交通是怎么一回事。

颜苗陪他一起过检票口，帮他把票投进去，“你现在走过去就可以了。”

谢少维全身僵硬地挤了过去。

“很容易吧，下一次你就会了。”

谢少维大怒，“什么？还有下一次？！”

等地铁一来，他就又发怒了，“这么多人，让我怎么上啊？”

颜苗对这一车沙丁鱼罐头的状态早就习以为常，“挤一挤就好了，反正很快的。”

“开什么玩笑，”谢少维一脸嫌恶，“我才不要！”

颜苗才不给他空间耍少爷脾气，没等他抱怨完，就一把将他推进人流里。

谢少维踉跄着无法脱身，然而高峰期挤地铁谈何容易，颜苗只得又补上一脚，才总算把他送上车，“忍一忍就好了！”

谢少维勃然大怒道：“你这八婆！”

随同的其他人都一致保持着沉默，假装自己没眼睛没耳朵也没嘴巴。

地铁上当然没有空位，大家都挤成一团，两人不得不面对面站着，连转身的余地都没有。谢少维用力皱着眉、绷着脸、抿紧嘴唇，气得脖子都红了，颜苗觉得他再生气下去就要脑出血了。

转了好几次地铁，才总算到了目的地，谢少维的脸色已如锅底，周身杀气腾腾。吓得对方心惊胆寒，拼命九十度鞠躬道歉，连连保证下一次要看天气状况提早发车。

幸而这场意外并没有耽误时间，也未造成慌乱，一天的工作得以顺利开始。

这当然是颜苗的功劳。

对此谢少维只皱着眉道：“算你运气好。”

颜苗心想，不是她自夸哦，虽然没有什么了不起的业绩，但她过去半年里可是零纰漏呢，不然怎么能在谢子修手下混得下去。

当然要从谢家人嘴里听到表扬的话，那是不能指望了。

忙了一天下来，晚上回去把东西往房间一扔，就又是靠酒店的自助餐来填饱肚子。

颜苗火力全开，风卷残云，先吃热菜再吃冷食，净挑大鱼大肉，足足吃了六盘，然后留意到，谢少维并没下来吃晚餐。

她当然是可以不用管他死活的，但从公事公办的角度来说，还是有去察看一下的必要的。

颜苗试着敲响了谢少维的房门，“谢少爷？”

门倒是很快打开，谢少维又是头发乱糟糟的，臭着脸，“干吗？”

“你怎么没下去吃晚饭？”

谢少维闷声闷气地说：“不想吃。”

颜苗端详了他一下，敏锐地道：“咦，你感冒了？发热了？”

“谁说的？！”

声音听着明明就不对，颜苗不由得感慨：“你是有多虚弱啊。”

这么人高马大，看起来体格挺好的，居然就这么被感冒病毒打倒了，谁叫他大冷天只穿两件，爱美活受罪。

谢少维愤怒地道：“我才不虚弱！”

“身体不舒服的话，还是去看医生吧，我们这几天事情很多的。”

言下之意就是：没时间给他生病。

谢少维更生气了，“看什么医生啊，我又不会说日语！”

“我陪你去诊所好了。”

“我不去。”

“干吗硬扛呢，你不至于舍不得医疗费吧？”

谢少维顽固地皱着眉，“少啰唆，不去就是不去。”

颜苗想了一想，问：“难道……你怕医生？”

谢少维整个气急败坏了，“不是怕，是讨厌！”

“……”幼稚的小鬼。

“坐下。”

谢少维狐疑地问道：“干吗？”

“嘴张开。”

“搞什么……呃……”

颜苗已经捏住他的嘴，“别吵！”妨碍她看扁桃体。

她因为舍不得花钱，就常自己翻医书摸索，学着望闻问切，胡乱捣鼓，反正到现在还是活蹦乱跳的，就当是多了项生活技能。对付感冒这样的毛病，她也算得上是轻车熟路了。

像模像样地给他看了病，颜苗就出门去买药回来，还给他带了一份栗子白薯粥。

“粥趁热赶紧吃了吧，这个很暖胃。”

谢少维看了她一眼，勉强拿起勺子。

“放心啦，不会下毒的。”

不是她要讨好他，只是因为不吃晚饭的话，半夜肚子饿了他肯定又要找她的麻烦。

“还有哦，你已经有点发烧了，记得把药吃掉。”

谢少维立刻表示拒绝，“你又不是医生！”

“正牌的医生你不是不愿意去看吗？”

“……反正我就是不吃。”

颜苗卷起袖子，“吃不死你的，快点！”

“我才不……呃……”

不等对方做出更多挣扎，颜苗已经一把抓住他，将药塞进他嘴里，然后捏了鼻子硬灌水进去。

谢少维满脸通红，咬住嘴唇骂了声。

她才没有时间等他耍完少爷脾气。这种时候不赶快防微杜渐，真正病倒了只会拖所有人的后腿。

吃过药，颜苗回自己房间，取了自带的药油过来。

谢少维依旧坐在那里脸红脖子粗地生闷气，一见她手里拿着东西，就条件反射地往后一缩，“你又想干什么？”

“搽点药油，这个很好用的，搽完明天就该好了。”

谢少维挣扎了一番，最后绝望地放弃了反抗，任由她给他擦了鼻子、太阳穴，整个过程中一直皱眉，“臭死了！”

“能闻得到臭，说明你鼻子比较通了，还不多涂点？”

“……”

把他整个头弄得臭烘烘的，颜苗又说：“趴到床上去。”

“……你到底想干什么啊？”

“帮你刮背啊。”

“刮……什么背……”

“你放心，用这个药油刮完了，晚上睡一觉，出一身汗，加上吃过药，明天早上你一定会好的。”

谢少维已经自暴自弃了，板着脸在床上趴好。而颜苗熟练地把他的上衣卷起来，搽好药油，就拿牛角梳子的背部，照着穴位给他一通狂刮。

第一下的时候谢少维还痛得忍不住骂了声，而后就只把脸埋在枕头里，发出沉闷的呻吟。

颜苗边刮边安慰道："不用忍啊，叫出来就好了。"

"谢……"

门是虚掩的，谢少维的一位随行主管推门进来，见势不由得一愣，一时也不敢确定自己是看到了什么，忙自动先面壁了再说。

颜苗骑虎难下，只得宽慰道："呃，那个，施先生你等等啊，马上就好了。"

谢少维又呻吟了一声，面红耳赤地骂道："快给我滚出去！"

在施主管落荒而逃之后，颜苗还刮了好一阵子，才算大功告成。

谢少维一直趴着，把脸埋在枕头里，一副很想死的样子，连"谢谢"或者"再见"都没说。

颜苗累出一身汗，回房草草洗了澡就抓紧时间睡觉了。半梦半醒的时候才想起，她今天忘记写邮件向谢子修实况汇报了。

唉，不管了，就让她玩忽职守一次吧。

次日在自助餐厅遇见谢少维，他依旧板着脸，眉头和发梢上都写着"我很不高兴"，但精神显然已经好了很多。

颜苗打招呼道："怎么样，身体舒服些了吧？"

谢少维还是皱着眉，"臭死了。"

颜苗为自己祖传的药油正名，"哪会臭，那个药油其实是香的好吧？"

有同事经过他们身边，顺口说："哎？你们俩身上的味道，一模一样啊。"施主管立刻就不寒而栗地把他拖走了。

几天下来，最累的是颜苗，她从头到尾都马不停蹄地忙着，谢少维他们大吃大喝的时候她在帮忙翻译，谢少维他们呼呼大睡的时候她要准备资料，事先安排，事后收尾，忙到她连去药妆店趁机扫点货都没时间。

但不管怎么说，工作完成得算是顺利圆满，回去可以对谢子修有个好的交代。

这日从东京回来，不需要直接回公司，下了飞机，在机场大家便彼此分道扬镳。

颜苗拖着行李，满心只剩下“回家好好补觉”的念头，才走了两步，突然听得谢少维在背后不客气地叫她：“喂。”

颜苗只得回过头，“什么事？”应该是，又有什么事？

谢少维看起来不知又在生什么气，过了一会儿才说：“其实我对你个人，没有意见的啊。以前对你态度不好，也只是因为你替谢子修做事。”

“哦……”

每个字的意思她都懂，但就是不明白他说这话的意义何在。

“你过来我公司做事怎么样？”

“咦？”

“不管谢子修给你开什么薪水，我都翻倍。”

“……”居然，被挖角了！

“高薪挖角”这样的诱惑，让颜苗的补眠计划成了泡影。

剩下的半天她都在家里想，翻倍，是翻倍，翻倍啊！

不过她也没有财令智昏，她有点不相信谢少维的诚意。明明一看到她他就不高兴，何苦还花钱来专门给自己买不高兴？

莫非……谢少维是打算把她挖角过去，然后再炒她鱿鱼，好让她两头都捞不着？

多费周折啊，她才不上当呢。

到晚上，颜苗突然又接到电话。

对方的声音硬邦邦的，“喂，你考虑得怎么样了？”

“呃……”这也太快了吧，哪有只给人几个小时考虑跳槽的。

“喂，我是很有诚意的。”

“是吗，难道你不是打算我一跳槽，就立刻炒掉我，来报复的吗？”

谢少维显然很恼怒，“你要是有顾忌，我们可以在合同里先写明，保证永远都不解雇你。”

颜苗想了想，还是有不妥，“那……万一你想办法把我逼到自己辞职……”

谢少维吼着说：“你当我是什么人啊？！”就挂断了电话。

颜苗拿着手机沉思。

貌似……对方是认真的。

……那这待遇也未免太好了吧。

休息一晚，次日颜苗按时回到公司上班，好几天没看到谢子修了，再见他，蓦然就觉得眼前一亮。

其实谢子修还是老样子，要说变帅了变有气质了甚至变白了之类的，那都是她的错觉。

但反正看见那张脸，她才有很确切的，已经回来了的真实感。

“这几天辛苦你了。”

“应该的！”

“对了，你给我的反馈邮件，好像少了一封。”

“哦……”这么一说颜苗想起来了，自己好像是有偷懒漏了写的时候。不过，谢子修还真这么仔细啊。

“我想想哦，那天的活动，行程表上都有写，发票什么的也有备份，”公事的部分，各种资料是一应俱全，私人方面的琐碎，她就印象模糊了，“其他的我不太记得了，这个要紧吗？”

谢子修笑道：“没关系，你也是要有私生活的。”

“呃……”

颜苗一时想起谢少维，莫名地就有了点心虚。

怎么办，是坦白好，还是不坦白好呢？

八字还没一撇，就老实告诉上司自己被对头挖角的话，那是自寻死路吧，但有事瞒着谢子修，她心里又像揣了颗小石头，怎么都不舒服。

在她惴惴不安的时候，谢子修放下签字笔，说：“晚上我们一起吃饭吧。”

“……又要我付钱吗？”

谢子修笑道：“不，这是给你接风洗尘的。”

颜苗这才放下心来，“好啊！”有人请客，不去白不去。

谢子修点的菜都很对得起她的食量。颜苗吃了好几天的生鱼寿司、白水煮豆腐，而现在能有热腾腾的干锅鸡搭着纸包土豆泥、走水乌江鱼、大盆的毛血旺、干煸田鸡、酸汤鱼、蜜汁南瓜、清汤娃娃菜，还有杨梅汁可喝，她整个人都要喜极而泣了。

还是谢子修了解她的喜好，还是自家上司温暖啊。

大快朵颐之间，颜苗手上眼里嘴巴里都塞得满满的，唯一空着的耳朵突然就听得谢子修说：“对了，我听说，你跟谢少维……”

“吓……”

颜苗一块鸡肉没夹稳，掉进杯子里，顿时“咚”地溅了一身的杨梅汁，待要慌着去拿纸巾时，又直接把杯子都带翻了。

谢子修递过纸巾，制止了她的手忙脚乱，问道：“怎么了？”

颜苗原本就心虚，接纸巾一碰着他温暖的手指，就更有点发慌，“没、没什么啦……”

谢子修笑一笑，也就不再提，两人都当没有过那个话茬儿，开始专心致志地往酸汤鱼里涮配菜。

吃喝过后，谢子修又亲自送她到家。颜苗都上楼回房了，开了灯拉了窗帘从窗口往下一看，车子还在那里。

颜苗不由想，谢子修还是个很关怀员工的好老板啊。

在窗口趴了一会儿，看那车子依旧一动不动，颜苗简直要怀疑他是不是抛锚了。

而后她接到了谢子修的电话。

“颜秘书，我有话要跟你说，我上去一下。”

“哦，好……”

颜苗忐忑地给他开了门，以陋室接待自家上司，而谢子修进了门，也并不坐，或者客气地寒暄，开口便问：“你觉得谢少维怎么样？”

颜苗琢磨不出他问这个的深意所在，只能谨慎回答：“……还……好……”

谢子修用他那眼角微微上挑的眼睛望着她，“还好的意思是？”

颜苗颤抖道：“……就是……还好……嘛……”

这也是实在话，她对谢少维并没有太确切的观感。

之前挑衅她的劣迹固然很欠揍很讨嫌，但除此之外也算不上穷凶恶极。

而且谢少维怎么说都是谢子修的弟弟，就算兄弟俩的关系再怎么剑拔弩张，对她来讲，跟谢子修有着一半血缘关系的人，要彻底去厌恶什么的，也做不到。

谢子修沉默了一阵，而后简单地道：“他不适合你。”

“唉？”

“你居然会那么轻率，我也很意外。”

……也没有轻率啦，她都还没答应要跳槽啊。

“虽然我没有立场干涉，但我不想你到时候才后悔。”

“呃……”

“他不可能是认真的。”

吓……果然谢子修也觉得挖角动机可疑吗？

“我希望你观望清楚，再考虑清楚。谢家的背景比你知道的要复杂得多，他没法为你付出那么多，这真的不是你该走的路。”

“……”

跳、跳个槽，有这么复杂啊。

“别随便就陷进去了，你又不聪明。”

颜苗只被他身上散发出来的那种“事情很严重很严肃”的讯息，弄得心惊胆战，两人对视了一阵，谢子修突然扬眉，毫无预兆地就伸手用力弹了一下她的额头。

颜苗没能躲得过，“嗷”的一声抱住头。

要死了，这力气也未免太大了点吧！这家伙跟杜维维果然是绝配来着。

谢子修特意来讲了这么一番危言耸听的话之后，便走了。颜苗钻进被窝里，越想就越觉得对不起谢子修。

哪个老板能这么平易近人，苦口婆心，何况她住的公寓还没电梯，他要活生生来回爬七楼呢。

次日上班，颜苗去给上司送酒会宾客名单，就看见谢子修坐在那里，往后靠着，并不是很专心，眼神有些懒散。

阳光从百叶窗的缝隙里透进来，光影映在他脸上，斑驳之间有种不真切的美。

画面是很养眼没错，不过她不是来欣赏美男的。

“谢先生，”颜苗鼓起勇气，“其实，你听说的没有错。”

“嗯？”

“谢少维他，的确跟我……”

谢子修收回散漫的目光，转头盯着她。

颜苗底气不足地回答：“他的确跟我说，想让我去他公司做事，给我高薪水。”

谢子修半晌都没声音。

颜苗忐忑了一会儿，听得他说：“……就这样？”

“……”

不然……还能怎么样啊？

虽然谢子修总是压榨她，但她不认为他会是个背后算计、给她小鞋穿的上司，坦白了自己心里也比较舒服。

谢子修顿了一顿，问：“多高的薪水？”

“翻倍……”

谢子修吐出一口气，笑道：“很大手笔啊。”

你也知道！

随后谢子修看向她，问：“嗯，那你是怎么打算的呢？”

颜苗小声说：“……我也觉得，薪水有点诱人啦……”谁也不想跟钱过不去啊。

两人对视了一会儿，谢子修微笑道："要是你想过去，我也不会拦你的。"

颜苗突然有点生气。

"你干吗不直接给我加薪，留住我啊？"

吝啬的资本家。

谢子修笑道："这勉强不得啊，无论我给你多少，他都会翻倍吧？"

"……"可恶。

"再说，我待你也不薄，所以这不是钱的问题。"

……好吧，的确，目前的薪水也是令她满意的，谢子修并没有亏待她。

但有加薪的话，当然是，多多益善嘛。

谢子修像是看穿了她的心思，微笑道："不是我不想挽留你，是我不想用钱来留住你。"

颜苗简直要含泪了，用钱留住员工有什么不好啊？直接甩张支票来，她一定会对他忠心耿耿，鞍前马后，死而后已。

下班搭了谢子修的顺风车，经过蛋糕店的时候，谢子修下车去买了块拿破仑蛋糕。

"给你当夜宵吧。"

"……"无事献殷勤。

谢子修笑道："谢少维可不会有这么体贴的。"

"……"

果然，拿这个就想收买她！精明的资本家！

不过她还是很开心。谢子修少有给她甜头的时候。颜苗把蛋糕带回去就放在冰箱里，相当得受宠若惊，简直都舍不得吃了。

世上没有不透风的墙，不知道消息是从哪里开始的，很快公司里就都在风传颜苗要跳槽到对手公司的事。

"颜秘书被挖角耶。"

"才工作没多久，就被看中了……"

“而且人家不是一般的财大气粗。”

“怎么运气这么好啊？”

“不知道她会不会走。”

“肯定的啦，钱那么多。”

“也难讲啦……”

颜苗对此表示略微尴尬，大家都知道了，她就变得很被动。众目睽睽之下，有贼心也要夹紧尾巴，不好轻举妄动。

而且除了这类讨论之外，颜苗总觉得大家还在嘀嘀咕咕什么其他的东西。每次她一走近，一群人就突然做若无其事状，开始镇定地散步，或者左顾右盼喝咖啡。

甚至连谢子修，似乎也加入了神神秘秘的行列，虽然他不开口，只保持微笑，但八卦的话，未免也太有损他形象了吧。

这天颜苗又看见谢子修背对着她，正和一群人在角落里站着。等大家像是谈妥了什么，做鸟兽散，颜苗蹑手蹑脚地靠上去，谢子修一转过来，就被她逮了个正着。

“谢先生！”

谢子修被抓了个现行，倒也不慌张，只是若无其事地将手放在背后，镇定地笑道：“颜秘书。”

“你们在干什么？”

“没什么。”

颜苗跟他对瞪一刻，突然转头招呼道：“啊，杜小姐……”

趁谢子修转过脸去，颜苗就迅速把头伸到他背后。

看清他手里的东西，颜苗明白过来，突然觉得很生气，一把扣住他手腕，指着那叠钞票，“谢先生，这种事你居然瞒着我！”

太不够义气了。

谢子修摸了摸鼻子，“呃……”

“打赌居然不叫上我！”

“唔………”

颜苗又问："对了，你们在赌什么啊？"

谢子修咳了一声，"赌你会不会跳槽。"

"……"

拿她开赌，这未免过分了吧。

颜苗生气之余，突然想起来，"对了，现在是，押哪边的比较多？"

谢子修挑挑眉，"押你跳槽的多，大概是五十比一吧。"

"……"大家要不要把她想得这么爱钱啊。

虽然，的确，也是事实啦。

所以，那个"一"，到底是哪个想赔到死的可怜家伙啊。

"那我也押一百块好了。"

她作为当事人，这种钱不赚白不赚啊。

谢子修笑道："好的。"

"于是就是五十一比一了？"

"没错。"

颜苗不由得生出同情心来，那唯一一个赌她不会跳槽的，真是好惨。

坊间都盛传谢少维已经把合同送到颜苗手上了，还提供公司代租的高级公寓，同事们都打算筹备送别会了。

结果却令所有人都大跌眼镜。

这天颜苗一进公司，就如同过街老鼠一般，连连遭遇质问："为什么你不跳槽啊颜秘书？"

"唉……"颜苗自己也说不清楚。

也许是觉得，要让那个很真诚地相信她不跳槽的人失望，有点不好意思。

莫名其妙的妇人之仁，害同事们都捶胸顿足，还害自己损失了一百块。

不过说起来，纵然自家上司有这样那样的可恶之处，薪水也没人家开得那么豪迈，但她其实还是比较喜欢在谢子修手下工作。

送茶进去的时候，谢子修也问："为什么你不跳槽？"

"那个，你有知遇之恩啦。"

谢子修笑道："是吗？"

"虽然说我自己很努力没错，但你也有教我很多东西，谁都不是天生就是个好秘书的嘛。"

谢子修递给她一个信封，微笑道："对了，这是开赌赢来的。"

颜苗呆了一呆，"呃，我不是输了吗？"

谢子修笑道："但是我赢了啊。"

"……"原来他就是那个被众人唾弃的大赢家。

"这也是你没跳槽的奖励。"

颜苗捏着信封，双手举在胸口，第一次觉得谢子修如此俊美，背后金光闪烁，光芒万丈。

"谢先生，你实在太英俊了！"

谢子修微笑道："是吗？"

Chapter6

今晚很漂亮

然而刚奉承完，第二天谢子修就又变回了万恶的流氓资本家。

“颜秘书，晚上的派对，你跟我一起出席。”

颜苗大惊，“为什么要我去？”

这场派对是她亲手帮谢子修排在行程表上的，当然知道那是纯私人性质的，跟公司事务一点关系都没有。

谢子修笑道：“本来我是可以让我未婚妻当女伴的……但是，到底是谁让我现在潦倒到临时找不到人呢？”

颜苗只得赔笑脸，“其实，现场美女很多的，你到时可以随便挑一个……”

谢子修笑了一笑，“你是，想让人，看我现在形单影只的笑话？”

颜苗又因为他的笑容而发起抖来，好吧，老板的尊严很重要。

但今晚是跟颜子清相约吃饭的日子，对她来说也很重要，她还事先跟谢子修申请过晚上不要加班的。

反正，她到时候把手机开个飞行模式，假装信号不好，不让谢子修找得到，谢子修也不会拿她怎么样吧。

在她这么盘算的时候，谢子修微微一笑，“你胆敢让我出丑的话，颜子清就会知道，有人暗恋他。”

又来了！

“你、你就不能换一招吗？”

谢子修微笑道：“这一招还有效，我干吗要换？”

简直就是……流氓的榜样。

于是这新的一天，从一大早颜苗就已经很萎靡。

接下去进出谢子修的办公室，谢子修还时不时批评她道：“颜秘书，我希望你振作点，站在我身边不要太拉低我的水准。”

“……”

“站直点，本来就没身材了，还驼背！”

“……”

“好吧，今天准你早下班，去做个美容，晚上打扮得像样点。”

颜苗垂头丧气地回到家，开始遵照老板的指示努力收拾自己。

一直被谢子修说得那么不堪，对着镜子的时候，她就心血来潮，要把自己的长相仔细钻研个清楚。

其实照传统眼光来说，她多少也算清秀可爱，小脸蛋小嘴小鼻子黑眼睛，皮肤又薄又干净，还有一头浓密厚重的黑发，每次上班前为了盘发髻都要费老大的功夫。

然而这是纯粹东方的长相，一点都没有杜维维那种大气冶艳的国际化的美。谢子修看惯了欧美人，口味已经彻底西化，难免会觉得她很丑，成天吐槽她也算合理吧。

舒浣送的高级面膜一直没舍得用过，现在想着谢子修的交代，颜苗终于狠狠心拿出一张敷。边敷边心疼，反正敷了也一样达不到谢子修的标准，何苦这么浪费呢，这敷的可都是钱啊，又不给报销。

而后颜苗又在衣柜里翻了半天，结果还是没能找到合适的行头。

她选物美价廉的东西很有一套，平时那看起来像模像样的办公室正装都是一分钱掰成两分花淘来的，满柜子没有一件值钱货，连用来掩谢子修耳目的名牌包，都是假货。

这些衣物应付日常生活是足够，搭配得好也看不出毛病来，但如果要充当小礼服，出入正式场合，质感上多少就有些勉强了。

她要是敢穿件地摊货、背个假名牌包去，谢子修一定不会放过她，回头就把她的置装费扣光吧。

正在烦恼着，门铃响了。颜苗去开了门，外面穿着快递公司制服的年轻人问道："颜小姐吗，麻烦签收一下。"

颜苗有些莫名地签了字，接过那来路不明的大盒子。

回房一打开盒子，就看见谢子修的纸条，字迹飘逸秀美，内容是："好好打扮，别丢我的脸。"

颜苗不由得嘀咕："怕丢脸就别找我充数嘛，又要用又要嫌！"

揭开包装的软布，颜苗把那衣服取出来，摊平在床上，原来是件复古旗袍。

她自己也是买过旗袍的，都是店里那种现成的改良款式。布料是棉麻或者闪光丝，机器绣花机器缝纫，背后一根省事的大拉链，鲜艳又好穿，她跟舒浣一人拿一件，还可以打九折。

而眼前这件则是纯手工的定制品，传统的大开襟旗袍，古色古香得很纯粹，并没有什么拉链这种画蛇添足的东西。

颜苗摸了一摸，这是正宗的真丝织锦缎面料，四道手工绲边，饱满圆润，凑近了也全然看不出针脚来。

精致考究的玉石扣头，天衣无缝的拼花，打籽绣的颜色生动而丰富，绣花一路做到领子上，手艺细腻得让人叹为观止。

颜苗还是头一回看见这样沉着而有神韵的东西，拿在手里是沉甸甸的、精细的美丽。

这可不是随随便便一刀切，流水线上哗啦啦裁出来的成衣，而是数千针十色线才能绣出来的一只蝴蝶一朵牡丹，光是捧着，都能感觉得到工匠倾注在上面的绵密心思。

旗袍的款式和上面的刺绣图案，在现在看来，也许并不时髦，反而因为太正统了，以至于有些陈旧。

那些风流雅致的花和蝶，对于习惯了光鲜艳丽的年轻人而言，可能已经过分的古雅，不够新鲜、不够现代。

但这样无可挑剔的传统技艺和工匠心血，比任何一件名牌的新品都更令她感动。

颜苗虔诚地欣赏了好一阵子，才小心翼翼地换上。

因为没有拉链，都是繁复的盘扣，里头的暗扣还分钩扣和按扣，穿起来着实费了她一番功夫。

而后再给自己梳了个般配的发髻，化了旧上海气息的淡妆。颜苗看着镜子，这一身从头到脚，都和她的长相再合衬不过。

与其说是漂亮，不如说是神韵。她还是第一次知道旗袍穿起来能这么挺拔有型，高领，半袖，合身合体，典雅而细致，瞬间就觉得身材分外凹凸有致起来，胸是胸腰是腰，曲线毕露。

不是人在迁就衣服，而是衣服在迎合她，给了她连自己都没敢想过的韵味，犹如昔日的名媛。

颜苗在镜子前站着，都有点不好意思起来了，她的人生还是第一次有这种十全十美的圆满感觉。

等接到谢子修的电话，颜苗对着镜子又看了最后一眼，再把那负债“买”来的翡翠坠子戴好，就像小时候穿上过年的新装一样，带点不自信的小自豪，忐忑又雀跃地出了门。

不知道谢子修会穿什么，打扮成上海滩的黑帮老大吗？

车子在楼下等着，司机帮她开了门，颜苗一手按住衣下摆，小心翼翼地弯腰坐进去。

俊美的男人穿着高阶军统制服，懒懒地靠在椅背上，出奇修长的双腿之下是铮亮的军靴，军帽平放在膝盖上，用手指略微搭着，闻声便转过头来看她。

颜苗瞬间突然觉得自己失去了语言的能力，一颗心在胸腔里跳得她自己都措手不及，当场乱了手脚。

糟、糟了，她都不知道她居然会有这么色令智昏的一天。

谢子修看了她一会儿，才笑道：“还好你穿起来不会像酒店服务生。”

“……”连一句好话也没有吗。

“衣服还喜欢吗？”

“嗯，”颜苗小心摸着膝上的一只彩蝶刺绣，稍微用力都怕把它碰脏碰坏，“实在太漂亮了。”而且居然还能这么合身。

谢子修微笑着说："喜欢就好。"

颜苗觉得这样的谢子修有点帅到太过分了，自己一时都不知道要说什么才合适，只能搭话问："你的衣服是从哪儿来的，租的吗？"

谢子修笑道："这可是真的军装。"而后将她的手抓过来，放在衣襟上，"你摸摸看。"

颜苗瞬间只觉得动弹不得，衣料那厚实的略微粗糙的质感，谢子修手指的温度，裹在军服里的高大身躯，配上那张带了些邪气、似笑非笑的脸。

大事不妙，她简直要头晕了。

车子停下来，隔着车窗可看见长街上飘落的梧桐叶，淡黄色的叶片贴着路面渐渐蔓延开来。

二十世纪五六十年代气息的房子围住一个庭院，花园里依旧绿草茵茵，那欧式风格的别墅，是西洋格调，更有着浓重的中国味道，闲散而温雅。

谢子修下了车，简洁干脆地朝她弯起胳膊，微笑道："来。"

他一副坦然的、随意的姿态。

颜苗竭力想表现得镇定，然而一挽住那胳膊，脸立刻就发热了。

谢子修走在她身边，比她高了近一个头。这样肩并肩的贴近还是第一次，她挽着他，感觉得到光滑的旗袍缎料和军服那粗糙呢料的细微摩擦，还有谢子修身上那种说不出来的，让人心跳加速的好闻气息。

这时候她也不得不承认，谢子修不管有多么可恶，的确是长得相当英俊。因为肤色浅淡，他的眉目就分外清晰鲜明，以至于每一个表情都极其生动，却又没有丝毫女人气，只因为白皙而未免显出点冷感，有些令人望而却步。

再配上那身制裁气息的军服……

好吧，她终于真正意识到谢子修是个多么迷人的男人。

以往虽然知道自家上司长得帅，但那种认知，就跟看见风景明信片上的美景似的，只是一个笼统的"我知道"，并无更多感想。

就连那种"帅"，也和明星偶像一样，帅得理所应当，遥不可及，跟她没什么关系。而现在则是自己走进这风景里，真实地亲身领会那种如临其境、言语无法描述的美。目瞪口呆之余，她也就不知所措了。

谢子修突然侧过脸来，朝她笑道：“怎么，我太帅了吗？”

“……”

她都没意识到自己竟然一路都在直勾勾地盯着谢子修。

“才、才没有！”

太糟了，她到底是哪根筋搭错线了呢，这人就算再帅，也是谢子修啊，是万恶的资本家，是她哥哥的情敌，是随时可能爆发而迁怒于她的危险分子。

进了屋，派对的大厅布置成略微陈旧的奢华色调，枝型水晶吊灯，白色大理石地砖，朱色窗棂，柚木的西洋样式老家具，各色小玩意儿都透着旧时气派。

空气中浮着隐约的栀子清香，留声机以略微喑哑的声调播着爵士老歌，灯光醉人，一切都怀旧得很迷离。

不等颜苗过去找东西吃，爵士乐队已然开始演奏二十世纪老克勒风情的曲目，谢子修便理所当然地朝她伸手，微笑道：“来，跳舞。”

“……”

要不要这么着急地开场啊，好歹有点铺垫吧。她都已经看到盘子里的熏鱼了，难道谢子修的胃不需要一点铺垫吗？

但对着他那蛊惑人心的笑容，颜苗还是没法不把手伸过去。

唉，连她的眼睛都背叛了她的胃，情何以堪。

和谢子修站着贴近，谢子修将手放在她腰上，颜苗也扶住他的肩，而后另一只手自然相握，十指相扣。

这是再普通不过的交谊舞姿势，然而这样的身体接触就已经让颜苗慌了神。

谢子修的掌心温热，手指修长有力，放在她腰上的手掌，像是一把就能握住她的腰似的，在预备起舞的近距离里，她的胸口也几乎要碰到他了，颜苗不知道为什么，简直都要发抖了。

随着音乐缓缓起舞的过程中，颜苗都不敢抬头，完全失去了和谢子修对视的勇气。

谢子修突然将嘴唇贴近她耳边，小声说："你，踩我三次了。"

"……"

这话实在是煞风景，但她居然也能因为耳畔的热气而连耳朵都红到透。

谢子修的荷尔蒙实在太强大了。

过了一阵，又听得谢子修低声道："拿你没办法。"

而后胳膊落在腰上的力量就加重了，谢子修几乎把她抱起来了。

脚尖虽然没有离开地面，但支撑她全部体重的已经不是自己的脚，而是谢子修的手臂。

谢子修笑道："省得跳完这支舞我就变残疾。"

没错，这样她就不能再用高跟鞋把他的脚钉在地板上了。

然而她整个人紧贴在谢子修怀里，一点缝隙也没有，差不多被他悬空抱着在舞池里度过这几分钟……

颜苗脱离幼儿期之后，就再也没有跟哪个男性这般亲近过，即使是跳舞，像这样的体验也是头一回。

于是这几分钟里她已经无法克制自己脸上的热度，还有心跳的速度。

她的胸口贴着他那坚实有力的胸膛，全然无力抗拒，她不知道谢子修是不是已经感觉到了她异常的心跳。

等一曲终了，两人从舞池出来，情绪似乎都略微有点尴尬。

颜苗眼睛也不知该看哪里，突然听得谢子修说："我去拿杯酒。"

她正巴不得能一个人待上一会儿，闻言便忙不迭地应道："好啊好啊。"

在独处的空隙里，颜苗张着两只手胡乱给自己扇风，好让脸上的热度下去一点。

真是太没见过世面了，跟自家上司跳个舞，也能紧张成这样。

用力扇了一通风，感觉到有人看着她，颜苗转过头去。

那对她行注目礼的青年正独自一人靠在窗边，一身旧时风格的中山装，却又不甚整齐，很有些痞子和学生的混合气质，正是谢少维。

四目相对，谢少维又皱一下眉，而后站直了，大步朝她走过来。

颜苗不由得想，哎呀，糟了，她揍过谢少爷，还拒绝了高薪拉拢，可谓旧恨新仇，冤家路窄。

正想着，谢少维已经走到她眼前，弯下腰。

颜苗对上他的眼睛，还未开口，就听得他说："我可以请你跳舞吗？"

"……"

颜苗有点僵硬地接受了这份从天而降的邀请，两人直挺挺地一起走到舞池里去。

她和谢少维手拉手面对面，和平友爱地共舞，光是描述起来就感觉很诡异。这画面怎么都不合理。合理的进展应该是，谢少维突然动脚把她狠狠地踩上一回，趁机报仇，然后双方一通混战，大打出手，那还差不多。

但两人谁都没有踏错步子踩到对方，不仅没有交战，连眼神的交汇都没有，只默默地踩自己的步子。

不知怎么的，僵硬归僵硬，跟谢少维倒是跳得比较顺利。

跳完一曲，两人站着面面相觑，又没什么可交谈的，谢少维突然说："你今晚，很漂亮。"

那口气毫无愉悦之意，连赞美的话都说得这么不高兴。

颜苗也不知道他是真心夸奖还是勉强客套，只得谨慎回应："谢谢。"

谢少维在她对面站着，沉默半晌，突然又说："你是我见过的，穿旗袍最漂亮的女人。"

"哈？"

这回没等颜苗做出反应，他丢下这么一句，就已经自顾自转身僵硬地走开了。

这赞扬没头没尾的，没铺垫没后续，颜苗也摸不着头脑。

恰逢谢子修拿着酒过来，问："你和谢少维跳舞了？"

颜苗自然明白识时务者为俊杰，当即狗腿似的回道："哪里哪里，谢先生，我不会忘记我是替谁干活的。"

和对手跳个礼节性的交谊舞，不代表她会做出有损自家上司利益的事情，这可不能成为扣薪水的理由啊。

谢子修只是微笑着看她，而后突然说："过来，该我们照相了。"

一回头，摄影师已经举好相机对准他们，颜苗来不及准备，就被贴着脸迅猛地一通咔嚓咔嚓。作为一个没见过世面的人，她顿时闪花了眼，手脚僵硬，嘴角抽搐。

谢子修则是相当的从容，把手绅士地搭放在她腰上，示意她面对镜头。

颜苗从牙缝里颤抖着小声问："我、我要摆什么姿势吗？"

"没事，你只要微笑就好了。"

颜苗勉强扯出一个歪掉的笑容。

"你中风啊？"

"……"

幸而谢子修的强大气势完全掩盖了她的肢体不协调，颜苗背贴着他的胸口，那胸膛的触感坚实可靠，突然就很有令人放松的安全感。

谢子修的气息吹拂过耳边，颜苗只觉得脊背都发起麻来。

"麻烦你，笑的时候不要咬牙。"

"……"

终于一通拍完，大功告成，末了又有人过来帮他们补了两张拍立得。谢子修接过照片，看了一眼，不置可否地挑挑眉，转手递一张给她，"你看，像不像军阀和姨太太？"

派对结束，颜苗回到家，不由得又去对着镜子看了一眼。

镜子里的女孩子袅娜窈窕，一头黑发被身上那织锦缎的质感衬出了墨玉般的光泽，脸上也泛着桃花般的粉色。

压根都不像她自己了。

今晚所有给镜子里这人的夸奖和暧昧，都是这身旗袍所赋予的。一旦脱下来，她就还是颜苗，像过了十二点的灰姑娘。

颜苗认清现实地解了头发、松开扣子，魔法也随之从她身上消失了。

换上廉价睡衣的灰姑娘小心地把这珍贵的旗袍折好，打算送干洗之后再还给谢子修。

整理手包的时候，颜苗又看到了那张拍立得照片。色调昏黄的照片上是微笑着坐在沙发里的年轻军阀，身着旗袍的少女靠在他怀里，略显羞怯，因为紧张还抓着他的胳膊。

“……”

画面看起来还蛮像军阀跟姨太太的。

不过事实上他们根本就是恶霸军阀，跟任劳任怨吃苦耐劳混口饭吃的小丫鬟。

追思谢子修的种种劣迹，越想越觉得他是个坏人。

电话突然在包里响了，颜苗只得摸出手机，赶紧停止腹诽点了接通，心虚道：“呃，谢先生有什么事吗？”

谢子修在那边笑道：“没什么，只是想问问你，今晚玩得开心吗？”

“嗯，很开心。”

“吃饱了吗？”

“……饱了。”吃这方面她是绝对不会失手的。

之后有了短暂的安静，两人似乎都没有合适的台词，颜苗忙补充说：“对了，谢先生，衣服我明天送洗，过几天还给你……”

谢子修打断她，“那个不用还，是给你的。”

“啊……”

“那是照着你的尺寸做的，我拿回来难道自己穿？”

颜苗终于迟钝地想起，谢子修让裁缝给她量过尺寸这件事。

那件旗袍原来真的是特地为她做的。

这反射弧奇长的“恍然大悟”，让她一时有些说不出话来，半晌才以壮士断腕的心情，咬牙问：“那，这衣服要多少钱，我改天给你。”

谢子修倒像是一愣，而后才道：“不用，是我要求你参加的，这也算工作着装，该给你报销的。”

颜苗顿时大喜过望，“真的？不用另外扣薪水什么的吗？”

谢子修在电话那头笑了，“不用。”而后顿了一顿，又道：“还有，你今晚很漂亮。”

“……谢、谢谢。”

连措辞都一样，不愧是兄弟呀。

因为那旗袍实在太精美，颜苗就爱不释手地把它放在被子里，然后抱着它入睡。

颜苗一向最讲究实惠，公司发放的福利，她巴不得全都是现金红包提货券或者能吃能喝或者能转卖的实用货品才好，哪怕是一头活猪呢。

然而收到这件来自谢子修的，既不能吃也没场合穿第二次，更难转卖出手的“工作装”的心情，居然也会这么好。

不知道为什么，她简直有点喜欢上这种感觉了。

次日颜苗还在抱着旗袍睡懒觉的时候，接到了颜子清的电话。

“苗苗，你昨晚干什么去了？”

颜苗半梦半醒，“呃，好像跟你报告过的，我陪谢先生出席酒会……”

颜子清严厉地说：“可你没跟我声明过你是这么陪的。”

“啊？”

“你去看看今天新闻的八卦版面。”

哥哥的命令要第一时间执行，颜苗立刻从被窝里爬起来，翻开手机上的新闻。

颜苗一眼就瞧见新闻头条上谢子修和她的照片，颇为眼熟，正是前一晚派对上的装束。

正翻看着，颜子清又来了电话。

“看到了吗，你对此有什么想法？”

颜苗愤愤地道：“太过分了。”

“嗯，是的。”

“难得上一回新闻，为什么把我拍得那么胖，我的脸哪有那么大？！”

颜子清怒道：“……这不是重点！你什么时候跟他交往的，怎么都不告诉我？”

“咦？哥，我们没有在交往啊。”

“那他就是把你当枪使了。”

“呃……当枪使？”

“你看看新闻是怎么写的。”

颜苗定睛一瞧，底下无非在说她疑似谢子修的新欢，谢子修解除婚约后迅速觅得第二春云云。

“呃，这也，没什么关系吧？”

虽然内容很扯，但不扯就不叫八卦版了，谁也不会把这当真。

而且整篇的措辞都算正面，记者居然还夸她漂亮，甚至赞她跟杜维维平分秋色，往她脸上乱贴了不少金，这多客气啊。

颜子清却完全不像她那么乐观，严肃地道：“苗苗，你是太天真了。这种消息通过媒体传出来，一来可以让我分神，我肯定要担心你；二来也能让维维吃醋，动摇她，这才是谢子修的用心。”

“哈？没、没这么严重吧，”颜苗想了想，“你不是说杜维维对他没感情可言吗，没感情还吃什么醋？”

她老哥，这应该是做刑侦的职业病吧。

颜子清像是苦笑一声，“唉，你自己是女人，也知道女人的心思有多微妙。就算是本来不怎么喜欢的东西，突然落到别人手里了，也会一下子就稀罕起来的。”

好像……的确是有这么一回事。

“更何况我跟谢子修之间的差距那么大。”

颜苗忙说：“哪有，你比他好多了。”

颜子清笑道：“你也不要护短。我只是一个警察，运气好的话，也许能让维维有辆吉普坐坐。谢子修能给她的，我给不了……我甚至连陪她去酒会的像样衣服都没有。”

“杜家还是没接受我。其实我到现在也不知道她为什么选了我而放弃谢子修，我把这当成是幸运。但即使是这样的幸运，也是需要经营的。”

大概也是觉得如此软弱的话从自己嘴里说出来有点难为情，颜子清又换了话题，“言归正传，还是说你的事。你参加这种私人俱乐部聚会，一定是谢子修要求的，衣服也是他准备的，是吧？”

“嗯……”

“所以说，他这样安排别有用心，是特地要做给人看的。如果没有私下授意，你们那新闻也不至于登上头条。”

“……”

“他没有真的对你下手，这我就放心了，但我还是希望你以后要更警醒点，别随便被谢子修利用，他不是什么正派人。”

面对兄长的教诲，颜苗自然是点头如捣蒜，唯唯诺诺地挂了电话。

谢子修没有事先对她声明，事后大概也不打算跟她解释，“利用”得有点过于理所当然了。但其实她作为下属，还有盟友，就算被谢子修利用一下，也在职责范围内吧。

从早餐店往回走的时候，颜苗不知道为什么，昨晚那种睡着都能发笑的好心情，一下子就蒸发干净了，连天色都似乎变得阴沉起来。

她差不多都把“情侣拆散联盟”这件事忘光了。因为跟谢子修走得太近，每日小争小斗，其乐融融，就把两人走得近的最初动机丢到脑后去了。

但讲心里话，现在的她，已经不太想拆散颜子清和杜维维了。

一开始固然无法认同，但时间的力量是无敌的。一天天过去了，那两人的交往从荒唐虚幻，也变得越来越有真实感。

不知不觉间她自己居然消化了这个事实。

而颜子清在辛苦工作中能有恋爱作为慰藉，因此而幸福，这也让她觉得很开心。她对颜子清的那份仰慕，并不全是任性的独占。如果杜维维是真心对她哥哥的，他们在一起很美满，那她将来，也不是不能给予他们祝福。

至于谢子修，颜苗看不透他心里究竟怎么想，但他对杜维维多半是志在必得，至少在她全然玩忽职守的时候，他还没忘记自己的工作。

现在的谢子修和她，虽然有些时候看起来简直就像一对朋友，但颜苗自己明白，一旦失去合作基础，彼此打回原形，各自归位，他们的这点友好关系，也就不存在了。

想到说不定哪天会不得不跟谢子修对立起来，她就觉得心里头很难受。

虽然听从了哥哥的教诲，颜苗这天还是去给谢子修遛狗了。

她的分期付款还得几十年才能到头呢。

达尔文一如既往的热情，甚至早早地就自己跑出门，在公交车站前蹲着，乖乖地耐心地等着颜苗。

一见颜苗从车上下来，它就立刻大摇尾巴，立起来往她身上搭两个前爪。

看它这样友好地来迎接，颜苗思及日后，就不免唉声叹气道："达尔文，要是以后我跟你家主人吵架，你要帮哪边啊？"

达尔文谄媚地舔了舔她的手，在她身上蹭着脑袋。

"嘿，这可是你说的哦。"

颜苗领着达尔文，回谢子修的公寓取狗带。掏钥匙开了门，一眼见到谢子修站在冰箱前的背影，颜苗就不由得顺着墙根哧溜哧溜地走路。

然而走了没两步，那双下端落在阿玛尼家居拖鞋里的长腿就自动走到她眼前来了。

"颜秘书。"

颜苗左顾右盼，就是不敢抬头，"唔……"

谢子修笑着看她，"你今天迟到了啊。"

颜苗心虚地面向墙壁，"是，哈哈哈……"

"反正我都醒了，陪你带达尔文去散步吧。"

居然……这么客气？

颜苗牵了达尔文，跟谢子修并肩走在周末的林荫道上。

往常情况下，这悠闲的步子持续不了多久，她就得开始发足狂奔，被达尔文遛得满街跑了。

但今天有谢子修在，达尔文就安分很多，乖乖地跟在他们身边。

一路过来，颜苗接收到不知多少艳羡的目光。

谢子修身材高大，肩膀宽阔，双腿修长，有着那样一张脸，又带着那么一点笑。跟这样的男人走在一起，距离亲密，还牵着条漂亮的狗，的确会引发令人嫉妒的联想。

然而事情的真相是，她正在自家无良上司的监督下替他遛狗。

因为回头率实在太高，走着走着，颜苗也忍不住要偷偷瞄身边的男人一眼，看他到底是有多魅力四射。

这一眼就立刻被捕捉到了，谢子修敏锐地迅速侧过头来，像黏住苍蝇的苍蝇纸一般盯住她，微笑道："嗯？"

四目相对，颜苗立刻就有点慌，却因为对方的眼睛胶着力太强的关系，没法把视线扯回来，直勾勾地瞪牢他，"哦，没、没什么……"

谢子修笑道："想问什么就问吧。"

"……没有啦……"

"哦？"

谢子修还在笑着看她。颜苗在那双眼睛的魅惑之下，终于开始结巴，"谢、谢先生。"

"嗯？"

"你跟杜维维之间……"颜苗硬着头皮问，"现在，怎么样啦？"

"还不错。"

"……还不错，是指……"

谢子修笑道："我们一直有联络啊。"

"吓！你还想把她抢回来吗？"

"嗯？"

谢子修比她多迈了一步，便转过身来，和她面对面，"怎么？"

颜苗结巴得更厉害了，"我、我想说，呃，天、天涯何处无芳草，世上其实还、还是有很多很好的女孩子啦……"

谢子修微笑着，"所以呢？"

要不然你就干脆做做善事，放弃杜维维，把她让给我老哥吧。

唉，这种话要是能轻而易举、胆大包天地说出口，那他们俩还是颜苗跟谢子修吗？

颜苗左思右想，依旧对着这位盟友加老板难以启齿。

蹲在她脚边的达尔文显然就没这么多烦恼，一看见前面草丛里有麻雀飞起，它立刻就蹿起来，快活地撒腿跑着。

颜苗手腕上缠着狗绳，托达尔文的福，还来不及叫出声来，就已经像炮弹一样，一个跟头栽向谢子修。幸好对方反应得快，及时伸手，成功安全地将她接住。

稳稳地把她抱了个满怀，谢子修便笑道：“嗯？怎么，这就是你想对我说的？”

颜苗猝不及防，眼睛鼻子都埋在他胸膛里，腰上又是他有力的胳膊，一时之间只觉得气血上涌，耳朵瞬间就热到通透，整张脸烫得连她自己都要发昏了。

唉，造孽啊，谢子修的荷尔蒙真是无差别放送。

谢子修笑得别有深意，甚至压低了嗓音，“嗯，你的脸好红。”

浑蛋，不必用这种逼人钻地洞的口气取笑她吧。

但不争气的是，她自己也不晓得身体里到底是哪里来的热气，莫名其妙一个劲地往上冲，没完没了的，几乎把她的脸都蒸熟了。

谢子修也不再说话了，只是松开手，而后就气定神闲地朝着她微笑。

光是这样，颜苗就已经全身都不自在了，只能低头看自己脚尖，被笑得背上发毛。

唉，虽然屈服于谢子修的美色而后面红耳赤，是很可耻，但脸红什么的，不是她能控制的嘛，更不表示她对谢子修有什么非分之想。

随便让她们扑一个到谢子修怀里试试看，没有哪个女生不会脸红的吧。

谢子修大概也是太闲了，需要找乐子，不但不见好就收，还变本加厉地凑过来，微微侧了头，挑逗她似的，去看她快低到胸口的脸，“你想对我说什么，嗯？”

想请谢子修成人之美的建议，这时候就从脑袋里跑光了，脑筋因为荷尔蒙造成的过大负荷而完全短路。

“我……”

谢子修微笑道：“嗯？”

“……我能不能先回去，超市特卖再晚点就要结束了。”

“……”

颜苗揣着几个购物袋，直奔限时特卖的超市。被谢子修压榨过后，她连休息日都只剩下一半，有什么要做的都得挤在一起收拾。

万恶的资本家。

一进超市，颜苗就已经扎好头发，卷好袖子，摆开架势。

事先充分的准备，对各种特卖货架位置、特卖时段的了如指掌，以及特卖价位跟保质期之间的精确衡量，这才能令她在抢购中如虎添翼。

不是所有人都有抢到合算商品的天赋的。

经过两小时的战斗，颜苗以堪比计算器的心算能力，准确凑到了可以兑换到自己想要赠品的金额，一块钱不多一块钱不少，而后力大无穷地拎着大包小包，功成身退，满载而归。

从超市回家，不想多花钱坐地铁的话，则需要辛苦地倒两趟公交车。这样曲折的路线，要说刚好有人跟她同路，那是没有那么巧的。因此一来二去，颜苗就觉察出异样了，有辆车像是在跟踪她。

经过橱窗的时候，颜苗往玻璃上映出的倒影看了一眼，那辆车果然还在坚持不懈地以龟速慢吞吞地尾随其后。

……这么蹩脚的跟踪，累不累，浪费不浪费汽油啊。

拎着东西进了小巷子，颜苗听得外边那人停车，开车门下来的动静，索性把大包小包靠墙放好，在那儿守株待兔。

那“兔”一转弯，冷不防地就跟她打了个照面，当即倒退一步，脸立刻僵住了。

这跟踪者果不其然地行为鬼祟，体格高大，面目……咦，居然不可憎，反而还挺眼熟的。

……不是谢少维又是谁。

两人僵硬地对视片刻，颜苗不由得暗自思忖，这是来寻仇的?

“你想干什么哦？”

谢少维猝不及防，又是受惊又是尴尬，脸登时就涨红了，恼怒道：“你说我想干什么？”

“哦……”来势汹汹，来意不善啊。

其实颜苗还是有点不确定的。今天她拿了这么多东西，要动手的话，可能不是那么好发挥，万一把整盒特价鸡蛋给打破，那就很吃亏了，回去得吃上好几天的鸡蛋煎饼吧……

于是颜苗小心地道："那个，我们有话好好说，有什么问题文明解决嘛。"

谢少维大怒，"我哪里不文明了？"

"……"这问题她要是认真回答的话，不是一时半会能说得完的吧？

两人都像弓起背的猫一样，竖着毛又对峙了一分钟。谢少维突然"嗖"地上前一步，颜苗来不及反应，本能地后退一步，他就已经一左一右地拎起她的两大袋战利品，转身就走了。

"喂！"

光天化日地，开个豪车来抢她的鸡蛋和卷纸？这什么世道。

颜苗待要跟他争夺，又怕把脆弱的蛋们碰碎了，只能揪着他袖子，"你这个强盗，放下我的鸡蛋！"

谢少维不闻不问，径自打开车门，将东西放进去，而后又转身回来拎剩下的，把袋子都堆到车后座后，他杀气腾腾地转身瞪着她，"上车。"

……绑架她的鸡蛋当人质来威胁她，这还有没有王法了……

颜苗含泪道："你到底想干吗呀？"她辛辛苦苦采购一趟，容易吗。

谢少维又暴躁起来了，"我送你回去不行啊？"

"……"

"上车！"

"……"

"要磨蹭到什么时候，你想我车子被拖走吗？"

颜苗有点狐疑，问："……你干吗突然变这么好心？"

谢少维看起来很生气，"你给过我一个橘子，我回报不行啊？"

"……"这也太客气了吧。

"我最讨厌欠人情了。"

为了后座上的那些鸡蛋，颜苗上了车，心里还是不免犯嘀咕。事态的走向原本该是惊悚暴力片，突然变成报恩温情片，感觉还是很不妥当啊。

谢少维一路都眉头紧锁，咬牙切齿地开着车，好像跟公路有深仇大恨一般，但居然还真的把她安然无恙地送到了公寓楼下。

“多谢……”颜苗道了谢，转念一想，又觉得不对，“呃，你怎么知道我住这里？”

谢少维脸色蓦然大变，由白变青，由青变红，又由红变紫。

颜苗警惕地看着各种颜色在他脸上飞快变换，几乎要以为他打算杀人谋财了，却听得他忽地开口说：“你、你吃过晚饭没有？”

“……没。”

“你吃不吃晚饭？”

“……”有谁不吃饭的吗？

沉默地对视了半晌，谢少维又不耐烦了，“那要吃就一起去啊。”

颜苗有点不太确定他的意思，想了想，“那个，你是在请我吃饭吗？”

谢少维皱着眉，“我只是表明一下我的态度，又没说你就一定得去吃！”

……这到底是打算请还是不打算请啊？

颜苗斟酌道，“那，我就不去了吧。”

谢少维于是大怒，“我位子都订好了，你是要浪费掉吗？”

“……”这年头的小孩子都这么阴晴不定、反复无常的吗？

颜苗坐在餐厅里，有气无力地剥着螃蟹，很有点力不从心的感觉。

她实在吃不动了，但谢少维还没有结账走人的意思。

两人又无话可说，除了吃，她想不出嘴巴还有什么可做的。

“你吃饱了吗？”

谢少维依旧皱着眉，“吃饱了。”

那就走人嘛。

来这里就是为吃饭的，两人都吃饱了，还磨蹭个什么劲，莫非他没带钱？

谢少维一副很不愿意开口的模样，独自憋了半天气，才说：“喂，我想问你……”

颜苗不由得警惕起来，难道他真的没带钱？

谢少维的眉头皱到史上最高点，脸色涨红，问：“你、你觉得我怎么样？”

颜苗不知他何出此言，想了想，“……你要听真话吗？”

“……”

颜苗诚实地说：“刚认识你的时候，我觉得你这人有点凶。”

谢少维看着她，“……现在呢？”

“现在我觉得你真的挺凶的。”

谢少维脸更红了，怒道：“我再凶能凶得过你吗？你这没人要的凶女人。”

颜苗放下手里的螃蟹，本能地反驳道：“谁、谁说我没人要的？”

谢少维瞪着她，“难道你会有男朋友吗？”

颜苗垂死挣扎，“……关你什么事？”

长年累月暗恋颜子清未果，这档子事就不提了；现在她又总是工作满档，基本上没有什么私人生活。长时间接触的男人除了自家的无良上司，就是公司保安，的确一点桃花都没有。常常去吃早餐的小吃店老板对她倒是温柔可亲，大概算是周围对她最关怀体贴的男性了，还常给她打折，每天都笑眯眯的，只不过人家马上就要过六十大寿了。

谢少维哼了一声，“我没说错吧？”

“……”

“还敢说不是没人要。”

“……”

正以猛啃螃蟹来掩饰自己的节节败退，突然又听得谢少维说：“其实我有个人可以介绍给你。”

颜苗还在跟螃蟹腿奋战，一时没回过味来，“什么？”

谢少维咳了两声，大概是被酒水呛着了，满脸通红，一手挡住嘴，而后说：“我这边有个朋友，咳，挺喜欢你的，想跟你交朋友。”

颜苗拎着蟹腿，呆若木鸡，“啊？”

“我可以安排你们见一面。”

“……这就不用了吧？”

谢少维非要当中间人的话，介绍的该是杀人越货的生意才比较合适，他哪有媒人的气质。

谢少维怒目而视，“为什么不用？”

“……因为听起来一点都不靠谱呀。”

她左思右想，都不觉得自己在跟谢少维交手的过程里，什么时候能给什么人留下特别美好动人的印象。

以她跟谢少维丝毫谈不上友好的交情来看，帮忙拉红线什么的，这不是黄鼠狼给鸡拜年嘛。

谢少维恼怒道：“你怀疑我的诚意？”

颜苗也不跟他客套，把最后一个螃蟹腿赶紧吃了，“没错。”

谢少维的脸色又涨红了，咬牙道：“少给我婆婆妈妈的。明天晚上这里见，你要是怕就别来了。”

颜苗心想，这有什么好怕的？别忘了是谁被她打得大喊救命满地跑的。

不过，她长这么大，人生中第一次出现所谓的暗恋者，要说一点都不好奇、不紧张，不想知道对方是谁，那是假的。

而且要说起来，这家店的螃蟹确实很好吃，能再吃一次，也是不吃白不吃。

Chapter7

暗恋的生长

次日到了时间，颜苗便毅然单刀赴会，权当相信谢少维的人品一回。

已是华灯初上的光景，餐厅里几近客满，却还保持得十分幽静。屏风之后的榻榻米之上灯光轻柔模糊，几步之遥就犹如天上人间之隔，意境是很美，只不过……

桌子旁只有谢少维一个人衣冠楚楚地坐着，餐具也只有两套。

这家伙，果然。

所谓的追求者，压根就不存在嘛。

见她进来，谢少维只抬头看她一眼，就立刻逃避什么似的，掉转眼光，去盯墙角的灯具。

颜苗有点生气了，“你还当真要我啊？”

幸好她没特意花心思化妆打扮，只是素面朝天地绑个马尾巴就来了，不然岂不是要被取笑惨了。

对一个女孩子，拿这种事开玩笑，未免有点无聊了吧。

“其实没有‘你朋友’这个人，对吧？”

谢少维依旧板着脸正襟危坐，并不出声，算是默认了。

颜苗有点火大，“我走了啊。”

谢少维猛地抬眼看她，貌似更火大，不过他差不多一直都那种表情，颜苗也无法估测他的火到底烧得有多大。

“什么叫我走了？”

“……根本就没朋友要介绍给我，我留在这里干吗？”

谢少维看起来像是要狂暴了，“你这蠢女人！”

“……”居然还反过来骂她？

谢少维怒不可遏地问：“你是有多笨啊？”

什、什么话，她如果真的笨，那是谁要开超高薪来挖她这“蠢”员工的啊？

颜苗决定好好跟他讲讲道理，“谢少爷，我是看在你虽然脾气坏但从来不撒谎的分儿上才来的。谁知道你会这么幼稚，搞这种恶作剧有意思吗？就算我一直没人追，你也没必要拿这点来挖苦我吧？”

谢少维咬牙一个字一个字地道：“你是猪吗？”

“……”人身攻击啊。

“我把我自己介绍给你，不行吗？”

颜苗顿时有种五雷轰顶的感觉。

谢少维还在气势汹汹地瞪着她，问：“你有意见吗？啊？！”

“……”

耳边只剩下连绵不绝的嗡嗡声，视野里是灯光下他那修长的，因为生气而上挑的眉眼，薄薄的皮肤上带着轻微的红色，还有清晰透出来的磨牙的动作。

她长到二十多岁，第一次，搞不好也是最后一次被人主动表白。不管对象是谁，都算得上是天降桃花，人生中的一大突破，可喜可贺，必须好好处理应对才是。

于是颜苗毫不犹豫地，立刻转身落荒而逃了。

颜苗一直到第二天上班，脑子里都只有两个字。

夭寿……

被谢少维表白了，这不是什么好不好、喜欢不喜欢的问题，而是完全的匪夷所思。

按常理来讲，谢少维对她该是恨都恨不过来才对，表白什么的……他不会是物极必反，讨厌到一种程度，就由恨生爱了吧？

心神不宁地进了电梯，不期然一眼就又看见了谢子修微笑的脸。

“呃……”

谢子修先低头打了招呼，“颜秘书早。”

“……谢先生早。”

碰到自家上司，颜苗心里的忐忑就更多了点。

以上司和谢少维的敌对关系，她这样……算是私通敌方吗？

好在谢子修看起来心情相当不错，大概是那报纸版面起了作用，连公司里都在为那八卦报道而议论纷纷，杜维维那边说不定也有了反应。

想起这些，不知道为什么，关于昨天发生的事，她就更觉得需要找谢子修说一声。

大概因为，从公事角度来讲，身为下属，如果跟他的对头有什么特殊来往，还是有义务向上司报备的；从私事角度来讲，身为盟友，他还拿她来制造了绯闻，万一她真要打算跟谁交往，也是该告知一下的吧。

帮谢子修沏好新茶的时候，颜苗鼓起勇气。

“谢先生……”

“嗯？”

颜苗开口就不免有些害羞和忐忑，“那个……有人在追我……”

谢子修抬头看她，“怎么，你欠人钱啊？”

颜苗恼羞成怒道：“不是那种追！”

谢子修依旧笑道：“那会是什么？”

颜苗突然觉得有点生气，“算了，没事。”

“颜秘书……”

她第一次略微有被伤到自尊的感觉。

“茶沏好了，我走了。”

谢子修放下笔，正色道：“我开玩笑的，有事你就说吧。”

“真的没事。”

她突然意识到，谢子修并不是自己可以掏心掏肺的对象，他们之间其实并不是对等的。

她很认真坦诚地处理两人这份交情，把每一件和谢子修相关的事都当严肃的大事来做，反之谢子修对她，除了玩笑，就是玩笑，还有玩笑。

而她并非任何时候都只是好笑的。

今天不用给无良资本家加班，准点完成工作，颜苗便收拾好东西，出了公司大楼。

一眼看见街边停着辆有点眼熟的车子，颜苗突然有种不祥的预感。

“……不至于吧……”

车门打开，谢少维皱着眉将腿迈出车外，而后站起身来，抬头看她。

谢少维居然在等着她。

四目相对，他看起来不是十分自在，弄得颜苗也跟着紧张起来了。

“昨天你跑什么跑啊？”

颜苗不知为什么，自己也底气不足，嘀咕道：“……又没规定不能跑……”

“你考虑得怎么样了？”

“……考、考虑什么？”

谢少维又恼了，“你说还能考虑什么啊？”

“……”

“行不行你给句话啊。”

“……”

“赶紧的，别婆婆妈妈的好不好？”

颜苗嗫嚅道：“……那……还是……不行吧。”

谢少维安静了一刻，瞪着她问：“为什么不行？”

“拒绝人也总得有个理由吧？”

颜苗想了半天，绞尽脑汁，“……我、我哥不让我找姓谢的。”

“……”

颜苗无地自容，“……你也知道我是第一次被人追，没经验，所以……”

颜苗自己都觉得说不下去了，只得自暴自弃地捂住脸，“我真的不知道要怎么办了，你还是去找个有经验的吧……”

谢少维“靠”了一声，接着说：“你可以不接受，但我这边单方面的事，你就管不了了。”

两人在路边僵持着也不是个办法，谢少维又暴躁起来，“别傻站着了。吃个饭总行吧？”

“吃饭……”

“你不饿我还饿呢，少磨磨蹭蹭的了，走。”

一顿饭也不算什么大事，颜苗想了想，说：“那、就近吃吧，对面店里的商务套餐什么的。”

填饱肚子有需求，别弄得太奢靡太暧昧就好了。

谢少维显然对商务套餐嗤之以鼻，但颜苗提了，他也就没出言反驳，顺手锁了车子，两人一起往街对面去。

过马路的时候，颜苗看着信号灯显示的时间就剩几秒了，心想着不急，等下一次绿灯再走。冷不防后面的人流涌上来，把她一个踉跄就撞到了路中间。

只那么稍微一愣神，绿灯就变红灯了。颜苗一时没弄清楚是该往回走还是索性冲过对面去，站着有点发蒙，身边的谢少维忍无可忍地一把拉起她，“你傻的呀？”

“呃……”

被扯着硬冲过了马路，颜苗差点就变成同手同脚。她的手指还在对方手掌里，谢少维第一次牵了她的手，两人手心都在冒汗，完全没法直视对方。

她在恋爱方面完全没有心得体会，除了十年如一日地暗恋过颜子清之外，基本也弄不清楚喜欢别人和被人喜欢究竟是什么感觉。

要说长相，谢少维跟颜子清是一点都不相似的，完全是相反的风格。但不知道为什么，却也并不讨厌，甚至有可能像是她会觉得顺眼的类型。

两人进了餐厅，在靠窗的地方随便找了个桌子，入座之前自然而然就松了手，两人都有些不自在，只能赶紧各自低头看菜单。

“我、我要个鳗鱼饭吧。”

谢少维咳了一声，“那，我也是。”

套餐送上来，谢少维瞪着那一坨米饭几块鳗鱼，“这能吃？”

……是鳗鱼饭不是鱼翅捞饭啊少爷。

颜苗已经开始埋头苦吃了，还吃得颇投入，他也只能不甘不愿地拿起筷子，夹了一块放进嘴里。

“味道还不错吧？”

谢少维看起来很生气，但没出声。

“这家价格便宜，但酱汁还是很好的，鳗鱼也新鲜。”

谢少维还是愤怒得很安静。

“……你不会是被鱼刺卡住了吧？”

“……”

“……这都行……”真是令人惊叹不已。

颜苗只好想办法缓解他的痛苦，“吞点米饭吧？要不喝点醋？”

谢少维脸都涨红了。

“唉，你这人，吃个鳗鱼都能卡住……”

颜苗边给他递米饭，边无意识地往窗外扫了一眼，这一眼吓得她差点把饭都打翻了。

谢子修在外面站着，隔了玻璃安静地看着他们。

颜苗全身僵硬，顺带就结巴了，“谢、谢先生……”

谢子修微微笑了一笑，便走到正门推门进来。

谢少维已经把鱼刺吞下去了，咳过一阵，转头看着走过来的兄长，充满敌意地拧起眉头，“你又想怎么样？”

谢子修笑道：“我只是过来吃个便饭。”

谢少维厌恶地说：“少装了你，不就是看见她在跟我吃饭，心里不舒服吗？”

颜苗顿时出了一背的汗，有人会因为跟老板的对头吃鳗鱼，而被炒鱿鱼的吗？

谢子修依旧不愠不火地说，“何出此言呢？”

“你敢说你等下不打算找机会跟她表白？不打算说些什么你早就喜欢她了只是慢半拍的屁话？”

颜苗一背的汗顿时冻成了冰壳，这假设也太令人毛骨悚然了吧。他还不如幻想谢子修是跟他相爱相杀呢，还比这个来得现实点。

“每次只要我看中个什么，你就要想方设法地抢到手，以表现你的了不起，一直以来不都是这样吗？你妈抢不过我妈，你就来我这里找平衡，”谢少维揭起底来毫不留情，“当年跟杜家联姻的机会本来是我的，最后却落在你头上。只可惜，算计半天，现在还是一场空嘛。白忙活那么久，有意思吗？”

谢子修倒没有被激怒，笑道：“这年头有什么好东西不需要抢，有谁不是在抢？说得像你没抢过一样。不是抢不抢，是抢不抢得到。竞争到哪儿都有，大家彼此彼此，何必只拿我说事呢？”

谢少维鄙夷道：“我没你那么假惺惺，也不跟你啰唆。这次你别再来那一套就行了，你要是回头跟颜苗花言巧语，别怪我看不起你。”

颜苗忙说：“谢先生才不是这种人。”

谢少维嗤之以鼻道：“他什么事做不出来？你自己问问他。他敢不敢只为了在我眼前炫耀一把就把你弄到手，然后一脚踢掉？”

“……”

谢子修笑了笑，“你不用危言耸听。”

颜苗还在为自家上司辩护，“是啊，谢先生不会做那种事啦，我们都这么熟了，哪至于……”

谢少维也笑了一声，“你等着看吧，我也想知道，有谁是他不敢利用的。”

这一顿跟鳗鱼一样多刺的饭吃完出来，天都已经黑透了，街上虽然霓虹万盏，那光芒却也穿不透这沉重的夜色。起了风，就显得四周分外肃冷。

谢少维先走了，留下颜苗和谢子修在风里站着，那番口舌之争过后，颜苗再和他对视都觉得有些尴尬。

她从来也没一厢情愿地认定谢子修是个多正派的人，他长得就跟“好人”太搭不上边了。但他的那些冷酷的“坏”，又是跟她无关的。除了剥削特定的某可怜员工、嘴巴比较毒、趣味比较恶之外，他在她面前的一切，其实都是很好的。

她也害怕日后渐渐地，事情会变得不一样，失去合作立场就不再是盟友，因为冷冰冰的利益，就连上司和下属也做不成。

“谢先生……”

谢子修低头看着她，“嗯？”

“在我哥和杜维维之外的事情上，请你不要利用我。”

“也不要拿我去打击谢少维。”

他如果过分无情和卑鄙了，那他就不是她心目中那个谢子修了。

“拜托你。”

谢子修拍一拍她的头，而后把手放进外套口袋里，“没问题。”

虽然得到保证，颜苗近日的心情还是好不起来，不知道为什么，她总觉得他们俩的联盟气数将尽了。

虽然这联盟在活着的时候基本没有任何的业绩跟贡献，但有朝一日要寿终正寝的话，也太让人伤心了。

这天颜苗去前台查看有无遗漏的信件，公司的前台小美女一见她，就两眼放光地一把将她拉住，“苗苗，你帮我顶十分钟好不好？”

“咦？”

小美女楚楚可怜地道：“我要出去见一下我男朋友……”

“让他来公司不好吗？”

“他是个艺术家，穿得太有个性，保安不会让他进来的啦。”

“呃……”

“拜托啦……”

“好吧……”真的只需要十分钟吗？

颜苗只得在前台立正站好，戴上无线耳麦，顶替着接电话、做记录，像模像样地工作起来。

记完一个电话留言，颜苗一抬眼，便觉得眼前一亮。姗姗走近的是个有着一头浓密卷发的高挑美人，身材火爆，眉目精致，裹在得体的套装里，颇有几分杜维维的气势。

美人走到她面前，将 LOGO 耀眼的名牌手包放在台上，便道：“你好，我和谢子修先生有一个预约。”

“啊，”颜苗忙道，“谢先生出去了，还没有回来，今天早上应该都没有时间。请问你是有什么事呢？”

美人拨了拨垂在胸前的卷发，尽显妩媚，“我是来面试的。”

“啊……”

身为贴身秘书，她也没听说谢子修手下还缺什么人，虽然他埋怨过最近分发信件的小弟老是慢半拍，但眼前这位美女身上的名贵套装和普拉达手包上的牌标，都显眼到让人没法忽略，怎么看也不是跟小弟抢饭碗的。

“那请问，你是来应试什么职位的呢？”

“总裁秘书。”

“……”

颜苗回到自己的座位上，看着桌子上相框里谢子修的脸。

被射成马蜂窝的照片早就已经拿下来了，而这在淫威之下不得不摆出来的照片却还一直留着，一如既往的是他温和得近乎无情的笑容。

看见谢子修从外面回来了，颜苗忙起身，照例去给他泡了茶，端来他喜欢的坚果，准备好出水流畅的签字笔，传真机也及时补上纸张，而后看着谢子修。

她的这位上司微笑着道了谢，夸奖过她那用来醒脑的小坚果，而后开始工作，镇定自若，一如往常。

大概是留意到她还站着，而不像平时做完事就一溜烟跑开的样子，谢子修微笑着抬头问：“还有什么事吗？”

“……没有。”

其实也不难理解，就算工作上没出过差错，对于谢子修这样高要求的人来说，她照样不会是最好的秘书人选。

但是，他打算换掉她这个秘书，居然连向她提起一声的意思也没有。

“有事就直接说吧，客气什么。”

颜苗鼓起勇气道：“谢先生，你对我有什么意见吗？”

谢子修“嗯”了一声，看她一眼，颜苗忙补充道：“工作上的。”

谢子修想了想，“没有啊，你做得不错。”

“那、有要我改进的地方吗？”

谢子修挑起眉，看看她，笑道：“你这是怎么了？”

颜苗讪讪地说：“……没什么。”

他并不知道她已经知道了，她也不好意思让他知道她已经知道了。有些事要摊开来说，还是太尴尬了。

下班的时候谢子修照旧叫她：“走吧。”

作为被欺压的贴身秘书，福利就是每天可以搭上司的顺风车，省掉一笔车资。

不过这次颜苗慢吞吞地收拾着东西，“……不用啦，我自己回去。”

谢子修略微意外，道：“今天你不搭顺风车？”

“嗯……”

“要自己花钱去坐车？”

“……嗯。”

谢子修笑道：“你坐地铁回去，要六块钱哦。”

“……”颜苗还真的被价格戳痛了一下，“那我坐公交车，两块就好了。”

谢子修提醒道：“公交车站可不近啊。”

“……走路又不要钱。”

出了公司，颜苗一路踩着高跟鞋颤巍巍地步行去公交车站，谢子修的车子则在边上不紧不慢地跟着她。

“颜秘书，你今天很反常嘛。”

“……”

“你的鞋子虽然是打折货，但也是从百货公司新买的啊。”

“……”

“走到车站的话，它的价值大概已经磨损了50%了吧。”

“……”

“所以你今天损失的不仅是车费，还有鞋子的一半价格，加起来是多少？”

“……”颜苗果然停下来了，在犹豫着要不要脱掉鞋子，满脸激烈地思想斗争着。

谢子修也停了车，打开车门笑道：“有免费的车子，你为什么不搭？”

颜苗看着他那一如往常的、带点玩味笑容的脸，突然就不想跟他一样藏着掖着了，“那你为什么要面试新秘书？！”

谢子修像是有些意外，愣了一愣，而后才说：“哦，你是说阮希若？她是我叔叔推荐过来的。”

他这么大大方方地就承认了，半点心虚和内疚都没有。

“所以你就打算炒掉我了？”

她为他勤勤恳恳地工作了这么些日子，甚至还拒绝了别人的高薪诱惑，没功劳也有苦劳，他居然说换人就换人。

这个没人性的资本家。

谢子修说：“并没有啊，阮希若是想要你这个位置没错，但就算这样，公司也不会裁掉你的。”

颜苗突然有点心酸，“你真的打算拿她换掉我？”

谢子修看了看她，不置可否地笑道：“你也不需要担心，以你的能力，进公司以来的工作表现，如果换一个职位给你，不会比现在这个差。”

颜苗忍着脚痛继续往前走，“我不要，你到时候直接炒掉我吧。”

谢子修倒是有些意外，挑起眉，“嗯？这又是何必呢。我向你保证，换个职位，你的待遇一样有保障的。”

“……”

她也说不清原因，虽然她很爱钱，但为这个职位赌气，还真并不是为了钱。

两人在路边僵持着，谢子修道：“先上车吧，我再停下去要吃罚单了。”

“罚款可是得你来交的啊。”

“……我交就我交。”

此言一出，连谢子修也意识到事态的严重性了，于是拉住她，正色道：

“颜秘书。”

颜苗忙把自己的手从他手里抽回来，“我要去坐车了。”

“你看，你只要上车，就能为我们省去多少麻烦。你却连这最基本的、合理的配合都做不到，这么缺乏职业精神，怎么能怪我打算换秘书呢？”

“……”

颜苗终于坐进了车里，憋着委屈却发不出来，越想越觉得鼻子发酸，只能说：“你、你这没良心的，我还帮你遛狗呢……”

谢子修看着她，笑道：“又不是要炒你鱿鱼。”

调职都来了，炒鱿鱼还会远吗？

谢子修弹了下她的额头，“到底为什么不愿意被调职呢？”

颜苗对着他的眼神，连自己都实在说不清为什么不愿意，过了半晌，只能说：“那样就，没、没有加倍的置装费了。”

谢子修笑道：“啊，这倒也是。”而后从上衣口袋掏出手绢给她，“拿着。”

颜苗还在忍着眼泪，听见他笑着说：“你可以用来擤鼻涕，没关系，这回还是算工伤。”

颜苗突然有点难为情，她一直很好强，为这样的事情落泪实在太没出息，也太不像她自己了。

她都不知道自己怎么突然就变得这么软弱了。

她只是害怕谢子修会放弃她这个秘书。

那样好像就真的结束了。

第二天，颜苗还真的又在公司看到了阮希若。艳光四射的大美女穿着名贵套装，袅袅婷婷地走进谢子修的办公室，颜苗背上的汗毛唰一下就全竖起来了。

等阮希若从办公室出来，又婀娜多姿地离开，颜苗就冲进他的办公室，一把拉上百叶窗，严肃地说：“总得考虑你的形象吧谢先生？”

谢子修坐在桌子后面，好整以暇地挑起眉，“嗯？”

“你以前不是说过，不能用太漂亮的秘书，所以才录用我的吗？现在用个那么漂亮的把我换下去，不怕人说闲话吗？”

谢子修若有所思地道：“这个嘛，人言固然可畏，但也没必要为之左右吧？”

“……但是，有那样的美女在，你一定会分心，这会降低你的工作效率的。”

谢子修笑道：“说到工作效率，阮希若可不是只有长得漂亮，她还是从哥伦比亚大学毕业的。”

颜苗彻底泄了气。虽然她也是名牌学府的优秀毕业生，可跟人家常春藤盟校什么的比起来，就没有任何优势可言了。

她无论是内在外在，跟这位竞争对手比起来，都寒酸了许多，两人放在一起，真是高低立见。换成她是谢子修，要她做选择，她也没什么好迟疑的。

谢子修又笑道：“你得向我证明，把你留在身边有什么优于别人的好处，我才好做评测啊。”

“……换了秘书的话，就不会有人知道你喜欢吃什么点心，也不会提早给你泡你喜欢的茶了。”

“这个我只要直接告诉她们不就好了？”

“……换了秘书的话，就没有人帮你周末遛狗了。”

谢子修笑道：“别忘了你的分期付款还没付完啊，颜秘书。”

“……”

于是她最后也只能对谢子修说：“那，坠子我不要了，还给你吧，谢先生。”

再过了几天，颜苗已经听见公司的同事在八卦着说新进了个样貌打扮都堪比模特的大美女，来头还颇大，刚来就引起了不小的轰动，还有人明目张胆地用手机对其进行拍摄。

于是去给上司送下午茶点的时候，颜苗就直截了当地问他：“你录用阮希若了吗，谢先生？”

谢子修坦然道：“当然了，这样的人才，错过会很可惜的。”

谢子修开始悠闲地享用起他的下午茶，“嗯，今天的蛋糕不错，你去排队买的？”

颜苗从口袋里摸出张卡片，放到他面前，说：“这是那家店的优惠卡，消费到一定额度才能申请到的，明天起就该由阮小姐帮您去买了。”

谢子修抬眼看看她，笑道：“她又不是我的秘书，怎么能让她来准备呢？”

“……”

“阮希若是很优秀，不过呢，秘书是协助性的工作，独立思考的能力固然是要有的，但配合精神更要有。她不太适合做这个，在其他职位上更能发挥她的优势。”

“所以优惠卡要记得收好，明天的蛋糕还是拜托你了。”

颜苗呆了一阵，总算明白了上司这存心欺负人的含蓄。一瞬间她只觉得整个世界都美好灿烂起来，谢子修那似笑非笑的欠扁的脸看着也愈发英俊了，就连大堆等着她处理的文件都变得面目可亲。

于是她慷慨地说：“等下了班，我请你吃包子！”

谢子修笑道：“哇，这么大方。”

这一整天颜苗都觉得很快乐，一直到快下班的时候，她才回过味来，原来谢子修的意思是说，相比之下，阮希若做秘书工作的话，那就是大材小用了。

所以为了不浪费人才，还是让她继续当秘书就好，让阮希若去担任更高一级的职位。

不过这也不影响颜苗的愉快心情。虽然她没有阮希若优秀，但她比阮希若更适合当谢子修的秘书，这不就可以了吗？

下了班，颜苗豪气万千地要带上司去吃物美价廉的大肉包，一下楼不期然又看见了公司门口的谢少维。

三人面面相觑，颜苗在爱记仇的顶头上司和平生第一位追求者之间，真是左右为难。

“呃……”

不如……买三份包子坐下来吃？

谢少维一见他的这位死对头兄长，就如临大敌地皱起两条浓黑的眉毛，“你别这么阴魂不散的行不行啊？”

谢子修摸了摸鼻子，“……我下了班从公司大门口出去有错吗？”

谢少维又急了，“那你干吗非得跟着她啊？”

颜苗见他如此草木皆兵，自己就先不好意思了，便替上司解释：“没啦，你误会了，是我要请他一起吃饭的。”

谢少维敏感地转头看着她，问：“你……不会是在跟他交往吧？”

颜苗闻言反应迅速，毫不犹豫地用力一挥手，斩钉截铁，铿锵有力地道：“这怎么可能！”

谢子修被那么嫌弃地一挥，顿时脸上无光，只得牙疼似的抽了抽嘴角，龇牙一笑，“那是，颜秘书可是已经有了心上人的。”

谢少维顿时露出晴天霹雳的表情，“……是谁？”

谢子修故做惊讶状，“什么？这么重要的事，颜秘书居然没告诉你吗？”

“……”

谢子修又谦逊地道：“不好意思不好意思，是我多嘴了，我知道得太多了。其实，颜秘书的心上人呢，是……”

谢少维不由得恼羞成怒，暴躁道：“不用你来告诉我！颜苗喜欢谁我都不在乎，我也不稀罕知道。”

“呃……”

“你们慢慢吃，我走了。”

“……”

这么两言三语，谢子修就不损一兵一将地把谢少维给气走了。

颜苗看着谢少维愤愤离去的背影，觉得有些不安，问：“……你又欺负你弟弟啦？”

谢子修无辜地道：“嗯？我做错什么了吗？”

这家伙压根儿是对兄弟相争的戏码上了瘾，从不放过任何可以取胜的机会，而且以此为乐，怪不得谢少维会想开车撞他呢。

同样身为被长期欺压的对象，颜苗不由得就对一直处于下风的谢少维萌发出一点同情心。

两人进了店，谢子修衣冠楚楚地在塑料桌子边上的塑料椅子上坐下，两屉朴实无华的包子热气腾腾地送上来，用来装醋的小碟子还缺了个角。

颜苗热情地推荐道："你蘸这醋试试，很香的。"

因为自家秘书主动掏钱请客吃饭的机会实在是绝无仅有，谢子修也只得这么降尊纡贵地夹起一个，放到嘴边，试探地一咬。

"味道很好吧？"

"唔……"

包子皮薄如纸，馅嫩油丰，汤汁鲜香，一口咬下来，一不留神那肉汤就几乎淌了满筷子。

"大包也能做出汤包一样的饱满汤汁来，这很不容易吧。"

谢子修对着她微笑，"嗯……"

"这家的包子超级实惠的，不要看店里装修很朴素，可东西超好吃的，我这屉是豆腐包子哦。怕你嫌我不请你吃肉，才点肉包给你的。其实豆腐的这种很鲜的，而且吃法不一样呢。"

谢子修饶有兴味地听着她长篇大论，"哦？"

颜苗把包子咬开来，就着青葱豆腐那一青二白的清香，用小勺把辣水灌进去，酸辣之间就有了种独特的清新风味。

示范完毕，颜苗便慷慨地道："来，吃吃我的豆腐吧。"

谢子修一挑眉，"真的？那我就不客气了。"

颜苗突然背上一紧，毛骨悚然，"……我说的是豆腐包子。"

谢子修笑道："我说的也是啊。"

"哦……"

听起来谢子修也不像是个会调戏她的人，但为什么感觉那么可怕呢。

两人的包子共享，在上司面前颜苗照样吃得风卷残云，勇猛无比，毫不谦让。

以她的嘴巴大小来说，能有这么强的战斗力，真是匪夷所思，并且令对手闻风丧胆的一件事。

相比之下斯文做派的谢子修就远远落了下风，照这样下去，到最后他应该只有装醋的碟子可以舔了。

眼看差距甚大，颜苗不免象征性地安慰他一把，说：“不够吃再叫吧，我请客。”

谢子修笑着看她，突然俯身向她，伸过手来，在她反应过来之前用拇指和食指摸了一下她的嘴角。

“……”

“你这里沾到了。”

颜苗喉咙里噎着包子，一手还捏着筷子，心脏好一阵怦怦乱跳。

真是吓、吓死人了。

她还以为台词会是“再吃，再吃把你嘴撕开”呢。

“……我说，你不用脸色发青吧？”

颜苗心有余悸，“因为很可怕啊。”

谢子修微微眯了眼睛，依旧面带笑容，“你连跟谢少维吃饭都能帮他递饭碗，反倒怕起我来了？”

的确，谢少维一脸凶神恶煞，相比之下，谢子修总是那么笑微微的，而且还俊美白皙，简直谈得上和蔼可亲了。

但是……

颜苗颤抖地诚实回答道：“你……比他可怕多了。”

谢子修不由得摸了摸自己的脸，“是吗？我觉得我长得还挺好的呀。”

“不是那个问题啦。”

谢子修微笑道：“那，到底是什么问题？”

“……”

谢子修微笑得愈发和气，“嗯？说吧。”

在那张脸的压力之下，颜苗只能含泪说：“谢先生您没有任何问题……”

虽然已经狗腿到一种境界了，但谢子修对于她的回复显然还不甚满意。

接下来连着都是加班加班加班，各种假公济私，压榨得她一点私人空间也没有，每天回到家就是倒头大睡，雷也打不醒，连做点私活赚点小钱都不得空闲，更不用说其他了。

好不容易盼到周末，终于谢子修要去参加个什么家族聚会，连狗都要带走，而且缺乏把她带去任意差遣的充分理由，于是颜苗终于可以光明正大地休息了。

摆脱了自家上司的阴影，颜苗全身放松地睡得手脚发软，头发散乱，连电话响都没力气去接。

等饿醒时已经下午了，颜苗便迷迷糊糊地赤着脚去洗脸刷牙，闭着眼睛刷到一半，听得门铃声大作，颜苗只得含着一嘴的泡泡，睡眼惺忪地去开门。

门外是一个头戴着快递公司帽子、手捧大束香槟玫瑰的年轻人。对方定睛看了看她嘴里叼着的牙刷，又看看手上的单子，“……请问是颜苗颜小姐吗？”

“……”颜苗有了不祥的预感，“……我是。”

“这是你的花，麻烦签收一下。”

颜苗顿时惊出一身汗，双手乱摇，“吓，我没有订花啊！”

好可怕，这么大一捧，得收她多少钱？

快递员哈哈笑道：“颜小姐，这是别人订了送给你的。”

“……哈？”

颜苗这才从昏睡的混乱中反应过来，有点惶恐地在单子上签了名，双手抱过花束，一时不知能把它摆在哪里。

平生第一次收到花，太过震惊，以至于她都不晓得该拿它如何是好了。

快递员又从备忘里抽出一张卡片，说：“对了，这是送您这束花的先生的电话，您可以打电话给他。”

“……”

这、这是什么情况？

颜苗将玫瑰先抱到客厅，再抱到厨房，可选择的容器只有可乐瓶跟水桶，左看右看都没有它合适的容身之所。

这么盛情华丽的一捧玫瑰，跟她的蜗居着实有些格格不入，最后它只得保留着原包装，摆在床头，靠墙壁放好。

而后坐下来打电话，电话接通，颜苗先试探着打了个招呼，“你好……”

过了半天，那边才有一声听起来不甚愉快的回应，“嗯……”

谢少维！

也对，会别扭到这分儿上的人，还能有谁啊。

相对无言了半天，对方才咳了一声，干巴巴地问：“你今天有时间吗？”

颜苗谨慎地问：“有什么事吗？”

“我有多一张首映式的电影票，你要不要？”

“……”说得好像是东西买多了要顺手处理掉一样。

等了几秒，那边就暴躁了，“到底要不要啊？”

“呃，那个，你们不是应该有家族聚会吗？怎么谢子修去了，你没去？”

一听那名字，对方就像被念了紧箍咒一般，一副头疼样，“别跟我提他，我烦这人。”

颜苗觉得被自家上司欺压得有了心理阴影的谢少维也挺可怜的，甚至有了惺惺相惜之感。

“那个，谢谢你的花和邀请，不过我……”

还没等她把整句话说完，谢少维就已然大怒道：“我又没说你收个花跟我出来看个电影就得答应我，做朋友就不能看电影的啊？”

“其实……”

“你以为我是那么功利的人吗？”

“我……”

“我就愿意请你去，不行啊？”

颜苗节节败退，只能说：“那……我去哪里找你啊？”

对方沉默了一阵，才说：“我在你家楼下。”

“……”

自己都在楼下了，还要让快递专程来送一束花？

这人的心思是有多别扭啊。

颜苗也不好意思打扮，只好披着长直发，套个粉白桃心针织裙就下了楼，果然一眼便看见车子，和站在车边等着，又要装得很不在意的、西装革履的谢少维。

四目相对，谢少维显然比她更全身不自在，但又要做出若无其事的姿态来，只把眼睛移开，强作镇定地开了车门，“上车吧。”

“……现在去看电影会不会太早了？”

谢少维有点暴躁，“再吃个饭不就刚刚好了？”

“吃饭就……”

谢少维急着打断她，“吃饭很麻烦吗？也就是顺路的事啊，再说你难道不用吃晚饭的吗？”

“……我又没说不吃。”

两人尴尬地上了车，出发了，一路谢少维都目不斜视，只皱眉盯紧前方，弄得颜苗也不好意思往别的地方看，一直到下车，两人都没再有过目光交流。

小心翼翼地吃过意大利菜，然后端端正正地坐着看了场电影，两人就又规规矩矩地回程了，完全没有任何不健康的活动。

颜苗觉得很意外，又有点窘迫。谢少维这样一身流氓恶少气质的人，约女孩子出来的方式却跟个中学生一样。

虽然脾气毛毛躁躁的，但不知道为什么，在这种时候也让人觉得完全不讨厌。

送她到家门口，下车的时候，谢少维突然说：“你的心上人，是谁啊？”

“呃……”

她才迟疑个半秒，谢少维就又有点小纠结，“喂，我只是随便问问，不想说的话也不要勉强啊。”

跟谢少维这人在一起，除了对视的时候会尴尬之外，颜苗反而觉得内心坦荡荡，没什么需要隐瞒和难以启齿的。

“是我哥哥啦。我们没有血缘关系，所以小时候就自然而然地觉得哥哥最好吧，不过他现在跟谢子修的前任未婚妻订婚了。”

谢少维舒了口气，“是他啊，这个人我知道。”

“嗯……”

“我本来还以为你暗恋谢子修呢。”

颜苗脚下一个踉跄，“……你想吓死我啊？”

谢少维还是皱眉，“真的没有吗？”

“……这跟你在暗恋谢子修的可能性一样大吧。”

“……”

待要上楼去了，颜苗楼梯爬到一半，不知道为什么，突然鬼使神差地回头看了一眼，却发现谢少维居然还在那儿站着。

目光相对，两人一时都有些尴尬。

“呃……你、你还不回去吗？”

谢少维满脸通红，暴躁道：“我喜欢在这里站一会儿不行啊？”

“……哦……”

颜苗回到公寓，把窗帘拉开一点，偷偷看下去，那车子的两束灯光犹在，于是她只好手忙脚乱地又把窗帘拉上了。

她从来没处理过这种关系，也不太能精确地搞清恋爱到底是怎么回事，如果以对颜子清的心情作为标准的话，那世界上大概没有第二个她喜欢的人了，这辈子孤独到老算了。

而除了对颜子清的那种仰慕之外，到底还有怎么样的感情也算是爱呢？

Chapter8
想见你

周一去上班，颜苗带着一身好好休息过周末之后的神清气爽，出现在上司面前。

“谢先生早！”

谢子修看了看她，一笑，“精神不错啊。”

颜苗精神抖擞，“嗯！”

谢子修又笑了一笑，“因为你和谢少维出去约会了？”

“……”

对于她被吓得呆若木鸡的反应，谢子修依旧报以一个微笑，“当然了，这是你的自由，我说过不干涉的。”

虽然他说得这么宽宏大量、气定神闲，但颜苗心里还是很害怕。她交的这个朋友，在职场上来说真的是很不明智，以自家上司那琢磨不透的个性来说，谁知道他会有什么打算呢?

但她又不想做人那么功利，对自己有好处的朋友就交，没好处的就疏远，这样势利眼的，有什么意思呢。

安安稳稳地过了工作日，颜苗周末照例绕去谢子修的公寓，准备带达尔文去散步。门一开，达尔文就“嗖”地扑上来，兴奋地对着她一通狂摇尾巴。

颜苗承受着这亲热地迎接她的大狗的体重，边摸它光滑的皮毛，“乖啊达尔文……呃……好吧，别舔了，你怎么知道我给你带了点心？”

她给达尔文做了营养狗食——拌了鲜蔬牛肉的米饭，分量刚够七分饱，免得它等下活蹦乱跳的时候会吐出来。

一把米饭倒好，达尔文立刻专注地把脸埋在食盆里，吃得一心一意，颜苗蹲边上摸它的头。

“好吃吗？”

达尔文用尾巴很热情地表达了它的情绪。

颜苗蹲着看它吃了一会儿，自己琢磨着，而后终于明白从一进屋就觉察出的不对劲到底是怎么回事了。

谢子修不在家，显然是昨晚就没回来过。

达尔文很快就吃得精光，意犹未尽地在她怀里磨蹭着脑袋，很是依恋，颜苗又亲了亲它。

“你家主人到哪里去啦？”

达尔文置若罔闻地继续蹭。

颜苗愈发觉得这家伙不靠谱，“你不会是……看着他被坏人绑架走了，然后还继续睡吧？”

达尔文当然不会回答，而身后突然有人问：“你是什么人？”

颜苗吓了一跳，忙回过头去，站在玄关、面带警惕之色的漂亮女人辨识度超高，不是阮希若又是谁。

两人打了个照面，都不由得发了一会儿愣。阮希若略微一迟疑，指尖勾着钥匙，先开口道：“是你啊。我看门开着，还以为被闯空门了呢。”

颜苗忙站起身来，“哦，我是来帮谢先生遛狗的。”

“遛狗？”

“是啊，”颜苗拉起达尔文的颈带，“这也是我本职工作的一部分，谢先生有为这个付加班费的。”

其实她伺候达尔文吃喝拉撒时不时还得自掏腰包，完全是亏本生意。

但一看见阮希若手里拿着钥匙，她就算再不机灵，也有着该有的职业敏感度，判断得出来对方和这屋子主人的关系，怎么都不一般了。

于是她生怕让阮希若误会。一个女人看到另一个女人在暧昧对象的公寓里，有钥匙，还帮他遛狗，不解释清楚，难免都会多想。

要是节外生枝起来，不管是阮希若不高兴还是谢子修不高兴，她左右都得吃顿炒鱿鱼了。

她这么一说，尴尬的气氛果然淡了很多，阮希若便笑道："那挺辛苦的啊。"

"还好……对了，谢先生没跟你一起回来吗？"

阮希若拨一拨头发，笑道："哦，他等下就来。"

颜苗急忙说："那我先带达尔文出去啦。"不然这么大一盏电灯泡谁受得了。

有暧昧对象的人一夜未归，是干什么去了，这可想而知。而他们偷偷进展到这地步，谢子修照样是一声也没告诉过她。

真没意思。

下楼的时候她只希望自己不要碰上谢子修，不然她恐怕会克制不住自己，没法对他毕恭毕敬、笑脸相迎了。

颜苗带着达尔文去散了步，被一路扯着风中凌乱地狂奔过好几个街区，又在烤香肠摊子前手忙脚乱地为它突发的好胃口买了单，而后才把这心满意足的大型犬牵回家。

到谢子修的公寓门前，颜苗谨慎起见，先敲了敲门，又按了门铃，都没有回应，想着他们俩估计是又出去了，才敢自己掏钥匙去开门。

门推开，入眼就是谢子修宽阔结实的赤裸脊背，颜苗吓得倒退一大步，立刻识相地闭紧双眼。

"不、不好意思，我只是送达尔文回来，马上走，你们继续……"

这实在太尴尬了，打断别人亲热是要被驴踢的。

而后就听见谢子修笑道："你们？还有谁啊？"

颜苗犹豫着睁开一只眼睛，眼前并非她想象的那样，屋里只有谢子修一个人，阮希若并不在。

颜苗小心翼翼地问："……阮小姐呢？"

"哦，她已经回去了，我只是顺便换一下衣服……"谢子修笑道，"你想什么呢？"

"呃……"

"这么光天化日的，你的思想还能再不健康点吗？"

“……”

是他自己的气质不健康吧。

颜苗还是老老实实地背过身去，秉着非礼勿视的原则，等谢子修换好衣服，而后把手里的钥匙递给他。

谢子修并不接过，只看着她，“这是？”

“钥匙还给你，你以后可以让阮小姐帮忙遛狗吧。”

谢子修笑道：“她遛狗？她怕达尔文怕得要死。”

“呃……”

的确，达尔文太热情了，只要是谢子修的朋友，它就一律亲热以对，没心没肺地凑上去一通乱舔。

她很喜欢达尔文，但不是所有人都能接受它那种毫不修饰的热情。

唉，不知道如果谢子修和阮希若在一起，达尔文以后的日子还快活不快活呢。

“那……你也可以雇人帮忙……”

谢子修挑眉道：“怎么了？难道你要对达尔文始乱终弃？”

颜苗为难地说：“是我不能继续拿着你家钥匙啦，不然太奇怪了，对阮小姐很难交代的。”

谢子修像是思考了一下，“不至于吧。”

颜苗耐心解释道：“你们男人这么粗神经，是没法体会女人的心情的啦。谁都不会接受不相干的女人却有自己男友家的钥匙这件事，是个女人都会吃醋的。”

她这么认真，谢子修倒是笑了，“哦，是吗？”

“当然啊……”

“好吧，”谢子修伸手接过钥匙，“对了，等下一起出去，买晚上火锅用的材料，我想吃蟹肉了。”

“那个……我就不吃了吧……”

虽然是自己主动上交的钥匙，但被接过去的那一瞬，莫名地她心头还是沉了一下。

谢子修又扬起眉，“怎么，一下子连火锅之夜都得取消了？”

“当然啊，将心比心啦，虽然我们是清白的，但换成是你，你能接受阮希若跟别的男人每周都单独一起吃晚饭吗？”

谢子修笑道：“我完全不介意啊。”

“……”这还像人话吗。

“走吧，”谢子修把手指搭在她肩膀上，亲近但又不逾矩的动作，“你要是不帮忙，我还真不知道今晚该吃什么呢。”

颜苗难得敢于违背强权地躲开了他的手指，“我回家去了，谢先生你自己吃吧。”

渐渐地，公司里也开始有了各种小道消息和传闻，再渐渐地，小道也似乎变得官方，传闻也成了新闻。

“你知道吗，那个阮希若，虽然没能抢走颜秘书的工作，但是，她好像在跟谢先生交往耶。”

“哇，这么厉害？苗苗你知道吗？”

颜苗也不知道要不要加入这场八卦讨论里，“呃……”

“你这个秘书当得太不尽职啦，连谢先生的八卦都比别人慢，你有什么用哦。”

“呃……”

“不过谢先生真是有远见，朝夕相处的办公室恋情确实很麻烦的。”

“是啊，如果是自己的贴身秘书的话，要下手反而不太合适吧。”

“兔子不吃窝边草嘛。”

“阮希若也很明智，当谢先生的女朋友，当然是比当秘书更好啦。换成我，我也选前者啊。”

“不过说起来，她也是背景雄厚的大小姐，配谢先生，很合适呀。”

大家的八卦也算是有理有据，追溯起来，说不定当时根本就不像谢子修说得那么冠冕堂皇，那么人性化，搞不好谢子修正是为了方便自己交女朋友，才没把她换走。

莫名地，颜苗心口就有种奇怪的感觉。

这件事谢子修从头到尾都没有主动要告诉她，他什么都没跟她说。

虽然作为一个尽职的秘书，她了解他的饮食喜好、衣服尺码、擅长的运动、偏爱的室温和空气湿度，诸如此类，但在这些流于表面的东西之外，其他的，关于谢子修的一切，她简直是一无所知。

反过来，她连跟谢少维吃个饭什么的，他都知道得一清二楚，事无巨细。

这就是上司跟下属的权利区别吗？

去谢子修办公室的时候，谢子修正坐在沙发里，翻看当日报纸。颜苗给他换上新泡的茶，就听得他说："颜秘书，晚上帮我在香榭餐厅订两个位子。"

"好的。"

"再订一束百合。"

"明白，"颜苗做好记录，自然而然地又问："鲜花卡片需要写上给阮小姐吗？"

谢子修放下报纸，挑了眉毛，"你又知道？"

"……很多人都知道。"

别当她是傻瓜啊。

谢子修笑道："是吗，是从谁那里先传出来的？"

"这是好事一桩啊，大家都为你高兴。"

谢子修不置可否地笑了笑，而后问："对了，你觉得她怎么样？"

颜苗老老实实地回答："她很优秀，长得也有一点点像杜维维。"当然凭良心讲，杜维维的美貌和气场都强过她太多了。

谢子修笑道："连你也这么觉得？"

"……虽然不是每个女人都能有杜维维那么好的条件，但这个世界上适合你的人，不会只有一个的。"

谢子修一挑眉，"这句说得有道理。"

颜苗看着他的笑容，真心诚意地说："对啊，你一定能找到属于自己的幸福的。"

最起码这下不用跟她老哥抢老婆了！

至于其他的，随他去吧，谢大老板的私事，跟她这混口饭吃而已的小秘书能有一毛钱关系吗？

谢子修和阮希若似乎交往得不错，托某个神秘消息渠道的福，大家每天茶余饭后都有最新的八卦播报可听，全公司都可以实时关注他俩的进展。

比如昨天她跟谢子修去酒庄挑了几瓶年份很好的葡萄酒，谢子修夸奖了她的品味，今天谢子修答应送她一只苏格兰折耳猫，陪她消遣寂寞之类。

高调的甜蜜幸福，加上来源不明的某些小道传闻，大家已经一致把阮希若当成未来的谢夫人了。

于是阮希若在公司处处受人尊重，人际关系迅速地四通八达，走到哪里都是前呼后拥的。

除了可以展示谢子修为她买的首饰、名牌包，享受各种各样的特权之外，谢子修的司机也任她差遣，连颜苗也成了她的半个私人秘书。

终于到了周末，颜苗照例要睡上一个懒觉，缓解一周来的疲劳。睡得身上正乏，梦中黑甜，电话却蓦然响了。

颜苗只得全身虚软地去摸了手机。

“喂……”

“颜秘书，我爸妈的机票和酒店，你订好了没有？”

颜苗迷迷糊糊地，也意识到对方是谁，“已经订好了，阮小姐，是你们要的海景房。”

一开始只是帮阮希若处理一点私人事务，现在连阮希若的爸妈出门旅行，都要交给她来负责，理由是她办得比其他人更妥当些，所谓能者多劳嘛。

“这还差不多，他们整个行程的活动，都安排好了吗？”

“安排好了，指定的餐厅和要看的表演，都联系好了，我等下就把具体信息传真给你。”

短短几句话，颜苗就已经抑制不住地打了好几个大哈欠，却又听得对方说：“你今天有空吗？”

“呃……”

“没要紧事，那就出来陪我逛街。”

“呃……不让谢先生陪你吗？”

“他没有时间，你快点出来，我要买很多东西，一个人不方便。”

颜苗只得草草梳洗了，穿个荷叶边短裤，套上笑脸娃娃 T 恤，扎个长直马尾就出了门。

被阮希若催得十万火急，怕迟到，她是忍痛自己掏钱坐了计程车赶去的。

然而在商场门口等了好一会儿，阮希若才穿着一身米白金丝洋装，拎着香奈儿绗缝珍珠包链手袋，踩着配套的珠光白高跟鞋，艳光四射地姗姗来迟。

见了颜苗，对方便为自己的迟到解释道：“我挑配饰挑了好久，东西太多就是没办法。”

“哦……”

“这个帽子好看吧？跟我的手链配不配？”

“好看，很般配……”

“同款的帽子，我还有六个不同细节的，都是子修买的。都说不清哪个更合适，所以比较了好久，做决定好难哦。”

“……”

走过橱窗的时候，颜苗能看见反射出来的自己和阮希若的身影。比起阮希若的妆容精致、艳丽华贵，她的寒酸不是一点半点，所以必然是拎包的小丫头，没啥好反抗的，悲剧啊。

在商场里慢慢逛下来，阮希若收获颇丰，而那些大包小包都交给了跟在她身后的颜苗拎着，完全是大小姐出游的派头。

“这款鞋子是新到的，店里一共只有两双。这款也很漂亮，小姐你眼光真好。”

颜苗苦哈哈地守着那一堆战利品，看她公主般地在让店员给她试鞋子。

“颜秘书，你把我刚才买的那件天蓝色外套拿过来，看看哪双更配。”

颜苗忙从那一堆购物袋里找出她要的那件，拿过去，帮着她穿上。

阮希若试了半晌，对着镜子感慨道：“啊，两双都好配哦，子修一定会喜欢的。”

颜苗已经精疲力竭了，“随便选一双都好看呢。”

阮希若笑道：“这两双我都要了。”

颜苗一边把那外套折好，再装回袋子里，一边问：“是不是有点买太多了？”

花的不是阮希若的钱，所以阮希若不心疼，花的也不是她的钱，但她替谢子修心疼了。跟美女谈恋爱原来是这么烧钱的事啊，她要是个男的，岂不是都讨不起漂亮老婆了。

阮希若说：“子修不在意这些小钱的，我上礼拜刷了一套钻饰，他都没说什么。他对我很好的呢，为我花钱一点都不心疼。”

“……”

的确，珍宝赠佳人，这是理所应当的。

换成她的话，谢子修就只会让她在家里跟达尔文抢 DIY 的酸菜鱼，还不给吃饱。

这就是所谓的，货比货得扔，人比人得死啊。

末了阮希若又慷慨地道：“你有什么喜欢的，顺便买一件给你好了。你也该给自己买点好衣服了，总穿得这么朴素，站在子修身边也不好。”

有一套免费的名牌套装当然是好事，上司的便宜不占白不占，但颜苗还是回道：“不用啦。”

逛了一圈下来，战利品几乎把车里都塞满了，阮希若边坐进车里，边说：“对了，我要先上子修那里一趟，给他看看我买的东西。”

颜苗累坏了，“那我先回去了，阮小姐。”

“这么多我怎么拿得动，颜秘书你当然要帮忙啊。”

“……”

相比之下，阮希若那样精致的妆容和光鲜的衣着，拎着大包小包，是不太合理；反观她自己，半点打扮都没有，一天下来累得灰头土脸，连一分姿色都没剩下，当搬运工再合适不过了。

于是出于送佛送到西的原则，她还是努力帮阮希若把大堆战利品送回谢子修的公寓。

阮希若光彩照人地先进了屋，颜苗跟在后头，鬓发散乱，三头六臂地把购物袋拎进去。

谢子修正在客厅，刚接完一个电话，听见她们的动静，他回头瞧了一眼，而后就转过身来，看着她们，笑了一笑，问："这是怎么回事？"

他的笑容很微妙，但要简单划分的话，大致可分为愉快和不愉快两种，而现在显然属于后者。

颜苗将那数量可观的袋子在墙角整理好，而后勉强接住扑上来的达尔文，顿时被舔得脸都歪了，忙到腾不出手来。

阮希若边躲开那只大型犬，边笑着说："好像是买得多了点，但我心情不好，你又没空陪我，就只能买东西给自己解闷嘛。"

谢子修笑道："不是指这个，我是说为什么让颜秘书当你的跟班？这又不是她的工作时间。"

阮希若轻咬嘴唇，贴近他怀里，手指搭在他胸前，略微娇嗔地道："她是你的秘书啊。你反正都给加班费的，用一用也没什么吧。"

以她的美貌，再撒撒娇，男人有什么不悦都会即时化解了。

颜苗有种要看到儿童不宜画面的预感了，正打算识相地自残双目，不想谢子修竟然没有软化的意思，干脆地将那搭在胸口的手拿下来，"颜苗是我的秘书，不是你的。秘书也不等于用人，你要知道分寸。"

从这家伙嘴里能说出这么有人性的话，这让颜苗简直不敢相信自己的耳朵。阮希若也像是有些意外，过了一阵缓过神来，才说："但、但你的司机我都能用嘛，车子什么的……"

谢子修笑道："不是我的什么东西你都有资格用，明白吗？"

两个女人一时都不敢说话，在他面前站着，突然都觉得他有些慑人。

阮希若转身走了，连那些战利品都没拿，颜苗待要拔腿去追她，又得去看上司脸色，"唉……要不要我去哄哄阮小姐？她应该没走远的。"

"不用，是她过分了。"

"呃……"

谢子修在沙发上坐下来，“她一天不向你道歉，你就一天不用理会她。”

“呃……”

她这个小秘书，能有这么大牌？

颜苗有点不能理解自己老板的沸点究竟在哪里。女朋友一天刷掉数十万并不得罪他，用了她的劳动力，倒是得罪他了。

她一路上都在替谢子修的钱而心疼到要得心绞痛，相比之下，自己跑跑腿又算什么呢。力气反正花完了还能再生出来，天底下最不值钱的就是力气了。孰轻孰重都分不清，谢子修真是完全没有经济头脑啊。

有这样的老板，公司前景堪忧。

相比之下达尔文就没什么可忧的，只在两人脚下快活地窜来窜去，又主动做四脚朝天露肚皮待抚摸状。

这段时间它都没见到颜苗，现在便分外的兴奋，一个劲儿地想要他们跟它一起玩耍。

颜苗摸着它温暖柔软的肚子，听见谢子修说：“对了，我晚上突然想吃酸菜鱼，刚好你在，不如……”

颜苗不由怒道：“你看看，你自己还不是一样拿我当用人使，还好意思说别人呢，真是乌鸦笑猪黑！”

谢子修笑道：“那不一样，我是你的上司嘛。”

“……既然服务你算是我的本职工作，顺便服务你女朋友，那也差不多啊。”何必还突然表现得那么正义凛然。这不是典型的，只许州官放火不许百姓点灯嘛。

谢子修看着她，微笑道：“你真跟达尔文一个样。”

……还进行人身攻击！

唉。

公司里关于谢子修的绯闻八卦，渐渐就变得没新料可爆了，没有新旅行、新的豪华酒店、新的高级餐厅、新的礼物，阮希若慢慢地也冷淡和低调下去了。

这天颜苗忍不住要提醒自家贵人多忘事的上司，“今天不用订花吗？”

谢子修抬起眼，问：“嗯？什么花？”

颜苗循循善诱道：“给阮小姐的。”

“嗯？”

“……今天好像是她生日哦。”

谢子修笑道：“哦，我没打算送。”

颜苗吃了一惊，“为什么啊？”

“没必要。”

“呃……”颜苗忐忑道，“阮小姐跟你很般配的呀。”

才貌相当，又算门当户对，如果这两人，是因为她被差遣那点芝麻大的琐事而闹别扭，那她就太造孽了，就算雷不劈她，她老哥也会劈她的。

谢子修微笑道：“大概是我太着急，就有点走错方向了吧。”

颜苗将他这含糊不清模棱两可的话拿出来努力揣摩了一阵子，不由惶恐地看着他，“呃，所以……不送花是因为，你还在想着杜维维吗？”

谢子修没有回答，只是笑着反问：“你还想着颜子清吗？”

“……”

说实话，最近事情太多，变数也多，她总忙得理不清头绪，已经很久没空去想念颜子清了。

但如果这么坦白的话，她还真有点担心谢子修会跟她翻脸。

谢子修收了微笑，定睛看她，“还是说你已经变心了？”

颜苗在那视线之下，莫名地就觉得很害怕，只能左脚蹭右脚。

幸好谢子修没有严刑逼问，只是又笑道：“你哪天变心了，要记得告诉我。”

她哪里敢呀。

不过谢子修和阮希若以及杜维维之间的复杂关系，已经不在她的职权范围内了，上司喜欢谁，她这个跑腿小秘书管得着吗？

到了下班时间，颜苗又接到谢少维的电话。

“我朋友新开了一家餐厅，想多点人去捧场。”

颜苗跟他认识了这么一阵子，理解能力得到很大的提升，知道这句话翻译过来就是，“你要一起去捧场，吃顿晚饭吗？”

“不好意思啊，我今晚还得加班。”

“……有什么要紧事，天天都加班啊？”

颜苗叹口气，“其实也没什么啦，都是琐碎的活儿，但老板要求的，当然要做完嘛。”

“……谢子修是故意的吧？”

“啊？”

“他就是不停地制造麻烦，让我们连碰个面都难啊。”

颜苗讪笑道：“……不至于吧。”

“我跟他从小到大，还能不知道他？”

其实颜苗多少也感觉得出来谢子修在妨碍她和谢少维的来往，只是本能地就想袒护一下自家上司。

谢子修反对她跟谢少维交往，这心态很好理解，无论在公在私，都有充分的理由。他需要她专心替他做事，需要她帮忙拆散颜子清和杜维维，需要她来打击谢少维。

真是高性价比的万能秘书啊。

颜苗想着不由得就又叹了口气，而后还是得帮上司说话，“没啦，真的只是工作需要。这样好了，等我加完班，请你吃夜宵吧。”

对方像是愣了一下，过了半天才说：“你、你请我？”

有什么好惊讶的，她又不是一毛不拔的小气鬼。

“不过你还是别开跑车来啦，那个有点太招摇了。”

被人看见她深夜钻进谢少维的豪车里面，那得被扭曲联想成什么样。

晚上结束工作，颜苗便鬼鬼祟祟地出了公司大楼。谢少维果然没有开他那炫得要命的莲花跑车来，但是……

高大的青年摘下头盔，露出长黑的眉毛和上挑的眼角，“上车吧。”

“……”

踩着短靴骑个哈雷重型机车，这不是更招摇吗？

颜苗真恨不得把他拖进阴影里躲起来，“你不会坐公交车或者地铁或者叫个计程车吗？谁叫你骑这个？”

哪怕蹬个自行车也行啊。

被她这么一说，谢少维像是有点不知所措，微微红了脸，暴躁道：“你想要我怎么来，不提早说清楚我怎么知道！”

“……”

虽然坐在机车上单脚踩地的模样十分之流气，与其说是来等人吃饭不如说是像来寻仇的，不过在发脾气的时候反而显得孩子气了。

“好啦，你要吃什么，拉面还是火锅？”

谢少维等她坐上后座，皱着眉发动车子，“听起来一样糟吧。”

颜苗本来有点不好意思，只是象征性地扯住谢少维背后的衣服来保持平衡，但车速一上来，就觉得这也太要矜持不要命了。

安全起见，没什么好矫情的，于是果断抱住机车骑士的腰。

车轮瞬间打了个滑，差点就冲出路边。颜苗瞬间冒出一背冷汗，“我说你，拜托专业点，别一车两命啊。”

这抱怨得到对方恼怒的回应：“吵死了！”

下了车，找路边大排档吃东西，颜苗推荐了咖喱鱼丸，每个人先来一串，加点甜酱，吃起来是又甜又辣的咖喱浓香。

“口感很好吧？很弹牙哦。”

“嗯……”

“喜欢就多叫几串呗。”

“嗯……”

谢少维身高腿长，气势不善，常年维持着皱眉的招牌表情，拿着咖喱鱼丸的竹签的姿势都活像捏了把凶器。

颜苗买好鱼丸，拿了钞票安慰边上神色惶恐的老板，“……老板，你别担心，这钱你就收了吧。”

为了不给卖鱼丸的大叔太多压力，吃过两三串鱼丸，颜苗便带着他转移阵地，“烤红薯你吃不吃？”

谢少维瞪着铁皮桶上黑乎乎的东西，“这个脏脏的是什么？”

“……”没体验过烤红薯滋味的人生是多么可悲啊。

颜苗给这没见过世面的可怜孩子买了一个大红薯，在谢少维和红薯对瞪了五秒钟之后，只得亲手帮他掰开，给他看里面那又红又软的部分。

“很香吧？”

“……嗯。”

颜苗用手帕垫着半个递给他，“尝尝看。”

谢少维低头咬了一口，猛地做完吞咽的动作之后，就只剩下各种复杂纠结的神色从他脸上接连着迅速奔跑过去。

“……忘记跟你说要小心烫了……”

“……”

颜苗只得用手给他扇风，“没事吧？张开嘴吹吹就好了呀。”

这大少爷是有多娇弱呀，随便就被鳗鱼饭或者烤红薯打败的人，真的好在黑道上混吗？

“颜秘书？”

颜苗忙回过头，在隔壁摊位坐着吃面的，正是公司的两位同事。

“呃……你也来吃夜宵啊？”

“是啊，”同事看看她，又看看微红着脸站在边上的谢少维，安静了一刻，便异口同声地道：“你们慢慢吃啊，我们先走了。”

“……”

第二天颜苗去上班，就发现，随着老板绯闻的渐渐淡去，新闻价值降低，大家的八卦热情又转移且寄托到另一桩绯闻上边去了。

而这回新绯闻的主角就是……

“颜秘书，听说你在和谢少维交往？”

“真的假的，那可是谢二少啊……”

“有那样的男朋友，你还在这里做牛做马干什么哦，赶紧的当少奶奶去啊。”

“你嘴巴也太严了吧，居然都没先告诉我们！”

这回轮到颜苗成了大家的焦点。

感觉却完全没有阮希若那时白天鹅般的高傲气势，反倒觉得自己犹如过街老鼠一般，走路都低着头贴着墙脚哧溜哧溜地往前蹿。

“颜秘书，你做人不坦白哦。”

溜到墙角也被人拦下来，颜苗只得苟延残喘地不知第几遍解释：“那个……我们只是吃个夜宵而已，真的没什么的。”

“怎么会没什么？”

“虽然说是金龟婿，但跟他交往的话，对谢先生不好交代吧？”

“是啊，他们俩不对盘不是一天两天的事了。”

“闹起矛盾来的话，你要帮哪边呢？”

“这可不是小问题哦颜秘书。”

无论是对着同事里的激动八卦派，还是冷静分析派，颜苗那“我真没跟谢少维在交往”的辩解，都被无情地直接吹散在风里了。

更尴尬的是，大家私底下多少都愿意跟未来的谢二夫人套套交情，而表面上，碍于谢子修的威慑力，谁也不好明着跟老板死敌身边的人走得太近。

于是颜苗的人际关系就变得很微妙，以至于她已经分不清自己在公司里到底是受欢迎呢，还是受排挤。

不过谢子修对她的态度，就分明是有些疏远和冷淡了。

颜苗在他面前进进出出、晃来晃去好多次了，他都一副滴水不漏的模样，不给人以任何空隙来多嘴。

好不容易等到下午茶休息时间，颜苗送完蛋糕，估摸着上司心情放松的时机，才敢开口：“谢先生。”

谢子修抬眼看看她，“什么事？”

“那个，关于谢少维，他们说得其实太夸张啦……”

谢子修微微一笑，打断她说：“这不关我的事。”

“呃……”

“更不是公事，所以你不需要向我交代。”

“啊……”

“还有事吗？”

“……没……”

“没有就出去吧。”

颜苗知道这是自作自受，换成她是谢子修，听大家传得简直像是她马上就要跟谢少维结婚似的，也不可能再放心地把她当心腹了呀。

生意场上都是用人不疑，疑人不用，这道理谁都懂。

而除了努力工作，以表示自己是个可靠诚恳的好员工之外，她也想不出其他办法来向谢子修表忠心了。

哪知道屋漏偏逢连夜雨，越是要加倍勤恳表现，就越是被霉运拖后腿。

一向拥有铁人体质的颜苗，居然也会感冒咳嗽发烧三连发，并且被毫不留情地击倒了。

当然即使被击倒，颜苗也是不可能躺在家里看着全勤奖飞走的，就算爬她也会爬着去上班领奖金的。

于是颜苗就鼻涕一把一把地在那里整理文件，顺带还烧得两眼红通通的，犹如兔子一样。

整理好文件，一转身，冷不防谢子修就在她身后站着，两人目光相对，谢子修像是微微将她一打量，而后终于主动跟她说了工作内容之外的第一句话。

“你的病还没好吗？”

颜苗的手绢还捂在鼻子上，“啊……”

“看样子这几天好不了吧？”

颜苗一瞬间感动得眼泪几乎都要下来了，谢子修还是关心她的。

谢子修又道：“这样的话，我要去香港一个星期，这次你就不用跟去了。”

颜苗听着就有些不妥，“但我不在的话，会不会不方便……”

谢子修笑了笑，“你多虑了，我带别人去也是一样的。”

颜苗一时也不知道还能说什么，只得讪讪地回道：“哦……”

这是谢子修第一次出差没带上她，毫不可惜地把她留在了公司。

虽然她的确还在生病，到时有可能没法胜任辅助的工作，但突然她就觉得失去了安全感。

能随便被取代的秘书，对于谢子修这样的人来说，还有价值吗？

一个星期的长短，似乎变得抽象起来了，颜苗第一次开始这么在意日历。

以前，不用面对谢子修的日子简直就是如遭大赦，人间仙境。每星期都只有那么自由的一天，宝贵到珍惜分秒却还是一眨眼就闪过去了。

而现在她莫名地发现每一天其实都很漫长，每晚睡觉前都忍不住要想，又过了一天，谢子修应该快回来了吧。

奇怪的是，在被谢子修恶魔般压榨的时候，她总是有着顽强的生命力，能在苟延残喘的时候还爆发出噼里啪啦的小宇宙。而现在不用遭受无良上司的压迫了，她的战斗力跟生命值却也跟着降低了。

吃完最后一片自己买的退烧药，本该是爽快地康复才对，结果第二天虽然体温恢复正常，却是虚弱到怎么都爬不起来。

那种“为了全勤奖，只要还有一口气就要爬到公司门口”的精神力量也消失了，于是颜苗干脆萎靡地放弃，请了半天假在家躺着昏睡。

一觉睡醒，下午到公司，颜苗的脑子还不是太清醒，只见大家都议论纷纷，一副出了什么大事的神色。

颜苗随便找了个同事打听，“怎么啦？这么闹哄哄的？”

“你不知道吗？今天早上听人说的，本来该是我们的订单，突然被别家公司抢走了。”

“呃……”这固然是坏消息，但也不至于连不相干的部门都需要这么关心吧，关秘书处什么事呢。

“问题是，对方发出来的样品，据说和我们还在完善中的设计，相似度超过八成。”

“啊……”

这么一说，颜苗也不禁条件反射地想，莫非是有内奸吗？

“老板这次回来，估计要气得够呛。”

“那是啊……”

以谢子修眼里容不得沙子的个性，那个出卖情报、吃里爬外的家伙，真不知道要倒几辈子的血霉了。

“偏偏那家还是谢二少的公司，这不是火上浇油嘛。”

颜苗愣了一愣。

总裁才几天不在，就出了这种事，底下的人多少都有点慌，很快公司里就召开了紧急会议。

颜苗本能地不想出现在这个会议上。

但她作为谢子修一直以来的贴身秘书，这种时候缺席，就等于已经默认了什么。那么不言自明地，就算虚的，也会变成实的了。

“公司机密这次被人泄露了。”

开发部的主管才说了这么一句，场上的所有人，便几乎是整齐划一地，一起转过头来，看着她。

这一瞬间的安静里，颜苗就好像独自站在台子中间，四面都是明晃晃的探照灯，那沉默里浓重的压力和尴尬，让她几乎睁不开眼。

谁也没冲着她说什么，但那意味比直接说出来更明白，却又偏偏因为没人直说而无法解释和反驳。

颜苗能理解这种怀疑，从逻辑上来说，她的嫌疑几乎是必然的。

但她在集体的默契的异样眼光里，还是如芒在背。走到哪里，都能知道旁边的人其实全在看着她窃窃私语，然而目光一交汇，对方便赶紧掉转眼光，若无其事地和其他人聊起来了。

突然之间她就被孤立了，这种安静的、令人呼吸困难的、谁也不说出口的冷暴力。

颜苗在公司里沉默了一下午，她本来人缘很好，而现在在这样微妙的尴尬和猜测里，没人主动跟她说话，她也不好去找人搭话。

受不了压力提早离开，或者情绪失控痛哭流涕之类的，这种事情都不是她会做的，颜苗只保持镇定，继续自己手上的工作，表现得和其他人一样若无其事。

毕竟在这种巧合上，她没有立场去禁止或责怪大家的猜测。真相大白之前她就只能，也必须要堂堂正正地面对这种怀疑。

颜苗在各种各样目光的注视里宽慰自己，像这种委屈也不是什么受不了的大事。谁能没有被冤枉、被人用异样眼光看着的时候呢？熬一熬也就过去了。

一直到下班的时候，人都走光了，颜苗才一个人去茶水间洗咖啡杯。突然听得后面急忙忙的脚步声，才回过头，就见有人噼里啪啦地冲进来，是个平时常在一起吃午饭的同事。

对方见了她，也是略微一愣，大概没想到会在这时候碰见，为了避免不得不跟她交谈的尴尬，慌忙把视线移开了。

颜苗看她在那儿东张西望了一阵，找寻什么东西似的，面露难色，便打开茶水柜上面的抽屉，拿出一部手机，问道："你是在找这个吗？"

刚才洗杯子的时候她看到台子边上有台崭新的 iPhone，不知是谁粗心落下的，放着怕难免遗失，就先帮忙收起来了。

果然对方立刻大大地舒了口气，"谢谢啊。"

"不客气。"

颜苗怕她会尴尬，交还了手机，自己收好杯子，就要主动离开，却听得她在背后叫道："颜秘书。"

颜苗转过头来："嗯？"

同事看着欲言又止，终于还是说："颜秘书，你还是小心一点吧。"

颜苗有点不明所以，"啊？"

对方忙解释道："我没别的意思。只是，这次的事，不管真相到底是怎么样，谢先生一回来，你就惨了。"

颜苗这一天来，第一次觉得心脏猛地向下沉了一沉，但又不是沉到底，只那么一直，没有尽头地掉下去。

事情来得太乱太突然，以至于她还没开始考虑不在眼前的上司。

谢子修会怎么看她呢？

光是这么一想，她就觉得背上都凉透了。

所有人的怀疑她都能坦然以对，但一个谢子修，比"所有人"加起来还要更大一些。

颜苗无精打采地下楼搭车回家，这一路颇不太平——又有人在跟踪她。

不用想也知道那是谁，等她下了公车，慢悠悠地步行走到自家公寓楼下，对方还在坚定不移地以龟速尾随。

颜苗叹了口气，干脆站定了，看着青年总算停住车，从车里出来，拧着眉毛大步走到自己面前。

“有什么事吗？”

“你为什么不接我电话啊？”

“……”出了这种事，还能再跟他大聊电话，她是外星人吗？她可没有这家伙那钢铁铸成一般的神经，“你以后还是别打电话给我了吧。”

青年一下子就急了，“为什么？”

颜苗忍住替全公司除害的冲动，“你现在是我们公司的敌人，在公事立场上，我不能再跟你说话了。”

这一季的奖金已然如浮云般消散了，这都是谁害的啊。

谢少维烦躁地道：“那现在都下班了，已经不是公事时间了啊。”

“……私事立场上，现在我是嫌疑犯，再跟你走得近的话，就会升级成罪犯，你明白吗？”

青年皱起眉，说：“所以你是在为这个生我的气？你以为是我故意陷害你的？你觉得我是那种人吗？”

“……我没这么想啊。”

小孩子真难缠。

谢少维显然心烦意乱，“我也不想把你牵扯进来的。”

“算了啦……”

一旦出了商业间谍，她一定会是倒霉的头号嫌疑人，日子必然不好过，不想被牵扯都不行。这道理谢少维自然早就知道，最后却还是选择了利益，这有什么办法呢。

她的清白当然不能和重要的生意相提并论。

“要不干脆这样，我去跟他们讲清楚，这事和你没关系。”

对于他那走直线的孩子气，颜苗有点好气又好笑，“不用啦，就算你这样去说，会有人信吗？”

谢少维愈发暴躁，“那到底要我怎样做啊？”

“不用你做什么啊，你什么都不需要做，这段时间我们都不要碰面也不要说话就好了……这又不难。”

谢少维有点恼怒地咬了牙，“怎么会不难的？”

“……”

被这么一讲，颜苗一时有些不知道该说什么好，只得满脸通红地后退了一步。

尴尬了一阵，谢少维又说：“你要是在公司待着难受，不如干脆来我这边。”

“啊？”

开什么玩笑，要她上演卷包裹畏罪潜逃的戏码吗？

“如果他们不相信你，留着也没意思啊。”

“……”那也不用把自己逼上绝路吧。

“再说了，谢子修那个人，他要是对你起了疑心，你日子会很难过的，他的阴险你是不知道。”

颜苗心里不由得咯噔了一声，那种心脏往下坠的感觉又回来了。

“你好好想想。你继续替谢子修做事的话，那我是帮不到你。你如果愿意过来，只要是我的人，所有的事都不用你担心，交给我就行了。”

颜苗一晚上都没能睡得着。她当然怕谢子修，无关痛痒的时候她都怕他怕得要死，随便看她一眼她就吓得赶紧溜须拍马，更不用说现在了。

一想到谢子修回来以后，对她可能会有的态度和手段，她就觉得背上都凉透了。

万一要被严刑拷打，屈打成招，那她不如直接拿根绳子把自己的脖子系上算了。

也许真按谢少维说的那样，索性溜之大吉，弃暗投明，下场还能好一点？

Chapter9

迷乱

第二天起来，颜苗顶着一对黑眼圈，怀了颗忐忑的心，硬着头皮去了公司，居然还破天荒地迟到了。

一上楼，就见大家又在三三两两地聚着议论纷纷。

“谢先生回来了。”

虽然对他的归来早有心理准备，但听见同事这么一说，还没看到谢子修本人，她心头就已经发抖了。

果然很快就看见谢子修从会议室出来，后面跟了一群人。

颜苗在角落里远远看着他，他就那么高大英挺地迈着步子，双手插在口袋里，并不严肃，甚至谈不上正经，脸上也看不出喜怒哀乐来，依旧是似笑非笑的神情，皮肤白皙得如钻石耳钉一般亮眼。

颜苗这时候只想让自己渺小再渺小一点，最好存在感跟空气一样稀薄，别被上司发现才好。

偏偏谢子修微微转头，便准确地朝她的方向望过来。颜苗来不及缩起来就对上他的眼睛，顿时心惊胆战。

“颜秘书。”

周围顿时万籁俱寂，鸦雀无声，大家都静悄悄地看着她。

“到我的办公室来一趟。”

颜苗发了会儿呆，看着他先进了办公室，众目睽睽之下又不能转身拔腿就跑，终于也只好在一片“风萧萧兮易水寒”的悲壮里慢吞吞地跟了进去。

谢子修已经坐下来了，见她进来，便示意她将门关上。颜苗看着那张明明端整俊美却给人完全非善类感觉的脸，战战兢兢地在跟他保持安全距离的地方站定。

谢子修看着她，挑一挑眉才开口道：“病好了吗？”

“……好了。”

“怎么看起来还这么憔悴？”

“……”

“昨晚没睡好吗？”

“……”

拜托给她来一刀痛快的吧！她不要凌迟处死啊。

在她崩溃之前，谢子修终于进入正题，“事情我已经都知道了。”

颜苗的一颗心“嗖”地提到了嗓子眼。

谢子修盯着她，挺和气地微微一笑，“你觉得这会是谁做的呢？”

太多要解释的话了，以至于一股脑儿争先恐后地涌上来，乱七八糟地堵在喉咙口，让她一时哑口无言。

在她无言以对的安静里，谢子修已然站起身来，走到她面前。颜苗都不敢抬眼看他，只能瞧着他的脚。

果然他替她做了回答：“很多人都说是你。”

一瞬间颜苗只觉得在恐慌之外，更生出许多透顶的失望来。

她是什么样的人，谢子修至少应该比其他人多清楚那么一点，如果连他都这么认定的话，那她的所有努力真的也就没什么意义了。

而后她便听见谢子修在她头顶上说：“我当然知道你不会的。”

颜苗耳边嗡了一下，顿时只觉得所有的委屈和担忧都往唯一的出口直奔而去了，无法克制地，她眼前一片模糊。

“不管别人怎么想，我相信你。”

颜苗一张嘴，不由得就喉头酸涩，没出息地哽咽了，“谢、谢……”

谢子修微笑道：“不用谢我。”

“我是叫你名字！”谁要谢他呀。

有个好姓氏真是占便宜。

谢子修摸一摸鼻子，“不打算谢我吗？”

颜苗还在擦眼泪，“你做了什么值得谢的呀？”这么装神弄鬼地吓她。

“嗯？我这么无条件地信任你，难道不是一种美好的品质？”

颜苗含泪道：“我这么忠心耿耿，难道不值得你信任吗？”

谢子修笑道：“话说回来了，我知道你是什么样的人，也信任你，但其他人未必是这样。”

“嗯……”

“我不想干涉你和谢少维，但这种时候，该小心的恐怕还是要小心点。”

谢子修拍一下她的头，“当然这是你的事了，我只是提醒一声，也相信你能处理好。”

颜苗点点头，嗯了一声。

的确，在这种时候如果不避嫌，硬要觉得“清者自清”，而后让自家上司顶着众人的压力来保住她，纵容她跟谢少维继续来往，那就太任性了，也太没良心了。

颜苗发了简讯给谢少维，把事情说清楚，表明立场，接下来所能做的也就只是拒接他的电话了。

才过了一天，颜苗还没来得及歇下来松口气，就又在公寓楼下看到了等在那里的、杀气腾腾的青年。

“……”

唉，可怜小区的保安，都不知道受了多少回惊吓了，精神压力该有多大呀。

两人面对面站了一站，谢少维脸色发青，咬牙道：“你真的打算就这样不见我了？”

颜苗有些为难，“抱歉，我也没办法啊。”

“你不来我的公司吗？离开谢子修，到我这里来，这也一样能解决问题啊。”

颜苗摇摇头，“谢先生那么信任我，我不能做对不起他的事。”

谢少维愈发急了，“我不会亏待你的。谢子修给你的待遇，我翻十倍给你，无论什么样的要求，只要你提，我就会满足你，这还不行吗？”

颜苗也无可奈何，“唉，其实，在你决定抢下那笔生意的时候，就该知道我会遇到什么压力啊。留下这一堆烂摊子，总得有人来收拾吧。”

“这回是你赢了谢先生，也算赚到很多。虽然因为这样我们做不成朋友，但权衡之下，你一点都不吃亏啊。”

“……”

“你知道我是什么样的人，事情变成这样，这在你做决策之前就可以预料得到的，所以这是你的选择，不是吗？”

谢少维又咬紧了牙关，“那这次是我选错了，行不行？”

颜苗见他连额上的青筋都暴出来了，虽然如今是敌对立场，也只得安慰他，“你没选错，而且都已经这样了，就不要纠结了吧。”

为了她去丢掉一大笔生意，脑袋有问题才会那么做吧。

“总之，你以后别给我打电话了，也别来这里见我，我们真没什么好说的了，我不能让谢先生为难的。”

谢少维咬着嘴唇，眉头越皱越紧，最后低低地骂了声：“这王八蛋！”

颜苗吓了一跳，“啊？”

“我不是说你。”

“呃……”

谢少维显然气得厉害，“我是说谢子修，这个阴险的小人。”

“……”自己靠间谍抢了生意，居然还反过来骂她上司，这不是得了便宜又卖乖嘛。

不等她动手捍卫上司的尊严，谢少维突然低下头来，握住她的肩膀，力气之大让她一时也动弹不得，“你记得，总有一天我要让你看到他的真面目。”

“……”

干吗，难道谢子修那张脸皮还能撕下来吗？

颜苗对于自家上司那张脸皮之下是不是还藏了另外一张脸这件事，是毫无兴趣。对于谢少维“翻倍待遇”的许诺，也没放在心上。她只要这次的风波能平息，安安稳稳地留在谢子修身边工作，长此以往，就心满意足了。

在这样的满足里，颜苗也觉得有那么点不对劲，自己居然变得这么缺乏上进心，地球像是开始绕着谢子修这抠门的资本家来转了。

于是颜苗那点可怜的业余时间，就又变回主仆犬三人组的固定模式。

只不过这回颜苗不会再画圈圈做小人诅咒自己的资本家上司了。

商业间谍的事件过后，她整个人都对自家老板五体投地，死心塌地，死而后已。

谢子修那么信任她，还顶住层层压力为她担保，她牺牲点个人时间帮他做点家事、遛遛狗，算什么？

拿她喂狗都没问题呢。

说到喂狗……

“达尔文，我给你带零食来了哦。”

达尔文趴在狗窝边上，听见动静，只抖了一抖耳朵，见颜苗走近了，才站起来，靠过去用脸在她的腿上来回蹭了蹭。

颜苗不由得去看站在边上的谢子修，“达尔文今天有点奇怪呢。”

“是啊，”谢子修把手放到它头上，抚摸着它，“它这两天胃口不太好，昨晚都没吃饭。”

颜苗立刻觉得事态严重了，“什么？它居然没吃晚饭？”

它闲着的时候不是连家里的电话机都啃得下去吗？

达尔文已经自己躺下来了，在地板上伸直成长长一条，犹如拖把一般，把脸埋在主人的手里。

谢子修摸着它，“大概是……心情不好吧。”

“咦？它怎么了？发生什么事了吗？”

“今天下午我要送它到我父亲那里去。”

颜苗呆了一呆，问：“……为什么？”

谢子修笑了笑，“我们家的习惯。”

“啊？”

“它是我父亲送我的。在我们家，给我们的任何东西，只要他愿意，随时都可以收回去。”

“……”为什么听起来让人瘆得慌?

“不过你不用担心，达尔文是最顽强的狗了，到哪里它都可以过得挺舒服的，对吧达尔文?”

躺平着的拉布拉多闻声动动脑袋，舔了舔主人的手。

颜苗不自觉地就坐立不安，比谢子修还着急，“谢先生，我们能不能别把达尔文送走?”

“嗯?”

“它不在的话，你怎么办?”

谢子修又笑了一笑，“我?我不会怎样的。”

对于这么无情的回应，达尔文动了动耳朵，从喉咙里长长地咕噜了一声。

颜苗摸着它起伏着的毛茸茸的肚皮，手感确实不像以前那么鼓囊囊的了，简直算得上干瘪，突然就觉得很伤心，“谢先生……”

谢子修站起身来，“该出门了，你跟我一起去吧。”

“……为什么?”

她真不愿意去做那个亲手把达尔文送走的人。

“没有你帮忙，它不会上车的。”

“……谢先生……”

虽然百般的不情愿，颜苗还是只得拿了一堆的牛肉干和香肠，一路把达尔文哄出门。

达尔文吃着她手里的香肠，全然信赖地跟着她往前走，一直到上了车。

达尔文原本是最喜欢坐汽车出行的，在有限的空间里它一样能自得其乐，还总爱把头伸出去，被风吹得毛都横起来了。

然而今天车门关上，车子一发动，它就觉察到异样似的，突然不安分起来，在车上乱扭乱躲乱蹿，如临大敌一般，死活不肯安静下来。

谢子修目不斜视地开着车，达尔文在后座上不安地转来转去，从焦躁到惶恐，然后又钻到前座来，可怜地耷拉着耳朵，把下巴放在颜苗膝盖上，拿漆黑的眼睛巴巴地望着她。

颜苗实在于心不忍，提议道：“谢先生，要不，开个车窗给它透透气吧？”

车窗玻璃降下，达尔文终于竖起软趴趴的耳朵，抬起头来，把湿漉漉的鼻子凑到窗口。

颜苗摸着它的背，“来，呼吸下新鲜空气，可以放松的。”

达尔文扒在车窗上，先是鼻子出去了，然后是脑袋，然后是前爪，然后是上半身……

“……喂！”

这大型犬实在太重了，颜苗用尽全力也没法把它从窗口拖回来，只能在窗边挣扎着抱住它的腰，眼睁睁地看它缓缓往外滑，而后身体悬空，两只前脚着地，硬是要往前走。

谢子修也只能赶紧把车速降到最低，陪它磨了一段路，才勉强把车子停到路边。

被他们的龟速行驶堵在后面的车辆当下都对着他们猛按喇叭，大骂“三字经”。

谢子修也像是有些恼火了，下车摔上车门，冲着它吼：“你搞什么？你是想害死我们吗？”

达尔文对它造成的交通阻塞露出无辜的表情，蹲在路边缓缓地、有节奏地摇着尾巴。

“这回就算你要赖也没有用，不是什么事都能由着你任性的，上车。”

达尔文还是顽固地蹲着，粘在地板上一样，一动也不肯动。

谢子修真的动了肝火，薄嘴唇一扯，就将修长有力的手指扬起来，而后毫不留情地挥下去，“你是不是太久没尝过这个了？”

达尔文挨了打，只是抬头望着主人，而后把头凑过来，温顺地舔了舔那打了它的手。

“……”

谢子修从一脸杀气，渐渐变得有些哭笑不得，“颜秘书，你哭什么？”

颜苗抽噎着说：“你太过分了。”

“……”

“你没有人性。”

“……”

就算谢子修等下搞不好也会给她来一巴掌，她还是要说：“你连达尔文都不如！”

谢子修竟然没发火，只是啼笑皆非地道：“你懂什么，快别哭了，听话。”

颜苗拒绝了他递过来的手帕，还在哽咽，“要把达尔文送走，你自己送，我死也不跟你去。”

“你啊……”

“连达尔文你都不肯让它留下来，那你还肯为谁争取呢？”

两人一狗在路边对峙了一会儿，谢子修终于放弃了一般，吐了口气，道：“算了，我们回去吧。”

颜苗一把鼻涕一把眼泪的，“真的？”

“先把你的脸擦干净了再说。”

“……”

“拿你没办法。”

“……”

瞧这话说的，好像她能把他怎么样似的。被压榨得没有反手之力，永远都拿他没办法的人，是她才对吧。

重新上了车，这回达尔文乖乖地横在两人的膝盖上，舔着颜苗的手，谢子修道：“对了，等下我还是得出城，明天回来，只能由你来照顾达尔文了。”

“嗯，就交给我吧。”

谢子修想了一想，又说：“不过这次恐怕得让你全天照看着，让它自己待着的话我也有点不放心。”

“嗯，我会陪着它的。”

“那你，”谢子修又看看她，而后发动车子，“今晚就在我那里住着吧。”

颜苗顿时全身一个激灵，“哈？”

谢子修瞥了她一眼，“或者你想把达尔文带回家？”

“……不行吗？”

谢子修笑一笑，问："你家有足够大的狗舍吗？"

……小职员住了个挤不下狗狗的小破公寓，有罪吗？

颜苗于是草草收拾了点日用品，准备到上司家里当一天的全职狗保姆。

这回是谢子修给她开的门，颜苗看着他衣冠楚楚地站在门口，带了她进屋，给她展示客房，"你今晚就在这里休息。"

"……哦。"

"这是厨房，阳台在这边，这里是收纳间。需要用钱的话，抽屉里就有。"

"……哦。"

明明这公寓里里外外她都已经很熟悉了，还要把她拉过来煞有其事地介绍一番，弄得她反而有点束手束脚。

谢子修下一个介绍的是："这是我的卧室。"

"……"有必要连这也说吗？

谢子修微笑道："你要是觊觎的话，想偷跑来这边睡，也不是不可以。"

"……"先把他的胆子借来给她用用吧。

"等下我出了门，达尔文就交给你了，这里你就随意。"

"哦……"

因为做牛做马的关系，这公寓她来了不知道有多少次，但要说在这里过夜，那还真是……想都不会去想的事。

两人在沙发上并肩坐了一阵，颜苗不由得就如芒在背，于是问："谢先生，那个，你什么时候才出门啊？"

谢子修挑起眉毛，"快了，怎么？"

颜苗嗫嚅道："没……不过你不打算早点出门吗，这样路上比较不用赶时间。"

谢子修笑道："这就要急着赶我走了呀，你已经把自己当这里的主人了吗？"

颜苗吓得赶紧说："小的不敢，小的不敢！"

实在是和上司一起在这儿待着，再想到等下要在这里睡觉的事实，她就觉得整个屋子的气氛都怪异起来。

这心理压力也太大了吧？能睡得着才怪呢。

达尔文晚饭吃了一大堆，牛一般的食量，而后又重新活泼起来了，追着自己的尾巴满地打转转，而后又不知从哪里叼来一颗网球，在屋子里玩得乒乓作响。

颜苗看着它在那儿大啃特啃，怯怯地问："……达尔文造成的破坏，应该不需要我来赔偿吧？"

谢子修微微笑道："你说呢？"

"……"

"是你不让我把它送过去的。"

"……"

哪有这样趁机盘剥和陷害员工的！

颜苗赶紧上去拉住达尔文，转移它对皮沙发的兴趣，"达尔文，这个不好玩，你玩点便宜的吧……"

这屋里唯一损坏了不需要她赔偿的，大概也只有正靠在沙发上看报纸的谢子修了。

于是，达尔文"嗖"地一下就炮弹般地弹了上去。

谢子修被它那么一扑，晃了一下，突然微微皱眉，"唔……"

颜苗忙问："怎么了？"

"没事，达尔文撞掉了我的隐形眼镜。"

颜苗有些意外，"你近视哦？"

"一点点。"

大概是觉得麻烦，谢子修干脆伸手除了隐形眼镜，从桌边的盒子里抽出框架镜，顺手戴上。

颜苗瞧着他，突然连话也不会说了。

"怎么？"

颜苗有些结巴，"呃……你，你戴眼镜，其实……更好看点。"

谢子修笑道："这我知道。"

"……"还真不客气。

“但是不方便，所以很少戴。”

他那白皙得晃眼的皮肤、似笑非笑的修长眉眼，配上斯文败类的眼镜，愈发有种邪性的蛊惑力。

杜维维干吗放弃这样一个人，去虏获她老哥啊。

当然了，这样讲好像她老哥很差一样，其实颜子清也是数年都被评为校草的大好青年。只不过正常来说，杜维维跟谢子修才比较般配，她跟颜子清也比较像一个世界里的人，不是吗？

过了一阵，那斯文败类终于低头看了看表，又看看她，“我该走了。”

颜苗终于能把绷紧的背放松下来，如获大赦，“……路上小心。”

谢子修一挑眉，“我知道。”

“早点回来啊。”免得她要为达尔文啃坏的家具承担更多的经济损失。

谢子修笑道：“好的。”

等送了谢子修离开，颜苗返身回来，不由得就将这屋里重新上上下下地打量了一番，略微的好奇。

这和以往过来帮忙遛狗或者煮火锅，感觉多少还是不一样的。

这是独属于谢子修的，最真实和无隐瞒的空间。她老觉得对自家上司所知甚少，只隔着那带笑容的薄薄的一层皮肤，也是什么都看不穿。而关于谢子修所有私密的一切，现在都在这里，缺了主人的监管，四处随随便便摆着，连锁都没上。

颜苗小心翼翼地东张西望了一阵，还真的鬼使神差地就走到上司的卧室去了。

仅仅是在卧室里站着四处看看，她心里就有些惴惴的，虽然一眼过去，什么不妥的东西都没有，还是感觉这空间有点太私密了。

床边还真的放了副眼镜。联想起谢子修那种人夜晚居然也会靠在床头，收起那种黑帮少主的做派在看书，她就不由得走了半天的神。

发完呆，颜苗又去看屋里大大小小的摆设，出于对他人隐私的尊重，她凡事尽量只用眼，不动手，连抽屉也不敢去打开。

老实说，书架上那一排书还真的把她给吓到了。

谢子修……他……识字的哦？

好吧，她实在是难以想象自家上司会是个会花力气去读些已经很有时间感的冷门书籍的人。

谢子修这样的人，看看什么黑道风云古惑仔之类的不就差不多了吗？

里面甚至有一套绘本，她自己以前念书的时候也买过，是只印了三百套的小众中的小众，她当时特别留了心才订到的。

她很佩服绘本里那种不尽苦涩然而又豁达的黑色幽默，扭曲又张力十足的画风，犹如疯狂但又异样清醒的旁白，同时也理解这书连三百套也卖不出的原因，它的确并不讨人喜欢。

而谢子修居然跟她一样，也是那三百分之一。

这家伙应该只是从书摊上淘来摆着凑个数的吧？

颜苗小心地把书取出来，翻了一页，扉页上就是一行熟悉的已经有些旧掉的字体。

“……”

原来谢子修不是只有自己的签名写得漂亮，她还以为他那龙飞凤舞的三个字是特地去练过的，签字专用呢。

但是，这家伙，平时看起来，哪里会像是个爱读书的人啊。

临走前看见书架上有个相框面朝下趴着，颜苗顺手就把它扶起来，摆正了，而后就把自己吓了好大一跳。

相框中身着旗袍的少女靠在微笑着的军服男人的怀里，表情是一点点的慌乱和羞怯。

“……”

居然会这么有人性地留着这种东西，这是对员工有情有义的体现吗？还是也打算用来射飞镖的？

因为去了上司的卧室转过一圈的关系，颜苗这一晚都没能睡好。

她好像什么都没看到，但又好像看到得太多了，弄得她自己都有点糊涂。有些东西忍不住要去猜想一下，却终究又是不敢想。

早上起来，颜苗很自觉地带了钱包出门买菜，顺便去干洗店把谢子修送洗的衣服拿回来。之前看达尔文趴在狗窝里安静得很，大概是还在睡觉，也就不带它出去了。

回来颜苗就把衣服折好替谢子修收进衣柜，而后浇了花，做了狗食，端来哄达尔文吃早饭。

“达尔文，有很好吃的牛杂拌饭哦。”

达尔文并没有像平时那样兴高采烈地扑出来，依旧脸朝内趴在角落里，只轻微地动了动耳朵。

“达尔文？”

难道又心情不好了？因为谢子修出门，它就害相思病了？

“达尔文，来尝尝哦，这个超级好吃的。”

达尔文依旧趴着，异样的安静，背部偶尔动一下，像是在抽搐。

颜苗突然就心慌了，伸手去摸它，只觉得它的肚子鼓胀得不正常，“达尔文？！”

颜苗也回想不起来自己是以什么样的突发神力把这么大一条狗抱出门，然后送到兽医院的。

虽然很镇定地独自去办理手续，交钱，打电话通知谢子修，带着达尔文做各种检查，拍片，其实她脑袋里是空茫茫的，简直有点不知道自己在做什么了。

等熟悉的那个男人高大的身影出现在门口的时候，颜苗整个人突然脱力了，声音都有点发虚，“谢先生……”

男人大步过来，在她边上坐下，“嗯。”

颜苗红着眼睛望着他，不自主地就全身颤抖，“什么是胃扭转啊？如果要切除脾脏，是不是很严重？”

谢子修伸手握住她发抖的手指，“别担心。”

话是这么说，她也感觉得出来谢子修很担心。

颜苗一开口，就觉得眼泪又把眼前蒙住了，“它一直在吐，我之前居然没发现，我、我……”

可怜达尔文痛苦了那么久，她还一无所知在做她的家务。

谢子修说："这不是你的错，事先谁也不会料得到。"

以他和达尔文的感情，竟然没有对失职的秘书破口大骂，还反过来安慰她。颜苗在眼前的一片模糊里，不由自主地就靠紧了他，这样就能得到安全感似的。

医生拿了拍的片子给他们看，道："你们看，它的胃现在变成这样，脾脏也肿大了。"

"……"

"大型犬饮食过量，饲料在胃里膨胀，于是胃就扩张了。扩张的时候压迫着周围的血管，影响血液循环，这种时候进行激烈的运动，很可能就会导致胃扭转。"

"嗯。"

"要解决，就得打开腹部，把旋转的胃归回原位。而且发生胃扭转，脾脏会首先受到伤害，严重的话还会影响脑和肾。"

"……"

"所以手术是必要的，但你们的狗，年龄不小了吧？"

"……嗯。"

"已经错过了黄金治疗期，现在动手术，康复的概率最多也只有50%。加上它的年龄和身体状况，你们要有心理准备。"

无法自制的，颜苗的眼泪就涌出来了。

从未面对过的，这种失败与死亡相关的恐惧，让她全身冰凉，眼前和耳边的也好像全都变得空白和不真实。

只剩下谢子修手指的温度是真切的。

达尔文在动手术的时间里，颜苗只觉得坐立难安，分分秒秒都能听见自己异常清晰的心跳声，一听见动静就要赶紧站起身来。

谢子修突然伸过手来，摸了摸她的头，"没事的。"

颜苗从来不知道自家上司也能这么温柔。

过了一阵，医生突然叫他们进去，商量脾脏切除。

一眼看见被剖开的达尔文，颜苗瞬间连脚底都凉了，只觉得活生生的达尔文已经再也没有了，本能地紧紧抓住谢子修。

谢子修还能保持镇定，“切除吧。”

出来的时候颜苗的手还在抖，很想找个肩膀大哭一场。

“怎、怎么办……”

“……”

“达尔文会、会没事的吧？”

那种随时都可能失去的感觉实在太可怕了。

虽然达尔文只不过是一条狗，饲养任何宠物，都需要有这样的心理准备，因为它们没办法活得和人类一样长，甚至它的身价也并不高。可那种拥有时的亲密，和离开时的痛苦，跟人类都是一样的。

谢子修没能给她回答，但在低头看了她一会儿之后，还是伸出胳膊，不太用力地抱住她。

这种拥抱是温柔的，带了安慰，还有轻微的怜悯。

颜苗还是很害怕，但把脸贴在他的胸口，听见那有力而沉稳的心跳声，在那温度里也感觉到了许多的安慰。

手术终于完成了，颜苗看着躺在那里一动不动、了无生气的大狗，还是全身紧张。

“怎、怎么样了？”

医生说：“手术很顺利，如果它能熬过今晚的话，那就没问题了。”

但什么叫熬过今晚呢?

煎熬的时间从手术的一个多小时，拉长到整个夜晚。

两人一起在床边坐着，从来都欢蹦乱跳、生命力十足的达尔文，现在标本一般地躺在那里，皮毛失去光泽，松垮着，突然就显出老态来了。

颜苗擦了把眼泪，“我们是不是只要等着就好了？”

谢子修看着她，“你这么在意达尔文吗？”

颜苗揉着眼睛，“你不也一样吗？”

“我不一样，我养了它这么多年了。”

颜苗哽咽道："那有什么区别嘛。"

谢子修道："知道你这么担心它，达尔文会很高兴的。"

颜苗在伤感里也忍不住想，从他嘴里突然讲出这么有人性的话，听着真是挺不习惯的呢。

守到后半夜，实在是困乏了，达尔文睡在大床中间，她和谢子修就一人躺在一边，和它靠在一起。

颜苗伸手抱着达尔文，谢子修的一只手也盖在她手背上。

她觉得这一切都很自然，两人一起抱着他们都关心的这病重的大狗，给予彼此同伴一般的安慰。

而后便在这疲惫的担忧里，缓缓睡了过去。

颜苗是被舔醒的。

半梦半醒之间，那熟悉的舌头粗糙的触感让她一下子就睁开眼睛，达尔文在忠诚又热情地舔着她的脸，鼻子湿漉漉的，眼里是虽然虚弱却淘气的光彩。

"达尔文！"

颜苗一把就紧紧抱住它的脖子，感觉着那柔软温暖的皮毛，简直要哭了。

"就说嘛，你是生命力最强的狗了！"虽然说的是夸奖的话，她却还是没出息地哽咽了。

"回去给你做最好吃的牛肉香肠饭！"

谢子修也早已坐起来了，微笑着看他们，有了折痕的白衬衫也并不影响他的容貌，窗外进来的日光从背后照着他，显得头发和皮肤都有种虚幻的美。

两人一狗挤在一起，达尔文舔完她，再转头去神气地舔自己的主人，再回头舔她，像个荣归故里的英雄一般放送着它的热情。

谢子修的脸朝她凑近的时候，颜苗还在想，这一觉同样睡得乱七八糟的，怎么人家能保持得这么好看，她自己就眼睛肿得几乎要睁不开呢？

而后那张脸到了有些危险的距离，那漂亮的程度突然也让她觉得心慌，颜苗刚一张嘴，就觉眼前一暗。

颜苗还在全身僵硬地发着呆，而对方毫不费力地就用舌尖撬开她的嘴唇，在她大脑一片空白的时间里，这亲吻已经深入了，里里外外地，温柔又强硬地把她亲了一遍。

一开始她没能反应过来发生了什么事，等终于意识到谢子修在对自己做什么后，她就愈发动弹不得，大脑的空白更上一层楼。

那嘴唇移开的时候，她还是觉得像是做了一个梦，然而睁开眼睛，谢子修那似笑非笑的脸还是在眼前。

……真的不是做噩梦吗？

“呃……”

才一张嘴，嘴唇就又被堵住了。

这回颜苗直接大脑短路了，稀里糊涂地仰着脸，任由上司为所欲为。

一直到达尔文好奇地硬挤进两人之间，热情地舔着她的手，她才一个激灵，如梦初醒地将谢子修一把推开。

“嗯？”

他、他还有脸“嗯”？！

这种行径，可以算是非礼了吧，按理应该能控诉上司骚扰之类的吧？

于是，颜苗憋红了脸，结巴道：“你、你……”

谢子修微微眯起眼，长睫毛垂下来，微笑道：“我怎么？”

颜苗对着自家老板那张脸，憋了半天，终于，用积攒的所有勇气，开口说：“我、我回去了！”

谢子修稍稍一挑眉，用那种带了魔性的眼神望着她，压低声音道：“嗯？”

颜苗果断地回道：“我走了，再见！”

而后爬下床，落荒而逃。

不仅没拿出讨伐色狼的勇气来痛殴谢子修，还丢盔弃甲地溜了，这实在很没出息，简直违反她的人生原则。

当前的状况已经不是能用心乱如麻可以形容的了。晴天霹雳，五雷轰顶，这两个词加起来再 N 次方，都不足以表达她的心情。

虽然她没经验，但刚才那样，总该是亲吻没错了吧？

谢子修他到底是什么意思呢？

这……亲都亲了，还能是什么意思啊。

可要说谢子修真是那种意思，她又很想把脑袋放到门缝里用力夹个几遍。怎么可能呢，谢子修会对她有意思？

颜苗自己都被各种“意思”绕晕了，把通红的脸在床单里闷了半晌，才想起今天是周一，应该去上班的。

在被扣薪水和去面对谢子修之间挣扎了很久，颜苗还是选择人为财死，硬着头皮爬起来，就穿那么一身皱巴巴的衣服去搭地铁。

急急忙忙赶到公司的时候，颜苗发现自家的顶头上司早她一步，已然先到了。

老板就是老板，速度都比下属快啊……

谢子修已经换掉了被达尔文蹂躏得不成样子的衬衫，衣冠楚楚地站在那里，整个人看起来都很有精神。

和凌晨在医院的那个，意味不明地亲吻了她的男人，似乎没有任何关系。

只除了……那种……

守株待兔的姿势……

谢子修抬眼见了她，便挑起眉毛，微微一笑，“颜秘书。”

颜苗顿时像被蛇盯住的青蛙一样，“谢、谢先生……”

谢子修朝她略微一点头，示意道：“你进来一下。”

“……”

这，随狼入室，还能有什么好事啊。

颜苗在门口犹豫了半天，不敢进，但更不敢不进，听得里面男人的声音略微高了几度，“颜秘书？”终于还是苦着脸，慢吞吞地挪进去。

“谢先生早……”

谢子修微笑道：“嗯，这地板名叫谢先生吗？”

“……”

“你今天是不打算抬头吗？”

颜苗战战兢兢地道：“我今天……脖子有点疼……抬不起来呢……”

“这样……”

感觉得到上司在朝她走过来，颜苗立刻相当配合地慢慢往后挪，一直到整个背都紧紧地贴到墙上。

“颜秘书。”

颜苗贴墙做壁虎状，“小的在……”

谢子修如果再靠近一点的话，她估计都能穿墙而过了。

谢子修微笑道：“我有这么可怕吗？”

颜苗点点头。

“嗯？”

颜苗赶紧又认真地摇摇头。

谢子修像是顿了一顿，而后笑道：“你这样的话，我可是会很难过的。”

“……”

千、千万别啊，上司难过了，还能让下属的日子好过吗？

两人对着站了一会儿，颜苗又听得上司道：“晚上一起吃饭吧，谢谢你救了达尔文。”

“吓……”

“放心，还是我请。”

“……”也不用这样看穿她的弱点吧。

“有胡椒蟹。”

“……”

“龙虾跟生蚝也很好的。”

“……”

什么，难道以为她是鸟为食亡的人吗？

颜苗说：“我还是不去了……”

“嗯？”

“冰箱里的剩饭，今晚再不吃会坏掉的。”

“……”

“不能浪费。”

谢子修倒也不勉强，只说："你下班前再给我答复吧。"

快下班的时候，勤勤恳恳地在电脑前工作的颜苗，突然就收到了来自上司的邮件。

"秘书必读。"

颜苗有点莫名地打开邮件，顿时满目都是各色美食的照片。

葡萄牙式蔬菜炖海鱼，配了青柠檬和冰块的生蚝，装了龙虾、扇贝、基围虾的海鲜饭，加了黄瓜酱的煎海鲈鱼，酱汁浓厚的苹果鹿肉，膏肥肉嫩的辣椒蟹、黄油蟹……

在这饥肠辘辘的傍晚时分，对着这种东西，颜苗只觉得整个人都缓缓裂开了。

家里冰箱里那冷掉的蛋炒饭什么的，跟着她的理智一起都渐渐离她远去，如浮云般消散了。

颜苗站在码头边上，望着眼前巨大的船身，"我们是……要到船上去吃饭吗？"

谢子修微笑道："当然。"

上了海船，发现这偌大的地方就只有他们两个顾客，颜苗心里不由得就一阵阵发慌。这海面茫茫，孤男寡女，万一有个这样那样的风吹草动，她难道要对不起她老哥吗？

这么一想，她就不由得心惊胆战地看了身边那散发着强烈非正派气场的男人一眼。

谢子修也正低头看她，四目相对，他便一挑眉，微微一笑道："怎么，来这里吃饭，颜秘书不高兴吗？"

颜苗含泪道："高兴……"

谢子修又"嗯"了一声，"有多高兴？"

"高兴得……都想哭了呢……"

船缓缓驶离码头，在夕阳西下的浓墨重彩里，菜肴也逐道送上：肉质鲜美膏脂肥厚的黑胡椒蟹、脆嫩鲜甜的燕麦黄油虾、葡萄牙式白酒蛤蜊、来自西班牙东北水域的生蚝、新鲜的煎海鲈鱼……

谢子修并不怎么吃，只拿了叉子，微微笑着看着她。

颜苗则是完全不敢看他，专心埋头苦吃，一个劲儿地扒拉她的龙虾鱿鱼海鲜饭。

跟谢子修单独吃饭，早就不是第一次，两人称得上很熟很随意了。

但这回不知道为什么，她从头到尾都不敢抬起头来，总觉得只要一对上他的眼神，她自己就要变成海鲜饭了。

努力啃了半天，突然听得谢子修说："颜秘书，你今天，好像很怕我？"

颜苗颤抖着道："没、没有啊……"

"那你把头抬起来。"

"……"颜苗的视线专注地停在盘子里。

谢子修笑道："实在害怕的话，不如，喝点酒壮胆吧。"

"……"好像有道理。

颜苗于是一杯接一杯把倒好的酒都喝了下去，然而觉得胆子似乎并没有变大，倒是舌头有点大了。

等船驶回岸边，颜苗已经有点双腿发软，又听得上司说："想去看看达尔文吗？我把它接回家了。"

"啊……"

她很挂念达尔文，要把那毛茸茸的脖子重新抱在怀里，被扑得站都站不稳才放心。

但是，时间不早了，而且，单独对着谢子修的话，她恐怕……

天人交战之间，又听得谢子修笑道："你不想去也没关系，我会转告它的。"

"……"

一推开门，颜苗就得到了熟悉的欢迎程序。达尔文用两条后腿立起来，诚实地表达了它对颜苗以及夜宵的热情，把她舔得一脸口水。

颜苗被它一舔，就乐得什么都忘了，碎碎念地嘟哝着"乖狗狗""你是世界上最厉害的大狗了"之类的话，然后干脆和达尔文一起坐在地上，摸它光滑的皮毛，把带来的零食放在手心里一点点给它吃。

喂了一会儿达尔文，一抬头，就见谢子修坐在沙发上，长眉黑眼，肤色胜雪，正似笑非笑地看着她。

“……”

颜苗顿时就慢慢缩成小小一团，很想让自己从上司眼里消失掉。

实在是……很没有安全感。

凭良心说，她倒不觉得谢子修会对她强行施加什么。自家上司虽然不是好人，总表现得邪里邪气的，但绝对不下作。

但比坏人更糟的是，谢子修是个恶魔，而恶魔都很擅长蛊惑人心，诱惑人去做坏事，搞不好她就稀里糊涂地被他骗了。

等达尔文吃完她带来的夜宵，舒服地躺在那里晒肚皮，颜苗就嗫嚅着说：“我回去了……”

谢子修倒也不挽留，“嗯，我送你。”

颜苗忙说：“不用啦……”

谢子修挑眉道：“怎么，以前不也常让你搭顺风车的吗？”

“……”

“你知道这时候坐计程车回去要多少钱吗？”

“那……谢谢……”

谢子修取了车，一路连红灯都不闯，相当遵纪守法，循规蹈矩地，顺利把她送到公寓楼下。

在不太安全的时间里，对着这么一个邪恶兮兮的男人，居然什么事都没发生，颜苗于是终于松了口气。

临下车之前，突然听得谢子修笑道：“你整晚只打算给我看你的头顶吗？”

“……”那、那不然还要看哪里？

谢子修又道：“我想问……”

“啊？”

“亲你一下是那么难接受的事吗？”

颜苗臊得连脚指头都红了。

还、还敢提！

谢子修还在笑微微的，“跟我接吻，会很为难你吗？”

“……”

太、太不要脸了！

“你好像不想让我亲你，为什么呢？”

面对如此恬不知耻的、耍流氓般的发问，颜苗半天才憋出一句：“因、因为……你不是好人。”

“啊？”

“你、你总是欺负人。”

谢子修笑着，放低嗓音道：“那我以后不欺负你了还不行？”

突然变得这么和蔼可亲，体恤下属，真的很不可信啊。

感觉得到身边的男人动了一动，颜苗不由得就有点害怕，条件反射地伸手去抓住车门把手。

谢子修像是哑然失笑，问：“你到底在怕什么呢？”

“……”

“怕我吗？”那不高不低的、带了种奇异蛊惑力的声音笑道，“还是怕你自己？”

只要随时一用力，她就能推开车门，然后毫无阻碍地溜之大吉了。

然而谢子修贴近过来的时候，她还是立刻没出息地全身僵硬，像被钉在砧板上的鱼一样，丝毫动弹不得，只能在越来越近的距离里，瞪大眼睛和自家上司对视。

近到已经没法看得清楚对方的脸，鼻尖都要贴到一起了，颜苗还是把眼睛睁得圆圆的，怎么都不敢闭眼。

谢子修像是轻笑了一声，而后鼻尖顶着鼻尖，碰了她的嘴唇一下。

颜苗立刻不受克制地，大大倒吸一口凉气。没等这气抽完，嘴唇就被用力堵住了，她惊慌失措的时候，对方轻易地就把舌尖探进来，而后牙齿微微一咬……

这是个让人完全没能来得及抵抗的深吻。

辗转摩擦之间，颜苗只觉得眼前都是空白，快要喘不过气了。而这亲吻并没有为所欲为下去，只到一半便戛然而止了。

谢子修几近绅士地暂停了这冒犯，嘴唇分开以后，又顿了一顿，往后微微一退，在随时可以贴上去的距离里停着，像是给她逃跑的时间似的。

颜苗呆呆地和他对视，还在心跳如雷，像是中了奇怪的魔法一样，只觉得脑袋发晕，没法想，没法动，更没能伸手推开他。

他的表情和嘴唇，都有着诡异的魔力似的，让人一时连转开视线都做不到。

于是这回再一次的亲吻，就没有任何可以逃跑的空间了，谢子修的嘴唇温和而有力，侵入的时候完全是不容抗拒的力度和熟练。

被那样的唇舌逗弄着，颜苗只觉得连呼吸的力气都没有了，只能胡乱地揪着他的衬衫，生怕自己一松手，就会失足掉到什么深不见底的地方去了一样。

被谢子修堵在车门口亲了半天，头晕目眩，手脚都发软。等分开的时候，颜苗还是使不出力气来，脑袋沉甸甸到一点都没法运转，眼前是无边无际的星空。

这、这太邪恶了，这是什么恶毒巫术？

都说了他是蛊惑人心的魔鬼了！

而后她听得谢子修低声笑道：“颜秘书，你的吻技很需要提高啊。”

“……”

“不过我可以慢慢教你。”

颜苗又一次乱七八糟地落荒而逃。

自家老板实在太可怕了，不仅是吸血资本家，还会巫术！

Chapter10

动心

而对她来说，更悲惨的是，在这样措手不及的、莫名其妙的亲密之后，就连逃避一阵子做个心理缓冲的时间都没有，她就又得去面对罪魁祸首了。

这时候她就不由得想，为什么她偏偏是谢子修的秘书呢？想找个合理的不碰面的借口都没办法啊。

比起她睡眠不足的黑眼圈和萎靡不振，桌子后面坐着的自家上司真可谓是神清气爽、光彩照人。

无视她仇大恨深、苦恼至极的纠结，谢子修施施然道："颜秘书，晚上陪我去新开的餐厅试一下口味。"

"……你自己去吃饭，为什么要我陪？"

谢子修一挑眉，"我们昨晚都那样了，吃个饭还不行？"

颜苗差点就上去用咖啡杯塞住他的嘴，"什、什么叫都那样了！"听起来多么淫秽！

谢子修无辜地道："嗯？不是吗？"

"……"

"你是想始乱终弃吗？"

"……"

有过那样的行为，她现在的确也不好意思说她跟谢子修之间是清白的了。

但他们到底算什么，真的不好定义。

谢子修悠然地开口道："我们算是在交往吗？"

颜苗吓了一跳，结巴起来，"我、我不知道……"

谢子修有些苦恼似的拿修长的手指撑住脸颊，"啊，那我岂不是没有名分？”

“……”上司的名分还不够大吗？

两人对峙了一会儿，谢子修笑道：“因为颜子清的关系？”

颜苗垂头丧气地回道：“……嗯。”

要是让颜子清知道她跟谢子修有什么不清不楚的，一定会把她骂得狗血淋头，她简直都能想象得出来她老哥发现她跟谢子修暧昧时的表情了。

谢子修又笑了一笑，“好，我明白。”

“嗯。”

“不过晚饭还是要吃的。”

“……”

“不跟我去的话，你可是得为自己的晚餐买单的哦。”

“……”

进了这家葡式餐厅，颜苗一眼就看见了那位坐在窗边的、披着妩媚卷发的窈窕美女。她实在太醒目了，即使在光线并不明朗的宽阔空间里，也能闪闪发光一般，让人无法视而不见。

颜苗还在犹豫，谢子修倒是很磊落，径自带着她过去打招呼。

“这么巧。”

杜维维转过头来，眉眼之间是一贯的明艳照人，见了他们便道：“哇，刚开张你就订到位置了，鼻子也很灵嘛。”

谢子修笑道：“彼此彼此。”

“说起来你的口味还是没变啊。”

“你不也一样？”

杜维维眯起漂亮的眼睛，把他上下打量一番，说：“你最近有变帅，状态不错嘛。”她在谢子修这前任未婚夫面前，倒是落落大方。

谢子修微微一笑，“你也是越来越漂亮了。”

杜维维爽朗地一拨头发，“这是必然的。”

这对前未婚夫妻寒暄起来一点都不带芥蒂的，简直算得上坦荡荡。

闲聊之间，杜维维又抬起手指，一枚钻石在灯光下璀璨生辉，“对了，子清昨天正式跟我求婚了，我们打算下个月结婚哦。”

颜苗顿时吓了一跳，忙看向谢子修。而自家上司倒是面色如常，只是笑道：“恭喜恭喜。”

“羡慕嫉妒恨了吧，哼哼哼。”

谢子修牙疼似的一动嘴角，“你还真敢说呢。”

杜维维道：“我说，你们俩也快点结婚吧。”

颜苗顿时大惊失色，“啊？”

杜维维挑起眉毛，“干吗？我的意思是说，你该结婚了，子修也该结婚了，不是说让你嫁给他。”

颜苗这才软绵绵地舒出一口气。

杜维维又说：“话说回来，其实这主意也不错啊。”

谢子修居然也笑道：“听你这么一说，我也觉得不错了。”

颜苗吓得双手乱摇，“别、别乱开玩笑！”

“什么不错？”

颜苗刚放松下来的脊背立刻又石化了，而后僵硬地把脖子扭过去，做出一个硬掉的笑容，“哥……”

回到座位的颜子清看一看她，又看一看旁边那个前情敌，微微皱了眉，“你们在这里干吗？”

“吃、吃饭……”

谢子修微微一笑，“是啊，我带苗苗来吃饭。”

“……”什么东西叫“苗苗”，她不是“颜秘书”吗？

颜子清的眉头皱得愈发紧了，“苗苗，你和他只是单纯的工作关系吧？”

颜苗在兄长那恨铁不成钢的压力之下，战战兢兢地道：“是啊……”

谢子修好心地补充道：“的确是的。”

“嗯。”

“在昨天之前。”

“……”

颜子清登时就脸色铁青，“谢先生，我希望你能明白，我不允许你和我妹妹有进一步的关系。”

谢子修笑道：“你这个抢走我未婚妻的人，可没什么立场说这种话啊。”

于是这顿饭直接就不用吃了。

花了好大的力气才总算把那两个高大的男人分开来，最后是杜维维拉住了谢子修，而颜苗跟着兄长乖乖回家挨训。

颜苗低头坐着，双手老老实实地放在膝盖上。颜子清在她面前来回踱了好几趟步子，终究还是一脸担忧，“苗苗，你别是被他骗了吧？你要知道，他可是，维维的前未婚夫啊。”

“嗯……”

“我跟维维，下个月就要结婚了。”

“我知道……”

“他是昨天对你做了什么吗？”

“嗯……”

“也是我昨天跟维维求的婚，你不觉得，这时间有点太巧了？”

“……”

“他现在对你示好，动机有很多种。而真心喜欢你，是可能性最小的一种。”

颜苗不由得呆了一呆。

颜子清也觉得自己说得太重了，于是叹口气道：“抱歉，苗苗，我不是那个意思，你是个很好的女孩子。”

“……”

“你是我唯一的妹妹，我不想你被人利用，无辜受伤害。谢子修那种人，你觉得和他在一起，你有自保的能力吗？”

颜苗过了一阵子才说：“其实，我也……没有在喜欢谢子修啊。”

颜子清看了看她，“是吗？”

“是啊，我也没觉得他会喜欢我，所以就……”

“……”

“我没有当真啦。”

颜子清望着她好一会儿，欲言又止，又过半晌，才说："那就好。"

"嗯。"

在回家的路上，颜苗突然有点轻微的害怕。

颜子清只担心谢子修不是真的喜欢她，甚至没有问过她有没有在喜欢谢子修。

难道这是那么明显和毫无疑问的事情吗？在大家看起来，她都已经对谢子修毫无抵抗力了吗？

回到家里，颜苗不由得就去镜子前面站着，看着反射出来的人影。

里面的女孩子脸色微红，有点胆怯的忐忑，清秀得很平民，并不具备那种令人倾倒的，或者说能令谢子修倾倒的姿色。

她问她："你喜欢谢子修吗？"

"……"

"你难道竟敢喜欢上谢子修吗？"

镜子当然没能回答她。

其实别说颜子清，连她自己都觉察得出这其中的不安全和不可信。

她不愿意把谢子修想得太险恶，不愿意把自家上司往"卑鄙"这种字眼上推，但这表白确实来得太突然、太不够认真。

谢子修从头到尾都维持着他一贯的不正经，这也只像是他无数恶作剧中的一个。

拿这种事情来开玩笑，对谢子修来说可不算什么过火的举动，有什么恶趣味是他想不出来的呢。

"谢先生，帮你换杯咖啡吧？"次日到了公司，又是例行公事地工作，在办公室里，一切和被"表白"之前的秘书生涯好像并没有什么区别。

谢子修专心于电话会议，只朝她轻微地点点头，"有劳。"

颜苗放下杯子，不由自主地就去研究自家上司专注于工作的侧脸。

他到底是在想什么呢？

那带了日耳曼血统的轮廓漂亮得不真实，犹如加工好的标准成品一般，连表情都带着似是而非的模棱两可，让人真的读不出他的喜怒哀乐来。

真有人能直接看到他心里去吗？

谢子修挂了电话，冷不防地便转过头来，朝她微微一笑，“又偷看我了？”

“……”

颜苗正要拔腿就跑，又听得他乘胜追击道：“颜秘书，今晚该来我家做饭了。”

“……”

真是赤裸裸的欺压啊。

颜苗想起颜子清的一番教训，就愈发不敢和他对视，于是东张西望起来，“可以不去吗，谢先生？”

“嗯？”

“我哥说了，最近不准我晚上出门……”

谢子修保持微笑，通情达理道：“可以啊。”

“嗯……”

下班的时候颜苗就在门口垂死挣扎了，“为、为什么你要来我家？”

谢子修无辜地道：“是你说不来我家的呀。”

“……”

一起去超市逛了半天，买了远超过两人份的大堆食材，颜苗垂头丧气地跟在后面，看着上司轻松地双手拎着满载而归的购物袋，居然还能不知从哪儿腾出手来帮她开家门，而后男主人一般施施然伸手去开灯，脱鞋，进屋。

谢子修总是那么胸有成竹，胜券在握，似乎一切都在他的掌控之中。

只是，既然要什么有什么，那为什么会找上她呢？

光是“上司”这一身份，就能任意差遣使用90%的颜苗了，剩下那10%，真的有稀罕到值得他动用“交往”这样的重大权限来争取吗？

身为苦命的秘书，颜苗没有很多时间来思考人生，只能勤劳地在自家小厨房准备晚饭的材料，洗菜切菜配菜。

埋头给蘑菇切片的时候，冷不防地听见耳边有人说：“要我帮忙吗？”

“……”

先不说这神不知鬼不觉出现在她背后是有多惊悚，就说上司突然变得这么有人性，是怎么回事啊？

颜苗颤抖着道：“不、不用了……”

让上司屈尊降贵地缩在她那小沙发上看她家那画质模糊的电视，就已经够不敬了，还敢让他打下手，她是不想混了吗？

知道谢子修在背后了，他那种存在感就强烈得让人无法忽视，颜苗只得战战兢兢地在上司的监督之下，切完了蘑菇改切莴苣。

“蘸料需要加一点辣吧。”

颜苗埋头切菜，“嗯。”

正在唰唰唰地手起刀落，突然背上一热，谢子修的胸膛贴了上来。

虽然只是身体相贴，任何其他动作都没有，颜苗瞬间还是“哇”地吓了老大的一跳，一刀差点就把自己手指头给削下来了。

谢子修有些意外，伸长着去拿架子上调料瓶的手也缩了回来，但还是笑道：“我有这么吓人吗？”

颜苗赶紧转过身面对他，心口还在咚咚直跳，只得把背贴在料理台上，带着颤音“嗯”了一声。

谢子修笑了一笑，挑起眉，把调料瓶递给她，“颜秘书，你不需要这么紧张，我不会随便做坏事。”

颜苗咽了一下，结巴道：“是。我、我不紧张……”

“你很怕我吗？”

“……一点，都不怕啊……”

做坏事什么的，作为手上拿了把削肉如泥的利器的人来说，实在没什么好怕的吧。

比起“做坏事”，她更怕的是谢子修的“开玩笑”。

谢子修挑起眉，“那你……”

微波炉叮了一声，颜苗忙说：“鱼蒸好了！”

打开微波炉，正把盘子端出来，就听得谢子修说：“我来吧。”而后手背便让温热宽大的手掌包住了。

颜苗完全是条件反射地一抖，于是一整条鲜美多汁热腾腾的鲈鱼就直接喂了谢子修的手。

“……”

“……谢先生，小的该死啊。”

几分钟以后，谢子修便举着包得严严实实的手指坐在客厅沙发上，皱眉道：“我说，有必要包得这么大吗？”

唉，不包得大点怎么显示她对上司的重视，以及上司手指的尊贵呢？

颜苗一边摆餐具和饭菜，一边偷偷心惊胆战地观察谢子修的动静，谢子修一脸无奈地坐在那里，扫兴而心不在焉地对着电视，看上去胃口全无，颜苗觉得他说不定已经快要爆发了。

任谁被这样泼了一手的菜，都不会高兴，何况他是谢子修。

正惴惴着，冷不防谢子修又把脸转过来，挑眉道：“嗯，还没偷看够吗？”

“……”

谢子修一本正经地道：“颜秘书，你可以解释一下你偷窥我的心路历程吗？”

颜苗颤抖着道：“我也就只是，随便看看而已……”

谢子修若有所思道：“随便看，那以我的姿色，也不能一直白看的吧？”

“……”那不然是还要收她钱吗？

谢子修以他那种施施然的姿态朝她扬了扬下巴，示意道：“过来。”

颜苗立刻诚惶诚恐地走过去，点头哈腰，负荆请罪道：“谢先生……”

“还有，你也知道烫到我，是很严重的事件吧？”

“……小的知道错了……”

“所以嘛……”

那张似笑非笑的脸凑近过来，而后在她苦兮兮的额头上亲了一下。

“……”颜苗一时还维持着弯腰的姿势，有些发呆。

这……有点太过温柔，也太过宠溺了。以至于都不像那个抓住一切机会压榨她的谢子修了。

“就、就这样吗？”难道没有其他的比如罚款扣薪水之类的惩罚吗？

谢子修像是叹了口气，低声笑道：“你到底有没有自觉啊？”

这回亲的是嘴唇，谢子修把手放在她腰上，将她拉了下来。

这动作并不用力，没有什么劲道在里面，然而她也一样束手就擒，而后动弹不得。

这温柔的、类似于恋人一般的亲吻，让人简直像被魔法蛊惑了似的，身不由己。谢子修身上的那种气息和温度，都像是带着毒素的，能让人神经麻痹，然后就变得毫无反抗之力。

颜苗在那种魅惑里，稀里糊涂地趴在他胸口，不知道什么时候起，自己也已经下意识地抱住谢子修的脖子了。

隔着衬衫透过来的体温，给人一种奇异的亲密感和安全感，以至于好像觉得再多一点什么也没关系，让人变得毫不设防地，心甘情愿而且沉迷不已。

亲吻逐渐大胆起来的时候，突然耳边铃声大作，颜苗不由得睁开眼睛，然而人还在谢子修怀里，那种中了蛊毒一样的迷乱感依旧从头到脚蔓延着，就算睁着眼睛也是云里雾里，什么都看不见。

铃声相当顽强地坚持着，终于谢子修不胜其扰，叹了口气道：“你等一下。”

谢子修的嘴唇离开了，那魔法结界跟着消失，颜苗的脑袋才总算能慢慢恢复清醒，重新开始运作，不由得就揉了揉自己的脸，晕乎乎地想，等、等什么？让她等着被吃吗？

抬头去看着谢子修，男人已经从慵懒蛊惑的状态里脱离出来了，腾出一只手摸了手机，放到耳边，挑眉道：“维维？”

“……”

颜苗打了个清醒过来的寒战，一瞬间里，突然就觉得非常害怕。

如果她真的只是工具呢。

很投入地变成一个别人的道具，那不就太可怜了吗？

“要我过去？”

谢子修看了她一眼，颜苗立刻就有点尴尬了，忙自觉地说：“谢先生，你有事就先走吧。”

杜维维在那边不知道说了什么，谢子修终于微微皱眉道：“好，你等我。”

看他挂了电话，颜苗不自觉地把衣服拉紧了一点，好像这样能弥补刚才的不够自爱似的。

她在谢子修面前，简直是一点防线都没有，他要怎么样就能怎么样，轻而易举就把她捏在手心里操纵，以至于她都有点看不起自己了。

谢子修转过头来，把手放在她头上，垂下睫毛看她，“不好意思，因为是急事。”

颜苗在他这不同寻常的温柔之下，愈发有些不安，“你不方便开车，要我帮你叫计程车吗？”

“没事，会有车子来接的。”

“嗯。”

“要不你等我回来吧？”

“不用啦……”

“我很快的。”

“真的不用了。”

她现在只觉得非常的没有安全感。

谢子修看着她，顿了一顿，笑道：“那也行。”

Chapter11

认输

颜苗没有问他去找杜维维做什么，谢子修也没有主动提。

谢子修有很多东西都在她能了解的范围之外，对于自家上司，她几乎还是保持着接近一无所知的状态。

送走谢子修，颜苗把一桌饭菜吃了点，而后就趴在桌上漫无目的地发呆。

眼睛放了半天的空，自己的手机也响了，颜苗慢吞吞地把涣散的眼神聚焦到手机屏幕上，上面跳动的名字让她很有些意外。

“谢少维？”

自从那次以来，他们很久都没联络过了，谢少维固然有各种坏脾性，但毕竟也是个干脆的人，说不见面，就真的再也不见。

久违了的青年在电话里说：“你能下来吗，我有话跟你讲。”

颜苗为难了一下，说：“啊，你知道的，我答应过谢先生不能再跟你私下碰面，不然他不好做。”

谢少维嗤笑了一声，“他？你还真把他当一回事啊。”

“……”不然咧？上司的话不就是圣旨吗？

最终颜苗还是下了楼，公寓楼下站着那个高大的青年，西装外套一粒扣子都不扣，浅色磨破的牛仔裤，衬衫袖子卷在外面，一副很不好惹的模样。

有些时间没见了，他还是那副样子，骄傲、暴躁、坏脾气。

朝他走过去的时候，不知道是不是错觉，颜苗觉得他好像脸红了。

“怎么啦，这么晚来找我？”

谢少维“哼”了一声，说：“我来告诉你谢子修的真面目。”

“……”怎么，难道他带了张揭下来的谢子修的脸皮给她吗？

“他是什么样的人，你根本就没概念吧？”

颜苗斟酌了一下，“他是个好上司啦。”再怎样觉得不靠谱，在外人面前还是要力挺自家上司的。

谢少维皱起眉，“你知道上次出卖公司资料的内奸是谁吗？”

颜苗不由得抬头看他，“是谁？”

当时那件事，她是唯一的嫌犯，谢子修又力保她，最终自然只能不了了之。虽然谢子修并不计较，不需要任何证据来证明她的清白，但她自己心里一直放不下。

谢少维牙疼似的抽了口气，“你啊，真不知道是要该说你天真好呢，还是说你蠢。你以为有谁出卖了谢子修，还能不被揪出来，一点事都没有的？”

“……”别用反问句好不好啊。

谢少维又嗤笑了一声，“还不就是他自己。”

颜苗一时间只觉得无尽荒谬，于是后退了一步，“这怎么可能？”

谢少维认真地皱起眉，“我不是什么好人，但我对自己说出来的话负责。不信的话你可以去问谢子修，你看他敢不敢否认。”

“……”

颜苗发了会儿呆，依旧无法觉得真实，“你弄错了吧？怎么会呢，谢先生损失很大呀，哪有人会出卖自己的，这不合理吧……”

谢少维的眉头皱得愈发紧，又有点恼火的脸红，“哼，他要不舍得那么做的话，说不定我们已经在交往了。”

“我跟你说过的，他想方设法都要拆我墙脚，从小到大，没有一件事我们不是对着干的。你不肯再见我，他不知道多得意呢，那点损失算什么。”

“那时候我就觉得奇怪，怎么情报能来得那么顺利？原来是那浑蛋设好了圈套让我钻。这个卑鄙小人，为达目的，什么手段都使得出来。”

“……”

“我上当也就算了，愿赌服输，但他凭什么利用你啊？”

颜苗过了半晌，也只能说：“谢先生不会的。”

谢少维有些暴躁起来，“喂，我要是没有证据，也不会来跟你讲这些话，你到底信他什么呢？”

颜苗勉强说：“……谢先生……对我挺好的。”

谢少维恼怒地道：“他让你当替罪羊，你还对他感恩戴德，你是摇头丸吃多了吗？他要怎么样，你才会觉得他不好啊？”

颜苗在风里站了半天，身上都吹得冷了，于是说：“这件事，都已经过去啦。商场上，这些是难免的，我也没什么实际的损失……”

谢少维说：“你真傻。他能利用你一次，就能利用你更多次，只要你有价值，他就拿你当工具，这一点你还不明白吗？”

颜苗回到屋里，还是觉得手脚发凉，只得搓了又搓，最后不得不钻进被窝里缩成一团来取暖。

谢少维说：“他凭什么利用你？”

大概凭的就是，他们是联盟，是上司跟下属吧。

她有点气谢子修。

他不该这样戏弄她，行使着同盟的权利，却没有半点同盟的情义。

但她更气的是自己，谢子修那完全不正经的追求，她要是直接拒绝掉就好了，就什么事都没有了，偏偏要这样心惊胆战地接受着谢子修突如其来的亲密态度，犹豫不决，摇摆不定，每天东猜西想，连累关心她的人也都在为她担忧。

是的，虽然很不好意思承认，但她自己，其实对于这毫无理由的表白，真的是偷偷在抱着期待的。

只是这种期待也未免太傻气、太可耻了。

她跟了谢子修这么长时间，早就知道他是什么样的人，清楚他的挑剔成性，完美主义，高不可攀，所以从来也不会有不合规矩的念头。

然而被他随便一挑逗，她就整个人都荒谬得飘飘然，脚也踩不着地面了，什么理性、知人之智、自知之明之类的东西，被亲一下就全然蒸发了。

她自己都觉得很羞愧，于是只能把头埋在膝盖里。

次日上班，颜苗振作了一下精神，尽量不让那睡眠不足的黑眼圈影响到她的专业水准。

谢子修看了看她，问："昨晚没睡好吗？"

"嗯，天气不太好。"

谢子修笑道："我也没睡好。"

"嗯。"

"想知道为什么吗？"

"……"

敢说出"因为想你想得睡不着"这种调戏人的屁话，她就把茶点碟子拍在他脸上。

幸好谢子修没再继续这话题，只是眯起眼睛说："嗯，你今天怎么穿这衣服？"

她那老款的旧西装长裤又闪亮登场了。

"这很合规矩啊。"

谢子修撑住下巴，若有所思地唔了一声。

之前她还是会在意自己在谢子修眼里的形象的，用有限的预算，也要尽量穿得漂亮一点，有时候搭配的颜色不太对，就会一整天都底气不足。

现在她才懒得管呢，就用这颜妈妈年代的颜色和款式刺瞎他的眼好了。

"谢先生要是觉得不满意的话，可以砍掉置装费，或者换一个秘书。"

谢子修闻言挑起眉，笑道："颜秘书你言重了，我没意见，这样也挺好看的。"

"……"这家伙果然习惯了信口开河。

谢子修又微微一笑，"你穿什么都很好。"

"……"把这种甜言蜜语留给其他对象吧。配上他这张脸，什么样的女孩子不会甘心为他所用呢？

"对了，"谢子修突然又道，"今天可以早点下班，我带你去好玩的地方。"

颜苗帮他倒好咖啡，推辞道："不用了。"

男人挑起眉毛，"嗯？"

“我们还是不要再这样了，谢先生。”

谢子修望着她，停了一停，才笑道：“什么？”

“真的，我觉得不合适。”

谢子修还是看着她，那脸上依旧显不出喜怒哀乐，终究也只是笑了一笑，“为什么这么说？”

“我们本来就不合适，您自己也知道的，您比我清楚吧。”

谢子修微笑道：“你之前，貌似不是这种态度呢。”

“我现在想明白了，我还是只当您的秘书就好了。”

谢子修一手搁在桌上，似笑非笑地用指尖敲了一阵桌面，而后笑道：“这是什么缘故，让我来猜一猜吧。”

“……”

“谢少维、颜子清，还是都有？”

颜苗勇敢地说：“都有。”

这回谢子修更高地挑起了眉毛，半晌没说话，但终究是很有气度，只笑了一笑，说：“那没事了，你去忙吧。”

这次颜苗下班，就不再去搭上司的员工福利顺风车，而且从此以后多半也不要想再能搭得上了。

不用说，她这一回肯定是大大地得罪了谢子修，而至于谢子修会不会对她进行打击报复，她还真是不觉得害怕。

想找借口克扣她薪水，门都没有。

还未出公司门口，就见得对面停了辆眼熟的跑车。双手插在裤兜里，靠车站着的青年今天穿得体面正派了些，T 恤和牛仔裤都一丝不苟的，虽然再怎么一丝不苟也完全无助于他塑造“好青年”的形象。

颜苗想了想，还是走过去，和他打了招呼，问：“是来找我的吗？”

“嗯。”

“有事？”

谢少维又有点不自在了，皱眉道：“我们去吃饭吧，我很饿了。”

“这个……”

以他们两人的处境而言，这样含含糊糊地共进晚餐的话，未免太暧昧了。

谢少维抬眼往她身后看了一看，而后说：“谢子修来了。”

这可比“狼来了”有用得多了，颜苗立刻一把拉开车门，毫不犹豫地坐了进去。

谢少维发动车子，把某位被他们同仇敌忾的对象远远抛在后面，边大踩油门，边做了个孩子气的嚣张表情，“谢子修该气死了吧。”

虽然气死自己的上司实在大逆不道，但颜苗也觉得，就算是谢子修这样的人，多少也该经历一点“不顺”和“不称心如意”，这世界才能算公平吧。

两人到了餐厅，谢少维径自去大厅挑海鲜，他长得酷似谢子修，尤其是眉眼，只不过脸上总带着放大了的不高兴和不满意。

被他这么皱着眉挑剔了一圈下来，那些海鲜要是有自尊心的话，羞也该羞死了。

谢少维对着那玻璃后面挥舞着大钳子的家伙皱眉道：“什么意思啊，螃蟹这么小，叫人怎么吃？”

“……”这还叫小的话，她平时吃的那是叫迷你吗？

这眼高于顶的习性，跟谢子修真不愧是亲兄弟。

勉强算是点好了菜，因为谢少维几乎每一个都不太满意的关系，为求安全，点了一大堆备选的菜。

两人隔了那满满一桌子菜对坐着，不说话好像有点太奇怪了，但要找个话题来聊，感觉似乎更奇怪。

面面相觑了几十秒，谢少维干脆涨红脸，一声不吭地剥起螃蟹来了。

“……”也不要剥得那么凶神恶煞吧。

颜苗还在盘算着要从哪边先下筷子，拆好了的肥美螃蟹便放在碟子里推到她面前来了。

“呃……”

谢少维言简意赅地说：“你吃。”

颜苗看着他那张年轻的、率真的脸，突然有种微妙的、超脱于尴尬之外的感觉。

“谢少维……”

青年抬起眼睛，“嗯？”

“我觉得我们不适合当恋人的。”

“……”

虽然直接这么说出口，搞不好谢少维会丢回来一句“你想太多了”，就会变成是她在自作多情。但她宁可自己丢脸，也不想像谢子修那样，把暧昧变成利器，用来伤害对自己抱着好意的人。

谢少维闻言果然立刻大大地皱起眉毛，生气道：“喂，适不适合这种事，要交往起来才会知道吧。”

“但问题是，就算我们相处得很好，也没有用啊。我有听说过，你们谢家人，都是要娶豪门千金的。”

“跟我在一起的话，你可以负担得起家里的压力吗？”

“违背伯父意思的话，会有点为难吧？”

这问得太过直接，显然超出他的心理预期了，谢少维眉头皱得愈发紧，牙齿愤怒地咬住嘴唇，慢慢涨红了脸。

颜苗自己都觉得很不好意思，作为女孩子，说出这种话来，实在是太不矜持了。直接以结婚为前提的话，大多数恋情就变得一点都不可爱。在现实面前，浪漫的分子几乎是没有生存空间的。

只不过对着比自己还要小一岁的谢少维，她有了种身为姐姐的自觉，就很想要提醒他那些被他一时并不放在心上，但其实很重要的原则。

过了半晌，谢少维才说：“如果我不是谢家人的话，我会娶你的。”

“……”

“真的。”

颜苗很想伸手去摸一摸他那桀骜不驯的头发，“谢谢你了。”

他这种，虽然不可爱不甜蜜，但仍然值得夸奖和感谢的真诚。

两人对坐着，拨开云雾的感觉真好，颜苗肩上都轻了很多，虽然依旧有着轻微的尴尬。

谢少维又独自生了会儿闷气，而后说："以朋友的身份一起吃饭，总还是可以的吧？"

"嗯哪。"

"那说好了，就算我们不交往，也要多见面，就当帮我整整谢子修，让我出点气。"

"……"

谢少维有点暴躁起来，"喂，你可是刚甩了我啊。这要求不过分吧？"

虽然对"联盟"很不够义气，更别说还是吃里爬外，但颜苗也觉得这很解恨，很大快人心，立马答应道："没问题！"

于是颜苗又重新成为公司里的话题了。

谢少维每天都准时送她到公司，再来公司门口接她，风雨无阻。他一旦暂时收敛了张牙舞爪的坏脾气，殷勤体贴起来，就真的像是有那么一回事似的。

尤其是这一天，有谢子修在场，这家伙就愈发铆足了劲儿，要把这场面功夫做到十成十，还硬是把外套脱下来，死活给颜苗披上。

颜苗应景地微笑着，从牙缝里小声说："你丫是想热死我啊？"这么火辣辣的天气！

裹着"爱心外套"，颜苗汗流浃背地进了电梯，谢子修在她身边站着，笑道："颜秘书，你不热吗？"

颜苗满头大汗地摆出幸福洋溢的笑容，"怎么会呢，很温暖啊。"

谢子修挑一挑眉，像是打算说什么，然而电梯已到了楼层，门打开来，外面是热闹起来了的办公室，他便只微微一笑，先迈了出去。

颜苗总算能摆脱掉那要命的外套，赶紧给自己扇风，同事跟她打了招呼，又悄悄地道："今天又是谢家少爷送你来的？"

"嗯。"

一开始大家还背着她偷偷摸摸地聊，渐渐地满足不了好奇心，见她也并不介意，就干脆开诚布公地八卦了。

“哇……”

“你们的感情蛮稳定呢。”

“谢少维那种脾气的人，你是怎么把他管得服服帖帖的啊？”

颜苗谦虚地道：“也没有啦。”

她可是在帮他的忙，好让他能在谢子修面前扬眉吐气。谢少维要是敢不老实，她可是会毫不客气地动手揍他的。

末了颜苗去送文件给谢子修签名，顺便跟他确认航班和签证，谢子修倒也不动声色，神态如常，只在把材料都签好之后，才说：“关于谢少维的事，我记得之前我们有过约定的，你改变主意了？”

“是啊。”

谢子修露出愿闻其详的表情，“怎么？”

颜苗说：“当时是为了避嫌，但后来我想，出卖公司情报这种事，我确实没做过，所以有什么嫌好避呢。人正不怕影子斜，对吧，谢先生？”

“……”

“谢先生，没其他事的话，我就出去了。”

谢子修笑了一笑，“没事了。我只是要提醒你一声，谢少维不可能跟你有结果的。”

“……”

谢子修笑道：“不管怎么样，他都不会娶你，你还是别抱那种希望比较好。”

“……”

“在谢家，娶了你这种平民，就意味着失去我父亲的一切经济支持，你觉得，凭你的魅力，足够让他做到这一步吗？”

颜苗不由得吸了一口凉气，要是她真的在跟谢少维交往，那这番话听起来还真不是一般的伤人和毒辣。

还好她跟谢少维现在是另一种联盟，于是颜苗挺起胸膛，以一往情深、义无反顾的姿态说：“我不在意的。”

谢子修挑起眉，“哦？”

“享受过程就好了，没有结果也并不重要啊。”

“……”

看他神色复杂，颜苗再接再厉，“我也认真地喜欢了我哥那么多年，不是一样没有结果吗？”越说越不靠谱了。

谢子修于是笑了笑，“颜秘书真是好心态，原来是我想多了。”

这日颜子清过来看她，这段时间他太忙了，公务缠身，显得清瘦了些，但气色很好，眉梢眼角都是精神，看得出是个沉浸在幸福里的男人。

“之前出差，买了两包墨鱼干，用来炖汤很好，你有空多做点汤来喝。胶原蛋白粉、泡腾片什么的，我是不大清楚，维维说吃了对女孩子比较好，给你买了一些。”

颜子清把带过来的东西一样样拿出来给妹妹，末了还有一个大盒子，“这条裙子，是维维帮你挑的。”

颜苗有些意外，“她送我裙子？”

这也太感人了吧。

打开盒子，里面是件克洛伊的露肩小礼服，剪裁简约而精细，藕粉色的欧根纱在灯光下有种大气而梦幻的美。

颜子清笑道：“喜欢吗？”

“很漂亮……”颜苗小心地捏着衣服的边角，“但是，我没有场合适合穿啊。”

“有的，”颜子清说，“我……跟维维要结婚了。”

“……”

这么个泰山崩于前而色不变的大男人，说出这种话的时候，声音居然都有点颤抖。

虽然这是顺理成章的事，但听到的时候，她还是不可避免地有种“真的吗”的惊愕，好像有什么模糊不定的东西，突然就真实而成型了。

说出“要结婚”了的颜子清，看起来是那么幸福，好像把整个世界拿来跟他换，他都不会肯。

于是颜苗真心真意地回道：“恭喜你。”

颜子清笑起来不免就有些腼腆，“谢谢。”

兄妹俩打算在家里吃个家常的便饭，颜苗动手做饭，颜子清也卷起袖子来帮忙洗菜，哗哗的水流之下，颜苗一眼就看见了他手臂上各种奇奇怪怪的痕迹。

“咦？”

“怎么了？”

“这个……”颜苗瞪着那排列整齐的印子，“这不会是杜维维咬的吧？”

牙齿状况倒挺好啊。

颜子清很干脆，“是啊。”

他这种习以为常和不以为意，让颜苗顿时震惊了，“杜维维不会常常这么对你吧？”

颜子清笑道：“常常啊。”

颜苗更震惊了，“难道……她一直在家暴你吗？”

颜子清闻言失笑道：“哪有那么严重，她就是喜欢抓人咬人，这又没什么。”

“怎么会没什么，没事你干吗挨她的打啊？”

颜子清是真的不在意，说：“她那点力气，又不会把我怎么样，其实我还挺喜欢她这么发脾气的。”

“……”这人已经被培养成受虐狂了吗？

“昨晚玩游戏吵架，一言不合，她还把我压在床上，骑在我背上一通暴扁，”颜子清看起来倒像是在回忆什么美好的事一般，回味道，“她就是这种个性，挺可爱的。”

“……”需不需要被改造得这么扭曲啊。

颜苗小心翼翼地问：“你确定你还好吗？”

颜子清笑道：“你不用担心，她是喜欢我，才会这么折腾我。”

“……”这是自我安慰的最高境界吗？

“维维其实很护着我的，过火的事她从来不做，比如说吧，就算吵得再厉害，她也只用枕头砸我，这就是分寸。”

“……”

“而且能打我的也只有她自己而已，要是真有别人想对我不利，她第一个就不愿意。”

“……”

“感情就是这么细节的事，不能看表面。不是甜言蜜语就是爱，也不是欺负使坏就不算爱。”

颜苗不由得嘀咕道：“欺负使坏跟爱能有什么关系啊？”

不然她被谢子修蹂躏了一百遍，难道能说谢子修爱她吗？

颜子清很耐心地解释道：“有些人是这样的。越是喜欢得厉害，就越是要欺负，不然她心里那股劲没法发泄出来，这也是爱的一种。”

颜苗瞧了他半天，“……你真的不是在苦中作乐吗？”

颜子清哈哈笑了，摸一摸她的头，“等你以后碰上了，你就懂了。”

她才不要呢。

不管怎么样，颜子清自己觉得这么幸福，那就是最好的圆满。恋爱这种事情，如人饮水冷暖自知，颜苗搞不懂那两人之间打打闹闹的逻辑，不过当前大家的目标，毋庸置疑的一致，那就是一个完美盛大的婚礼。

颜苗在网页上眼花缭乱地点来点去，帮着颜子清参考一些婚礼的策划。怎么看，婚礼都是件劳民伤财的事，要做个成功的新郎或新娘，是有多累啊。

托着下巴正研究，突然见到一个高大挺拔的身影从外面经过，颜苗心里没来由地就咯噔了一下。

谢子修都已经走过去了，却又返回来，“颜秘书。”

“在……”

“你会去参加婚礼的吧？”

“……”他果然也知道了。

不会到了这种时候，他还想插手吧？

谢子修微微笑道：“到时我们一起去吧。”

“……”

“我也准备了一份大礼呢。”

“……”

她实在不知道谢子修到底在盘算什么，他无论什么时候都是这样，不慌不忙，似笑非笑，摆着张略微轻浮和邪恶的脸，谁也看不出他真正的心思，听不出他的弦外之音。

在婚礼上捣乱这种事，这家伙也不是做不出来啊。

颜苗说：“不好意思，我约好了要跟谢少维去的。”

谢子修收起微笑，习惯性地把眉毛挑高了，“是吗？”

“嗯，晚上我还得过去帮他挑出席婚礼的衣服呢。”

谢子修看了她一会儿，又笑一笑，“那祝你们愉快了。”

婚礼当晚，颜苗穿起了杜维维送的小礼服，裙子竟然极其合身，像欲放的花苞一样裹住她纤瘦的腰身，露出薄薄的肩膀和细长的四肢，藕粉色衬得人皮肤雪白，发色漆黑，顺直的长发浓密厚重地披下来，像瓷器店里出售的中国娃娃。

颜苗看着镜子，不由得想，福利啊。

这应该是她从杜维维那里得到的第一件，搞不好也是唯一一件不带恶作剧的礼物，实在弥足珍贵。

果然是人将大婚，其行也善。

谢少维理所当然地来接她，履行一下“男伴”的职责，在楼下靠着车子等她。颜苗从楼梯上下来的时候，尽管光线不是十分明亮，也能清楚地看见他皱起了眉。

“怎么了？”

“你这样不好吧。”

“啊？”

“你这是去抢新娘的风头的吗？”

“……你想太多了，怎么可能？”

跟杜维维争高低这件事不在她人生的字典里，杜维维秒杀她，那完全是举重若轻。

“一定会的。”

“等到了那里，你就知道我有多安全啦。”

谢少维坚持道：“不会，你一定是最漂亮的。”

“……”这孩子气的固执，弄得颜苗都不好意思起来了，于是用力拉住谢少维的衣领，给他整理上衣，“你穿端正一点会死啊？”

青年烦躁地道：“我哪里不端正啦？”

颜苗努力帮他把扣子扣上，“你看你这一副要去寻仇的样子，这是我哥的婚礼呢。”

青年满脸通红地皱着眉，抱怨道：“烦死了！”

“表现得好，回头就请你吃饭，要是闹出什么乱子来，小心我揍你。”

谢少维这颗气鼓鼓的、随时会爆的大炸弹，这种时候反而比谢子修安全得多了，起码他对杜维维跟别人结婚这种事，是相当喜闻乐见的，还颇真诚地挑了礼物。

颜子清在 T 城的婚礼，现场来了很多宾客，热闹非凡，因为除了杜家的声望之外，颜子清的人缘也很好。

天色已近黄昏，别墅草坪上开始亮起灯光，星星点点的皆是暖色，乐队的演奏愈发温情脉脉，而大厨们忙碌之间，食物温暖的香气也弥漫开来。

颜苗站在人群里，看着兄长那裹在白色西服里的高大身形，略微羞涩但幸福满溢的笑容。

在替杜维维套上戒指的时候，他那明显的紧张谁都看得出来，而后是两人的亲吻。

颜苗突然有点不敢去看了。

他是这样的，令人难以想象的幸福。

新郎新娘开启香槟，倒满整个香槟塔的时候，大家都鼓起掌来，颜苗跟着也拍得手心通红，有了点欣慰到极致的心酸。

现在想起来，她那时的情侣拆散联盟什么的，是多么的傻气和幼稚。她不想让颜子清失去这种表情，如果可以，她希望这个她从小就爱慕敬仰的兄长，一辈子都能如同这一天一样。

手突然被谢少维一把抓住，与此同时颜苗也听到有人说："你在想什么呢？"

颜苗忙回过头，身后的高大男人神色如常，衣着笔挺，很有点尊重这场合的意思，微笑的看着她。

那温情脉脉的小夜曲一般的伤感顿时戛然而止，颜苗突然就切换成警戒模式了。

"谢先生。"

谢子修望了她一会儿，才又笑道："你今天很漂亮。"

一边的谢少维立刻对他怒目而视。

无视那斗志昂扬的目光，谢子修只对颜苗做了个微笑的示意，"借一步说话，我有事要跟你谈。"

颜苗有些惴惴地跟着他，走到丁香树丛后面。相比起她自己的单薄，谢子修那裹在深色西服里的高大显得太有压迫性了，有种一只手就能制住她的气势。

颜苗站在香樟树下，抬头谨慎地看着面前的男人，对方笑道："你跟谢少维，看起来还不错啊。"

"呃……谢谢。"

谢少维刚才跟她十指交握，时机倒是抓得挺准的。

谢子修神色难测地挑起眉，"哦？所以，你现在是全心全意地跟谢少维交往了？"

颜苗大义凌然地点点头，"嗯。"

她现在跟谢少维算是新联盟，至于这位背信弃义的"旧盟友"，让他自己一边玩去吧。

谢子修又笑了笑，说："你知道我很不赞成。"

他那种笑微微的口气，几乎称得上温和，却能让人一时间背后都出了冷汗。颜苗鼓起勇气，说："但这不是你能管得着的吧，谢先生。"

谢子修笑了一声，"也好，那你去向颜子清坦白吧。"

颜苗整个人都猛地往后一缩，“为什么啊？”

谢子修的态度倒还是斯文客气，“这么多年的怨念了，也瞒着他做了这么多事，总该表白一次，才能做个了结的，不是吗？”

“……我做不做个了结，跟你有什么关系？”

谢子修笑道：“你说呢？”

“……”

谢子修把手放在她胳膊上，“走吧。”

颜苗全身紧绷，和他的力气较着劲，“我不要。”

谢子修依旧带着微笑，那力道却透出一种不由分说的狠劲来，“要么跟谢少维到此为止，要么去向颜子清坦白，你选一个吧。”

要么让她刺伤谢少维，要么让她去打击颜子清，他还真是无论如何都不浪费她的剩余价值。

颜苗拼命挣扎，她怎么也不要在这种场合让颜子清尴尬，成为给这圆满婚礼抹黑的罪魁祸首。而谢子修的力气实在大得惊人，光是抓着她，就几乎要把她抱起来了。

“喂，你在干什么啊？！”谢少维的声音听起来怒不可遏。

刚换了身礼服赶来的杜维维也皱起眉头，啧了一声，“哇，我说你不是吧，在这里就，啧啧……”

作为新郎，颜子清不宜有挥拳头的冲动，只得挡在中间，尽量客气地担任起主持大局的角色，低声道：“谢先生，请你不要纠缠我妹妹，她现在是在跟谢少维交往，你也该有点分寸。”

谢子修还是镇定自若，只笑道：“颜秘书，对于这个，你怎么说？”

“……”

她做不出在这种时候从背后给谢少维一脚，让他在谢子修面前再一次颜面扫地的事来，起码他是个待她真心真意的朋友。

谢子修等了那么几十秒，便低声一笑，道：“你，这是认真的啊。”

而后颜苗就听见他扬起声音，道：“颜子清，你不知道你妹妹其实一直喜欢你吗？”

“……”

“她暗恋了你二十多年，你就没有半点觉察吗？”

“……”

颜苗完全没有办法去面对兄长那错愕的脸，而那双手还紧紧地抓着她，令她动弹不得，找不到地方可以把众目睽睽之下狼狈不堪的自己藏起来。

她真的恨死谢子修了。

在羞耻和愤怒之上的，那种让她眼泪开始打转的情绪，是堆叠了很多层的失望。

谢子修是个如此目的鲜明、不择手段的人，他根本就不在意什么情谊，也不在乎任何人。不能和他的利益达成一致的时候，她所为他做过的、他们所一起度过的，对他来说就什么都不是了。

她为什么会喜欢这样一个没有心的人呢?

“这下你满意了吧？”

“……”谢子修安静地跟着她，开了一段路的车，而后说：“上车吧。”

颜苗没搭理他，依旧沿着路一瘸一拐地往前走，她从现场狼狈逃跑的时候还掉了只鞋子，于是干脆用手拎着剩下的那一只，忍着痛赤脚走在大街上。

谢子修放低了声音，说：“对不起。”

真廉价的道歉。

以前她全心全意地要当一个谢子修的好下属、好盟友，而他对她做的都是些什么呢?

她一直以来居然还能容忍他的这种不公平，真的只是为五斗米折腰，还是基于所谓联盟的义气呢?

“我承认，是我的私心。”

颜苗根本不看他，只把头仰得高高的，忍着眼泪继续往前走。

男人终于砰地甩上车门，干脆下了车。在他大步走到面前来的时候，就连硬着脖子的颜苗也不由自主地停了一停，在他的阴影下往后退一步。

“你还想怎么样？”

谢子修并不吭声，只伸出手来，轻而易举地抓住她。他的力气简直令人难以想象，别说挣扎，她根本就是动弹不得。

背后是墙壁，前面是他坚硬的胸膛，颜苗在这两者之间呼吸困难。

“你……”

谢子修低下头来，不给任何躲避空间地堵住她张开的嘴唇。

颜苗毫无抵抗之力地被他撬开牙关，这种攻城略地的深吻简直令人心惊胆战，说不清是挑逗还是侵略的动作实在有点过于强烈了，把她弄得连声音都发不出。

在她试图抵抗的徒劳里，谢子修几乎是毫不费力地就把她抱起来，压在墙上以为所欲为的姿态亲吻。

颜苗在那强硬而有力的怀里，连喘气的空隙也没有，头发和裙子全乱了，手脚都像不属于自己的了，她突然觉得前所未有的害怕。

亲吻暂停的时候，对方的嘴唇还是贴着她，颜苗大口大口喘着气，微微颤抖着，感觉得到拂在脸上的，他那呼吸之间的温暖气息。

“颜苗，我……”

颜苗使出全身憋着的力气，给了他一记耳光。

四周瞬间安静得近乎诡异。

没人说话，也没人再动。

在这凝固了的空气里，颜苗只听得见自己的心脏在怦怦跳。

她打了谢子修。

她怀疑谢子修可能这辈子从来都没挨过打，更别说是这么重的一记耳光。

迅速浮起的红色指印在那白皙的皮肤上显得过分鲜明，这种东西不适合，也简直不应该出现在他脸上，以至于她自己都开始后悔了。

这一个耳光像是耗尽了她的勇气和怒气，夜风很凉，一时间里她只觉得有点轻微的害怕，还有不知所措。

颜苗用脊背抵着墙壁，屏住呼吸盯住面前的男人，谢子修也低着头，像是在看她。

颜苗想捕捉一些他开始暴怒的蛛丝马迹，然而路灯昏黄的光线里，就连对方的表情也变得模糊不清了。

长久的紧绷的对视里，谢子修突然动了一动，朝她伸出手来。

颜苗吓了一大跳，立刻条件反射地闭上眼睛，往后一缩。

然而那手在她脸侧停了一停，却也只是帮她把散了的头发拨到耳后，动作简直称得上和气，接着便收了回去。

“抱歉。”

“……”

对方的口气依旧是让人听不出明显的喜怒哀乐，一如既往的轻松大方。

“这回是我错了，你别介意。”

“……”

颜苗有种用尽全力，知道接下来会很疼，结果却一拳打在了棉花上的空虚感。而谢子修不等她回过神来，就已经转身走开了。

好像他并不太把低头认错当一回事，正如他也不把刚才那几分钟的冲突放在心上一样。

颜苗看着他的脊背，不知道为什么，突然就觉得有点心慌。他发作得太突然，也认输得太轻易了，这一点都不像谢子修。

她终于忍不住叫他：“谢子修！”

男人没有回头，但停了一停。

“你到底是怎么了？”

谢子修背对着她，举起手来摆了一摆，像是对她道歉，又像是向她道别，而后便关上了车门。

颜苗觉得她没法再保得住这份工作了，就算谢子修不记恨她，不找机会报复她，她自己也处理不来这份尴尬。

向她道歉，是谢子修认输；而向谢子修辞职，是她认输。

这一天颜苗迟了一个多小时才到公司。

其实她只要稍微再孬种一点，今天就真的不敢来了。

小心翼翼地穿过外面写字间的时候，同事跟她打招呼："颜秘书，你也迟到啦？"

颜苗有些意外，"啊？还有别人迟到的吗？"

"谢先生到现在都还没来呢。"

"……"颜苗偷偷看了一眼谢子修的办公室，里面果然没有人。

虽然身为老板，谢子修完全有不必准时上班的自由，然而等跟人相约的会议时间快到了，上司依旧不见踪影，大家就不由得议论纷纷了。

"谢先生今天难道不来公司了吗？"

"等下开会怎么办？"

"连颜秘书也不清楚吗？"

"……"

"颜秘书，你该联系一下谢先生吧。"

颜苗很是为难，"可能他临时有点事……"

推辞之间，忽然听得外面电梯的轻微声响，而后谢子修高大的身形终于出现在门口。

"早。"

室内一时鸦雀无声，大家全都静悄悄的，整齐一致地盯着上司的脸。

大概是因为皮肤太薄也太过白皙的关系，过了这么一晚上，谢子修脸上的指印不但没有消退，反而愈发清晰可见。

这指痕和他那张脸实在不协调，也太过醒目了，以至于所有人的目光都不由自主地黏在他脸上。

而他也就坦然地带着这么一道耻辱的痕迹，在各种眼光里照常穿过人群，衣冠楚楚，镇定自若，不以为意。

"颜秘书，你把材料带过来，直接开会。"

颜苗一时有点手忙脚乱，"好的……"

整场会议颜苗都神不守舍，所有人，包括她，都在一门心思地盯着谢子修看，而谢子修谁都不看。

的确，这人向来就是这么自信到自傲，从不会因为旁人的眼光而不自在，甚至连脸上那标志性的微笑都没变，一个掌印并无法折损谢子修的尊严。

而且严格说起来，那也是谢子修应得的，他冒犯在先，一个耳光不过是她理所当然的反击而已。连他自己都知道理亏，所以当场认了错。

但这个掌印现在让颜苗愧疚了。它活生生地在那里，比昨晚的时候更清晰、更恶化，提醒着她之前是多么大不敬，多么下得了狠手。

先抛开胆量不提，这世界上狠得下心去扇谢子修耳光的、铁石心肠的女人，还能有几个呢？

颜苗就在极度的自我谴责里熬过了这一个小时的漫长商谈会议，她简直都有些替在众目睽睽之下顶着指痕的谢子修难过了。

明明是自己先做了一堆过分的事，却能让别人深深地觉得对不起他，这大概也算是谢子修的特殊才艺了吧。

回到办公室，颜苗听到同事们还在对上司脸上那道痕迹发表窃窃的讨论：“到底是谁，居然敢打谢先生？”

“怎么下得了手啊？”

“打哪里也不能打脸吧，这不是暴殄天物吗？”

“真过分！”

“话说，那人还活着吗？”

“对啊，得罪了谢先生，下场都不会太好吧。”

“哼，别说谢先生了，只要让我知道是谁，我也不会放过他的。”

“……”

颜苗莫名地就又回到了过街老鼠的心情。

幸好她在来之前就已经准备好辞呈了，也算有先见之明，不然成为全民公敌的压力还真不是一般的大。

找准了时机，颜苗悄悄溜进上司的办公室。谢子修知道她进来了，但也只继续专心地看面前的屏幕，随口问道：“什么事？”

“我是来向您辞职的，谢先生。”

谢子修总算把目光从屏幕上移开，看了看她，像是若有所思。但他似乎对这丝毫不意外，任何事情都能在他的预料之中。

“决定了？”

“嗯。”

谢子修点一点头，微笑道：“我相信你不是一时冲动的人。既然做了决定，那一定是经过考虑的，我也不会强留你。”

这回应已经比她想象的要客气许多。但颜苗在呼出憋在胸腔的那一口长气的同时，也觉得里面一下子就空掉了。

“不过，可以的话，还是麻烦你把这阵子手头上的工作做了，临时换人会不方便，再过一个星期吧，”男人微微偏了一下头，惯性地微微一笑，“再过一个星期，你就可以走了。”

“……”

那掌印不但无损他的尊严，也完全无损他的美貌。

“最重要的是，这样能多拿一点薪水。”

“……”

他甚至还能跟她开玩笑。

他真的无所谓。

谢子修是这么的冷静、这么的心平气和，而且微微笑的，全然的满不在乎。

那天晚上莫名出现的那个激烈情绪的人，还有那个全无理由的亲吻，好像仅仅只存在于她的错觉里一般。

那时候是为了什么呢？

对于谢子修，颜苗有很多的“为什么”想问，但她知道问了也没用。

要从谢子修嘴里得到答案，靠的并不是发问，他只有在自己想说的时候才会开口。更何况有时候，未知的回答可能会比已知的事实更伤人。

颜苗心想，她应该也不算是喜欢上了谢子修，只是因为美色和气场的关系而受到诱惑，这并谈不上真正的动心。

好在她也还没来得及犯什么错，她的状况可以称得上是迷途知返、悬崖勒马。

她在这方面一点都不勇敢。有的人可以飞蛾扑火，像颜子清那样，明知道高不可攀，还是义无反顾；而她光是看着那火光，就觉得还是飞远点好了。

Chapter12

一个无人解答的问题

这天谢少维约她出来吃饭，两人还顺便逛了个街，买了水果冰糖葫芦边走边吃，还分享了一下草莓和猕猴桃冰糖葫芦的不同口味。

比起她跟谢子修那各种心怀鬼胎各种起内讧的“联盟”，跟谢少维的联盟，基础可算是要坚实得多了。

现在他们俩愈发的同仇敌忾了。经过婚礼上那么一闹，“谢子修”彻底成了谁都不愿意主动去提的名字。

在店里一起坐下来吃烤肉，把雪花牛肉放在网子上烤得吱吱作响的时候，谢少维突然说：“你还在谢子修的公司做吗？”

颜苗给牛肉翻了个身，往上面洒孜然粉，“下个礼拜我就辞职了。”

“那就好。”

“嗯？”

“继续跟着他又没什么好处，我还怕你死脑筋，不肯走呢。”

颜苗不由得抬头看他，“为什么这么说？”

谢少维轻微拧起眉毛，“现在跟你说了，也没什么差……谢子修离破产不远了。”

颜苗夹牛肉的手停在空中，“哈？”

“你别太惊讶啊，反正你也要辞职了，对你没影响。”

颜苗只觉得这话听在耳朵里，明明每个字都是懂的，但组合在一起，却是过了好久，才能勉强吸收得掉那其中的意思。

“你说的破产，是那种破产吗？”

谢少维一皱眉，“……那不然呢？”

“怎么会，一切都好好的，”颜苗难以置信道，“没觉得有什么异常啊。”

谢子修一直过得逍遥快活，一毛钱薪水都没拖欠过他们的，甚至还有闲心去婚礼上闹场呢。

“生意场上就是这样了，”谢少维很是习以为常，“有时候就是一夜之间的事，你等着瞧吧。”

“……”颜苗定了定神，“你是怎么知道的？”

谢少维挑起眉毛，他在做这种表情的时候就酷似他的兄长，“这不是什么秘密，谢子修自己也知道，只不过他无力回天就是了。”

“……那，到底是出了什么问题呢？”

她身为一个尽职的贴身秘书，公司如果经营上有什么大偏差，没道理她完全不知情。

谢少维略微犹豫了一下，而后说：“其实告诉你也无妨。谢子修他太把自己当回事了，仗着有点小聪明，就总不按规矩办事，惹父亲不高兴不是一次两次了。”

“……”

“他没能跟杜家联姻，阮家那边的也搞砸了，”谢少维顿了顿，“加上其他的一些事情，父亲很恼火，所以要教训他。”

“……”

“他的资金链已经出了问题，所以，”谢少维耸耸肩，“用不了两天你就能看到状况了。”

颜苗只觉得荒谬，说：“这，你们怎么说都是一家人，就算有些事情没做好，需要逼到这种程度吗？”

谢少维不以为意道：“我们家就是这样，不听话的人就不得宠，当然没有什么好下场。”

“……那谢子修会怎么样？”

“他如果老实的话，再说吧，父亲可能会给他一点小事情做做。不老实，那就真的难讲，可能以后我们都见不到他了吧。”

“伯父他……谢子修再怎么说也是他儿子，不至于这样吧？”

谢少维难得地笑了，“我父亲的儿子？你以为只有一个两个啊？我跟谢子修，都已经是优胜劣汰的结果了，但真的少掉我或者谢子修，他也根本无所谓。”

颜苗呆了半天，“……你们不是一家人吗？”

不论是兄弟还是父子，彼此之间都是无穷无尽的战争。当初她见识到谢少维跟谢子修的不和，还很是大惊小怪了一番，现在相比之下，那都不算什么了。

谢少维又挑起眉，“本来就不是家人，我们和你们不一样，你不懂。”

类似的话，谢子修也对她说过。

谢家的相处模式，是种超出她认知的存在，与其说是个家庭，不如说是个暴君统治下的帝国。她理解不来，也不想去掺和到其中，那也不是她能插得了手的世界。

但谢子修怎么办呢？

当然了，她马上就要辞职了，谢子修的任何事情，其实都与她并没有关系了。而且她与其担心谢子修，不如担心自己来得实在一点。

谢子修只要肯曲意逢迎，讨回他父亲的欢心，最起码也能活得比一般人好很多。但她辞职以后就等于失业了，还得为柴米油盐的琐事发愁。

再说，要替谢子修担心的人，怎么数也轮不到她吧。

颜苗一晚上没睡好，她想象不出谢子修落魄的样子来，他总是那么自傲得很悠然，好像没有什么能让他低头，或者哪怕是皱一下眉。

她也不愿意看到他皱眉。

天快亮的时候颜苗因为翻来覆去得太累了，才勉强睡着，于是接下来就完全睡得过了头。等醒来，一路要死要活地冲到公司，毫无意外地，她又迟到了。

最近接二连三地迟到，她也快自暴自弃了。

然而写字间内的气氛很是诡异，同事都在三五成群地窃窃私语，以至于她迟到的事实都无人发觉。

颜苗走过去，便听得大家在说：“你看到商报上的消息了吗？”

“公司的股票也是一夜暴跌啊。”

“这么说谣言是真的了？”

“嘘，小声点。”

谢子修从不远处经过，周围立刻悄无声息。只要他在，大家都不敢多说什么，但多少有些人心惶惶。

颜苗心里也有点慌，她本来以为要过个几天才会有动静，却没有料到这提早到来的兵荒马乱。

这一天的工作还是照常进行，骚乱是有的，但人心还不至于一下子散了。一直到下班时间过了，又为手头未完的事情加了一会儿班，大家才陆陆续续地离开公司。

颜苗从百叶窗的缝隙间，看见谢子修还坐在办公室里，若有所思，像是在发呆。

他还是那么干净利落，永远雪白的衬衫领口和袖子，最上面两个扣子懒得扣上，慵懒得很自我。灯光洒在他身上，脸上恰好有块小阴影，让他看起来显得模糊又遥远。

他可能就要跌到谷底了，但在她心里，他依旧是那个高高在上的谢子修。

颜苗忍不住敲了一敲，推开虚掩的门，“谢先生。”

谢子修转过头来，“嗯？”

颜苗看着他，不知道为什么，还没开口，自己心里就先难受起来了。

这么骄傲的谢子修，她想象不出来要他委曲求全的样子。

突然间她有了一丝后悔，当时没能让他跟杜维维在一起。如果他和杜维维结婚了，事情大概就不一样了吧。

也许她比谢子修自己，更不愿意看到他的失败。

“你没事吧？”

谢子修看一看她，笑道：“怎么了？”

颜苗犹豫了一下，问：“公司，是不是出问题了？”

谢子修望着她，挑眉道：“你从哪里听说的？”

唉，到了这时候，他还是要逞强。

“大家都知道啊。”

她站着，谢子修坐着，两人在安静里对视，一时无话可说。

过了一阵，谢子修微微一笑道：“不用担心，不管怎么样，你的薪水我一定会付的。”

“……”虽然是个不错的许诺，但她听着，一下子只觉得都要哭出来了。

“这么晚了，你还不回去？”

“刚做完事。”

谢子修又微笑道：“真是辛苦你了。”

“没有，这是应该的。”

“说起来，你是个好员工，不过我不是个好上司啊。”

颜苗忍不住就鼻子一酸，说不出来的伤心。虽然谢子修并不需要她的同情，她也帮不上他什么，但她多少还能替他觉得难过。

如果她能像杜维维那样就好了。她从来没有像现在这样，希望自己是个成功的、厉害的人，然后就能在这种时候帮他一把。

谢子修看了看时间，站起身来，“时间不早了，我送你回去吧。”

“啊，不用了……”

谢子修笑道：“帮你省点叫计程车的钱。”

她很久没搭过上司的顺风车了，再一次坐在这车里，鼻腔里是皮革淡而暖的气息，车内有种熟悉的温柔的香气，一时只觉得无尽的怀念。

颜苗突然想，如果这次谢子修真的完蛋了，那他以后还有车开吗？

想到这个，她就不由得偷偷看了身边的男人一眼，谢子修骑自行车，不知道会是什么样子？

凭良心说，谢子修骑自行车应该也是一样帅气的，但这么一想象就觉得悲惨无比。

他这么傲气的人，怎么过得了在公交车里被挤成沙丁鱼罐头的生活呢？要知道他的弟弟谢少维，长这么大了还不知道地铁是怎么搭的呢。

她自己读书的时候，为了省下公交车钱，大老远步行回家的事都做过，可一想到谢子修要吃苦，就觉得有许多许多的不忍心。

车子稳稳停下，谢子修说：“到了。”

“嗯。”

“上去吧。”

“嗯，晚安。”

推开车门，又听到谢子修在身后笑道：“明天要准时来上班啊。”

颜苗上了楼，在她租来的小公寓里坐了一会儿，突然翻箱倒柜，把自己的存折都翻了出来。

她是个节俭的、很讲究经济实惠的人，所以每一毛钱都力求能有所值，支付出去的钱，就一定要能买到符合这个价格的东西才可以。

然而这一次不一样了。

有生之年，她第一次在把钱拿出来的时候，没有去想“值不值”这件事。

听到楼下车子发动的声音，颜苗连拖鞋也来不及换，就啪嗒啪嗒地冲下楼，追在他车子后面跑，“谢先生！”

车子迅速在路边停了下来，谢子修推开车门，回头去看她，显然有些意外，“怎么了？”

颜苗气喘吁吁的，一到他面前，就把手里的东西递过去。

男人看着她，并没伸手去接，只是微笑道：“嗯？”

颜苗还在大喘气，“给、给你的。”

“这是什么？”

颜苗一言不发地塞到他手上，心里却很有些忐忑。不是所有人都愿意在这种时候接受别人的援助，尤其是谢子修这么骄傲的人。

果然谢子修打开信封，看了一看，就冲着那存折、现金，甚至还有首饰，高高地抬起眉毛，“嗯？”

颜苗说：“你用得上的。”

“我？”

“你现在需要钱的，对吧？”

“……”

“你拿着吧。”

谢子修看了她一会儿，克制着似的，露出一个微妙而模糊的笑容。

“谢谢你，但你必须知道，我未必能还得起，所以，还是你自己留着吧。”

“没有关系。”

谢子修还是没有动，只说：“没法还给你的话，就等于我在利用你了，这样不好。”

颜苗固执地说：“没关系的。”

这一次，她心甘情愿地，主动来让他利用她。她心甘情愿地把自己的积蓄交出去，而不需要谢子修有同等价值的回报。

她从来没有这样，彻底地、义无反顾地大方过。

可能即使是她这样小气的人，生命中也总会遇到那样一个人。那个人，她会一心希望他好，即使他的好与她毫无关系，她也愿意毫无保留地为他付出，即使他不能回报她。

如果他失败了，她当然是什么也没有。如果他成功了，那他还是高高在上的谢子修，她是身价更下跌了的颜苗。

但她觉得那也很好，她不遗憾。

谢子修终于笑道：“那，谢谢了。”

颜苗大大地松了一口气。

“不过这个东西，”谢子修把一条挂着玉石坠子的项链捏着取了出来，“你还是留着。”

不知道为什么，颜苗突然就脸红了，“嗯。”

谢子修微笑着看她，“谢谢你。”

“嗯。”

她觉得很高兴，回家的路上，只觉得月色是前所未有的美丽，连穿着拖鞋的脚都变得轻盈了。

这就是爱情吗？

她失去了全部的积蓄，但是有了一场这段时间以来的，最幸福的好眠。

不过一觉睡醒以后，颜苗对着自己那已经完蛋了的小金库，就不由得把脸埋进枕头里，发出一声绝望的哀鸣。

她现在深深地体会到了，喜欢一个人真的是劳民又伤财。

不过也只好认了。

反正这辈子也就这么一次，再破财也破不到哪里去吧。

公司里这段时间一直是愁云惨淡，大家心里都很不安，但还是忍着不说。只有很少的一小部分人开始打算找新工作，另谋出路，剩下的人都不忍心有所动作。

在这种令人抑郁的低迷气氛里，颜苗反而第一次体会到那些平时并未觉察的情谊，这里的人对公司、对谢子修的感情，远比她所知道的要深。

作为上司，能得到别人这种无关利益的情感，谢子修也算是很成功了。

所以从某种角度来讲，她也算是喜欢上一个值得喜欢的人了吧？

不过至于“我眼光不错啊”的感慨，在这种时候也没什么可高兴的了，毕竟公司马上就要倒了，谁还在乎这个啊。

这一日，谢子修又临时召开了个会议。

于是空气里的阴郁成分就更升一级了。

“那个，谢先生要说什么呢？”

“……你说呢？”

“唉……我能不能不去开这个会了？”

“梁主管你好意思缺席吗？”

“我也不想去。”

“讨厌，我要哭了啦。”

“你一个大男人哭屁啊。”

“唉……”

参会的每个人都是乌云压顶，整个会议室像是马上就要下起雨来了。大家凄凄惨惨戚戚地坐着，等着谢子修发话。

“我要告诉大家一个坏消息。”

一时之间叹气声简直能把桌子都给吹走了。

“很多人可能都想着过几天就可以不用工作，放大假了。”

“……”

谢子修道：“抱歉让你们失望了，接下来得加班。”

“……”

“我和新的合作伙伴已经完成了对公司股份的收购，所以日后股东大不相同，有些人你们不会再见到他们，有些制度也要改一改，具体来说……”

有人举起手来打断他，“谢先生。”

“嗯？”

“公司，不是要破产了吗？”

虽然很突兀，但这的确是现场所有人憋在心里的疑问。

谢子修对此挑起眉毛，“谁说的，当然没有。”

“……”

颜苗稀里糊涂的，都忘记写会议记录了。

出了会议室，在乱七八糟的喧哗里，她愈发地理不清头绪。眼见谢子修在她面前，颜苗也不知哪来的气势，一把揪住他的衬衫胸口，把他扯到办公室里去。

“谢先生！”

谢子修背抵着墙壁，被抓着衬衫也还是好整以暇地露出他的迷人微笑，“嗯？”

“这是怎么回事呢？”

“啊？”

颜苗着急了，质问道：“你知道我在问什么的啊！”

谢子修笑道：“哦，没什么的，只是在放出风声，公司股价跌到底的时候，我们趁机买进了。”

“所以从此以后这公司就属于我跟我信得过的人，”谢子修又微微一笑，垂下长睫毛，“我父亲已经管不到我了。”

“说起来，这回也算是要谢谢他，没有他施加压力，这事恐怕反而没这么顺利呢。”

颜苗瞪了他一会儿，“不是说资金链出问题了吗？”

“啊？”

“哪来的钱收购呢？”

“呃……”

“……根本就没有资金紧缺这件事，对吧？本来你也就不会破产的吧？”

谢子修笑道：“这个，我一直没说过我缺钱啊。”

“……”

虽然不知道这背后他们到底是怎样的谋划，但回想起那天晚上，她对他掏心掏肺地“倾囊相助”的时候，谢子修应该是在忍笑忍得很辛苦，这点总不会有错了。

颜苗不由得就咬住嘴唇，“那你，还拿我的钱？！”

谢子修无辜道：“是你非要我收的啊。”

颜苗只觉得一股热气直冲头顶，一时之间连耳朵都红了。

“滚开。”

谢子修收起笑容，正色道：“颜秘书。”

“别碰我！”

他再靠近一点，她就会忍不住对他拳打脚踢。

“我刚才是开玩笑的，这次真的很谢谢你。”

颜苗恶狠狠地用力推着他，“你滚开！”

谢子修试图和她讲道理，“之前不能对你说什么，原因你也能明白，这本来就不能让额外的人知道。”

而再怎样“有道理”的说辞，也没法缓解她现在的心情。

“颜秘书……”

颜苗把手里的记录本“啪”地拍在他身上，满脸通红地道：“我辞职不干了，现在，马上！”

谢子修在车里，以龟速缓缓开着他的车子，叹了口气问：“颜秘书，为什么每次你一闹别扭，就喜欢走这么远的路呢？”

颜苗不理不睬地继续往前走，她气得连手都在发抖，更不要说有多余的心情去跟那人讲话了。

“瞒着你，是我不对，但这也是没办法的事，我希望你能理解。”

她那时候的心情，有人理解过吗？

走着走着，前面路口红灯了。谢子修终于停了车，打开车门，出来抓住她的肩膀，“我觉得，我们可以有比路边更合适，也更安全的谈话场合吧？”

颜苗条件反射地，就要给他一个过肩摔。而她这摔翻了不少英雄汉的手法，居然没法对他起作用。谢子修风雨不动稳如泰山，反倒是一把抓住她，不花什么力气，就把她塞进了车里。

颜苗简直要怀疑自己是身手退步了，但这也不妨碍她使出全部的力气继续揍他。怎奈碍于谢子修靠近过来以后所剩无几的空间，能打到的也只剩他的胸口而已了。

颜苗只得把全部的怒火都发泄在上面，拼了命地打得手都软了。就算是训练场的沙包，打了这么一阵也该有耗损了，而谢子修还是面色如常，脸上的微笑丝毫没有动摇。

他是钢铁做的吗？

谢子修等她停了手，才问：“嗯，解恨了吗？”

颜苗恨不能咬死他，“你想都别想。”

他连她那种时候的真诚，都能拿来开玩笑，还有什么是可以容忍的？

谢子修低下头看着她，态度倒是称得上纵容，“这回是我错了，你要怎么样呢？”

“……”

“你要怎么样都行的。”

对于他这样的温柔大方，颜苗的回应是气喘吁吁，“我要辞职。”

谢子修立刻出尔反尔地挑起眉毛，“你辞职的话，那些钱我可是不会还给你了哦。”

“……”

谢子修笑道：“而且你自己都说了，还不了也没关系。”

“……”

“当时没有证人，也没有借条，所以我不还钱也不会有什么问题。”

“……”

“你说呢？”

颜苗只觉得胸口都气得有瘀血了，一口气缓不过来，害她只能面壁撑墙，无语问苍天。

比起气谢子修，她更气自己。

为什么她每次都不长教训，上当都不是一回两回了，还是会错看谢子修呢？谢子修从头到脚，除了那张脸皮的厚度之外，就没有过什么东西是真的吧。

原本因为全部积蓄都掏了出去，身上没有任何闲钱，她只能取消了期待已久的跟舒浣去东京购物的计划。

这下颜苗可就不再管了。

她开始深刻地体会到，只有花掉的钱才是自己的钱。辛苦攒下来舍不得花又有什么用，还不是落入虎口？

为了讨债，盯紧欠债人，就算谢子修要炒她鱿鱼，在讨回钱之前，她也肯定是不能辞职了。

颜苗透过百叶窗，看着里面那悠闲惬意、神清气爽、丝毫没有任何愧疚感的男人，就很想在要送进去的咖啡里下毒。

“颜秘书早。”

“……”亏他还能说得那么神态自如，若无其事，就好像他们真的是关系和睦、和谐友爱的上司跟下属一样呢。

颜苗不想跟他客套，“啪”地放下咖啡，开门见山地道：“谢先生，请赶快还钱。”

谢子修微笑着往椅背上一靠，挑起修长的眉毛，明知故问道：“啊？还钱？我欠过你钱吗？”

“……”

“你那不是自愿的嘛，你自己说了没关系的啊。”

"……"

谢子修这样的人，一旦耍起无赖来，那真是天下无敌。

也是啊，要从这种没心没血的资本家手里挖出钱来，比从石头里榨出油来更难吧。

颜苗一再提醒自己不要被愤怒冲晕头，而做出什么丧失理智的，比如拿花瓶敲破对方的头之类的事，而后"唰"地掏出申请表，"那请你预支薪水吧，我现在很穷，你也知道为什么的吧，谢先生。"

谢子修看了一眼，微微笑道："预支薪水是可以，只不过需要充分的理由，也要留意一下限额，一下子预支两年的薪水是在开玩笑吧？"

"……"

谢子修又风度翩翩地做出了相当大方的建议，"于公来讲是行不通的，于私的话，颜秘书你若是需要钱，可以随时跟我借，不必客气的。"

"……"

借？她要回自己的积蓄，倒变成借了？这还有没有天理了？

颜苗忍着气，说："这样也不方便啊，万一有急用，临时找你未必来得及，所以还是预支一笔大的比较保险。"

谢子修若有所思地道："说起来，你为我工作这段时间，也有不少功劳，你经济拮据，这也不是我愿意看到的。"

"……"

"不如这样好了，"谢子修取出张信用卡，微笑着递到她面前，"这是我的副卡，随时随地可以刷，希望能帮得上颜秘书你的忙。"

"……"

颜苗消沉地走在下班的路上，都到这分儿上了，她简直想不出能从谢子修手里将现金讨回来的法子。

她又不能拿这张副卡去一下子提一大笔现金，然后逃之夭夭。光靠着刷卡日常消费，她要刷到猴年马月才能把自己那笔钱刷回来啊。

回到公寓楼下，颜苗又看见谢少维独自站在那里，背靠着车门，若有所思地拧着眉。

颜苗真心觉得，就算谢少维的脾气再恶劣，他也比谢子修好上一千倍。

“怎么啦？”颜苗跟他打招呼，“有事的话可以先打电话给我的。”

白白在这儿站着不是浪费时间嘛。

“哦，没什么，”青年站直了，转头看她，“闲着没事，过来看看你下班没有而已。”

颜苗小心端详着他，“你好像心情不太好。”

谢少维一皱眉，“你也是。”

“……”唉，她何止是心情不太好啊，“走，我请你吃饭。”

同是天涯沦落人，相逢就一起吃饭吧。

两人一起在桌边坐下，点了简单的套餐，谢少维手放在口袋里，伸直了腿，“你有什么心烦的事？”

颜苗有气无力地把筷子捏在手里，“说来话长啊。”

谢少维一挑眉毛，“说吧。有的是时间啊。”

“唉，简单讲，谢子修拿了我的钱，然后不肯还了。”

“……”

颜苗看着他，“你说，我有希望讨得回来吗？”

谢少维不假思索地回道：“没有。”

“……你也不要这么直接吧。”

谢少维无辜地说：“我不说谎啊。”

这也太让人绝望了。

颜苗愁眉苦脸地吃着海鲜饭，而后听到谢少维说：“被骗了多少钱，我给你。”

“……啊？为什么要你来给啊？”

谢少维皱眉道：“只是我能帮你做的事而已，举手之劳了。”

“……这跟你有什么关系？”

谢少维有点恼怒了，“对，是跟我没关系，我又没别的意思。”

颜苗突然有点轻微的尴尬和抱歉，于是握起拳头，在他胸口不重地撞了一下，“不是啦，我知道你是好意。但是，你何必替谢子修还债，这不是便宜了他吗？”

谢少维沉着脸坐了半天，突然说：“其实我有点羡慕那家伙。”

“啊？”

“可能我的确不如他。”

好吧，讲脸皮厚度的话，谢少维绝对没有胜算。

“你不知道我父亲是什么样的人，谢子修的确有点胆量，他敢。”

“……”

“所以他能得到他想要的东西，”青年深深地皱起眉，沮丧道：“而我不行。”

颜苗只得安慰他，“没事啦，各有各的活法，不是吗？我觉得你比他强多了。”

两人又各自吃了一会儿套餐盘里的饭，谢少维突然开口问：“你现在有喜欢的人了吗？”

颜苗猝不及防地被吓了一跳，然后才说：“啊，没有啊。”

“那你能等我吗？”

“……”

“可能有一天我也能做自己想做的事，自由选择跟谁在一起的。”

颜苗完全手足无措起来，“啊……”

“要是那时候你还没有喜欢的人，我就来找你。”

“……”

这么孩子气的约定，让人连推辞的话都不忍说出口。

青年又有点发怒了，“喂，你说个客套话，让我心里舒服点，会死吗？”

颜苗忙拍了拍他的手背，“……好啦好啦……”

虽然谢少维比她高大得多，但在他面前，颜苗现在总觉得自己是大人，而他是个还在叛逆迷惘期，需要人安慰的小孩子。

想起第一次见到他的时候，全然不是这种感觉。人的第一眼，和真实，究竟差得是有多远呢？

颜苗一觉醒来，突然想起今天是周末，而她居然还要忍气吞声地去帮那个骗她同情骗她钱的男人遛狗，就觉得自己的人生未免也太阴暗了吧。

连按门铃的礼貌都懒得付出了，颜苗直接掏钥匙开门，而后就看见蹲在门口第一时间热烈欢迎她的达尔文。

颜苗不由得就盯住这正大摇尾巴的拉布拉多。

话说……如果她绑架谢子修的爱犬，让他乖乖交出钱来，这样可行吗?

而达尔文显然对她的犯罪念头一无所知，只满腹热情地舔着她的手。

颜苗叹了口气。唉，不行，被骗钱已经很惨了，被害得沦落到跟他一样低劣的道德水准，那不是更惨了吗?

带着达尔文进了客厅，没看到她那万恶的上司，只听得浴室里隐约的水声。

谢子修居然很不设防地在里面洗澡，而他的那块百达翡丽和不薄的钱夹就很随意地放在茶几上。

这世界，你不仁的话我也不义啊!

颜苗气鼓鼓地一手拿起他的钱包，一手拿起钻表，盯着看了一会儿。

就算她把里面的现金全部搜刮走，表拿去变卖，于情于理也是说得过去的吧？！

沉思之间，浴室的门开了，而后颜苗听得男人的声音笑道：“哦，你想要那个？”

“……”

“想要就拿走吧。”

“……”

“你有我家钥匙，我的抽屉全都没锁，保险箱的密码也很好猜，想要什么可以尽管拿啊。”

“……”

为什么这样听起来反而很可怕呢?

“钱包你可以打开看看啊。”

“……”

感觉好像是，只要真的照他的话打开钱夹，里面就会有毒镖射出来，或者有报警器什么的。

于是颜苗果断地把钱包放回原处，为确保安全，顺便还把手擦干净。

谢子修笑道：“叫你打开你又不打开，以后别后悔啊。”

“……”打开了才会后悔吧。

颜苗是打定了主意现在尽量不要去搭理谢子修，因此谢子修也不开口的话，屋子里就很安静，只有他来回走动的轻微摩擦声，衣服的细小窸窣声，反而显得他愈发地有存在感。

颜苗不由得就开始烦躁了。大清早的，没事洗什么澡啊，这样湿答答的在屋子里走来走去，长那么一张脸，又白皙成那样，姿态撩人的，是想怎么样？

谢子修突然笑道：“你在看什么？”

“……”什、什么看什么！

谢子修挑起眉毛，“我有那么帅吗？”

“……”屁咧！

“我承认你那时候给了我资助，我是很感谢的，但那钱我已经用掉了，要还现金给你，这个不太可能。”

“……”做人还能再无耻一点吗？

谢子修在她对面坐下，从容优雅地微微笑道：“不然你看这样，嗯，钱债肉偿如何？”

“……”果然还能在无耻的境界上有所突破，不愧是谢子修啊！

谢子修似笑非笑地问：“颜秘书不考虑一下吗？”

“……”凭良心讲，有这样的姿色的话，要以身还债，其实也不是没市场……

颜苗猛地打了个哆嗦，这家伙是下蛊的吗？她居然还当真去思考起来了！

“完全没兴趣的哦，谢先生。”

谢子修挑了一挑眉，倒也没就此说什么，只道：“对了，话说，你还在跟谢少维纠缠不清？”

“……关你什么事？”这家伙怎么这么消息灵通。

“没什么，只是他真的不适合你。”

颜苗正色道：“这真的不关你的事哦，谢先生。”

谢子修笑了笑，“他可能是对你有点意思，那是因为没遇到过你这种类型的，觉得新鲜而已，但他负担不起那个责任的。”

“哦？”

“因为谢家绝对不会要你这种儿媳妇的。”

“……”又来了，话还能说得再狠一点吗？

颜苗想了一想，说：“谢先生，有种做法叫私奔。”

“……”谢子修不动声色地道：“是吗？”

“所以凡事你也不要想得太绝对哦。”

“……”

“还有啊，谢先生，我要请一个星期的假。”

谢子修毫不犹豫地道：“不批。”

“谢先生，我这是通知你，不是请你批准。”

签证好不容易办下来，机票住宿都订好了，不去也没办法退预付金。都骗走她那么多钱了，难道还要雪上加霜地让她再多亏一点？

谢子修倒是笑了，“啊？颜秘书不介意被扣奖金吗？请长假是需要很正当的理由才可以的。”

颜苗脑子里灵光一闪，而后说：“我有正当的理由呀。”

“哦？”

“我请婚假。”

谢子修顿时静了静，而后说：“什么？”

“我要结婚了哦。”

“……”谢子修笑了笑，“什么？”

这家伙耳背啊？

于是颜苗又重复了一遍，“我要结婚了，谢先生。”

谢子修安静了不短的一刻，而后笑道：“和谁？”

“看来你也不是无所不知的啊，谢先生。”

“……”谢子修看起来依旧很冷静，低声道：“你开玩笑的吧？”

颜苗笑眯眯的，“看来很多事情是你预料不到的呢。”

“……”

“其实我自己也没想到会这么快啦。”

谢子修看着她，收起笑容，“这不是儿戏，你不需要这么仓促的。不管是谁，这都可以再想一想。”

“真正深思熟虑以后，太有计划性了，就没意思了吧。结婚的冲动不就应该跟闪电一样，都是在你没准备好的时候突然来临的事吗？”

颜苗简直要佩服自己了，能现场发挥出这么一段来。

“……”

“总之，谢先生，你只需要准我的假就好了。”

谢子修看了她好一阵子，才笑道：“好。”

颜苗客气地道：“多谢多谢。”

谢子修顿了一顿，又问：“颜秘书需要什么新婚礼物吗？”

他那温馨的微笑让颜苗觉得好像看见了侏罗纪公园一样。

“不不不，不用了。”收他的礼物，这不是虎口拔牙吗。

“我是说真的。”

“……”

谢子修看着她，“你结婚的话，不管怎么样，我一定送一份厚礼给你。”

厚礼的意思，是说很厚的炸药包吗？

“真的不用，你只要祝福我们就好了。”

谢子修看着她，说：“我祝你快乐。”

Chapter13

童话的沦陷

不知道是不是否极泰来的缘故，这回的东京之行，原本两人是努力要买到最低的廉价折扣票的，结果托舒浣的福，临时变成有某位善心的贵人包了她们的机票和住宿。

于是颜苗有生之年，第一次见识到头等舱这种东西。这种有钱人专属的生活，真是让人全身不习惯。

不过因为难得能碰上好事，估计人生里也不可能有下一次了，所以在VIP候机室等着的时候，颜苗抱着“人生只此一回，不喝必然错过”的心态，趁机喝了一堆免费好酒，脚步都有点虚浮了。

多喝一点才比较能消除被人骗钱的忧愁啊。

上了飞机，她和舒浣坐在第一排，隔着过道是两个年龄相仿的男子，带着LV行李箱，手上挑着宝格丽墨镜，衣着时髦，态度轻佻，一副浮夸的模样。

都是年轻男女，同在头等舱位，双方难免眼神对到一起，彼此一打量，一人便先笑着开口，中文有点夹生，“两位是第一次来东京吗？”

舒浣自从接了个电话之后，就两眼完全放空，脸颊粉红，无限神游，显然在想自己的心事，估计根本听不见别人在说什么，颜苗只得担任起回应的重任，礼貌地道：“啊，你怎么知道？”

青年意味深长地笑道：“如果来过的话，像你们这样的女孩子，我们一定会有印象啊。”

“……”这恭维话说的，不管高明不高明，反正应该就是传说中的搭讪了吧。

于是比起舒浣的神游太虚，颜苗因为酒喝多了的关系，酒劲冲上头，笑点就变得十分之低，情绪开朗到离谱，无比好说话。

一路上她都很容易地就被逗得笑个不停，和那两人有问有答地聊了好半天，连人家问她电话号码，她也糊里糊涂地给了。

出了机场，两人一路跌跌撞撞地摸索到东京丸之内的四季酒店，登记的时候才发现，舒浣的那位贵人，除了帮她们订下豪华酒店之外，还在柜台留了百万日元给舒浣当“零用钱”。

颜苗的酒劲刚刚退下去，被这厚厚一叠现金一冲击，就又完全凌乱了。

等进了房间，迷糊过去，颜苗便叹了口气，“哇，这种好男人，你拖不起，遇到就赶紧妥妥地嫁了吧。”

舒浣满脸通红，微弱着挣扎道：“你、你要不要这么见钱眼开嘛……”

“不是哦，千金易得，有情郎才难得好不好。”

虽然她很爱赚钱，但这还真的不是钱的问题。砸钱固然震撼，但贴心的魅力才更胜一筹。

这样体贴周全的人，去哪里找第二个。

同样是花钱如流水，但她那个没人性的上司，跟这人比起来，简直就是云泥之别。

看着舒浣那种又是害羞又是苦恼的表情，颜苗有种桃花要盛开的预感。

舒浣是她最好的朋友，各种节日人家情侣成双成对，她们俩就只好凑一起去吃套餐，虽然很将就，但多少比可怜地点单人餐，或者坐在家里对着电视吃爆米花来得好一些。

舒浣能碰到好桃花，顺利脱宅，这当然是好事，但想到以后连这种“将就”都没有了，颜苗就不由得悲从中来。

悲从中来之后，自然是要找点食物来冲淡一下情绪了。颜苗已经很饿了，也顾不得在高级餐厅装腔作势，东西一上来就低头猛吃，放开肚子大喝特喝。

吃累了喘口气的间隙里，颜苗突然觉得背上一阵莫名的凉意袭来，当即打了个哆嗦。

这种不祥的凉飕飕的感觉似曾相识，颜苗边喝清酒边琢磨，这见鬼的怪异感究竟从何而来呢?

猛然间一抬头，颜苗就见到有个绝对不可能出现在这里的男人，正站在不远处，手闲闲地放在口袋中，脸上似笑非笑。

颜苗顿时撞了鬼一般，毛发都竖起来了。

世界这么大，她怎么就连摆脱谢子修阴影一天的机会都没有，这不是悲催到极限是什么?

而且他到底是怎么出现在这里的啊?

男人似乎朝她这边看了一眼，颜苗立刻此地无银三百两地拿起菜单挡住脸。

舒浣纳闷地道：“怎么了？”

颜苗小声说：“我好像看见我们老板了！”

“这么巧？哪个啊？”

“最嚣张的那个就是了，嘘……他好像过来了，不要去看！”

她说得太晚了，舒浣已经忍不住回头看了一眼，然后就胆战心惊地道：“喂，你们公司，做的是合法生意吧？”

“……应该是吧，我一直是遵纪守法的好公民呀。”

谢子修你能不能不要看起来那么坏啊!

舒浣颤抖着道：“他、他过来了。”

“嘘！”

而后声音在她头顶响起，“颜秘书。”

颜苗汗毛倒竖，来不及钻进桌底，只得把菜单像盾牌一样举着。

谢子修的态度倒是出奇的温和，“这么巧啊，在这里遇到你。”

“……”

“不过，我记得你请假的时候，理由是婚假，所以，这是跟爱人出来度蜜月？”

“……”

谢子修把眼光投到舒浣身上，又一挑眉，“莫非这位便是……”

“……”

“难得你舍得花钱到这种地方来，我也不打扰你们了，”谢子修笑道，“祝新婚愉快。”

“……”

唉，长到这么大，难得撒个谎，刚出门就被拆穿，她的运气能更背一点吗？奇怪的是，谢子修这次居然没有乘胜追击，很是见好就收，只开了这么两句玩笑，就转身施施然走了。

怎么会突然变得这么善良了？他难道心情很好吗？

胡乱地吃过晚餐，舒浣便要出门去探望独自在东京出差的徐玮泽，颜苗自己留在酒店，一时也不知道做什么好。

想着今晚遇到谢子修，实在是一身晦气，简直给她的这趟东京之旅蒙上一层阴影，不如去做个 SPA，从头到脚净化一遍好了。

一个人出了电梯，没走几步，就见到一个身形高大的男人迎面走来。

颜苗顿时一惊，站在这狭路相逢的过道里，左看右看都没什么地方可以躲的，一时间恨不得把自己整个藏在盆栽后面。

当然这跟刚才藏在菜单后面一样失败了。

“颜秘书。”

被点到名，颜苗只得硬着头皮，挤出一丝笑容，“谢先生，这么巧，哈哈哈哈。”

谢子修微笑道：“对了，我刚才好像看到你那位爱人，跟个男人走了呢。”

“……”舒浣你真是太靠不住了啊。

“才新婚就这样，颜秘书会不会太伤心了呢？需不需要我陪你去喝杯酒？”

“……”她是做错了什么，老天爷要这样把她逼到绝境啊。

电话突然在包里响起来了，颜苗的精神为之一振，犹如抓到救命草，也顾不上国际漫游费用昂贵，赶紧接了。

“喂？”

“是颜小姐吗？我是 Hikaru。”

“啊，Hikaru，你好哦！”

谁啊？不过不管是谁了，哪怕是什么阿猫阿狗，这种时候都是天降奇兵。

对方笑道：“我们白天在飞机上聊过的，我，还有 Ryo。”

“哦……”还真的打来了电话。

“你现在有事吗？”

“没有……”

“晚上出来玩玩如何？你第一次来，我带你到我们店里，是很不错的地方呢。”

颜苗稍微迟疑了一下，之前她是喝多了，才会随便跟陌生人聊太多，现在酒都醒了，对方看起来也并不是太正经的人，她当然不会想要什么乱七八糟的人际关系。

但这可是在谢子修面前的紧要关头，这一通邀约大可以救她脱离困境，颜苗于是大义凛然地道：“好啊。”

对方笑了，“我记得你说住在丸之内四季酒店的，我过去接你吧。”

挂了电话，转头就见谢子修依旧饶有趣味地在看着她，“颜秘书要去哪里？”

颜苗做欢快状，“去夜店玩哦。”

谢子修又挑起眉毛，微笑道：“嗯？这么快就有新欢啦？”

“……随便你怎么想都好啦。”

“万一被带去了不适合的地方，可是会很尴尬的啊，颜秘书。”

颜苗干笑道：“哈哈哈……”

“你要知道，这里随便就喝掉几万块的店可谓比比皆是，万一要你来买单，恐怕你要哭哦。”

“……也不至于啦……”

这时候跟他硬顶着斗嘴是没有用的，且战且退，然后安全大逃亡才是正确选择。

Hikaru 果然准时驱车到四季酒店门口接她，态度相当的热情，颜苗一见对方开了车门，下来殷勤地迎接她，就舒了口长气。

不管等下是去哪里，跟谁去，只要能让她从谢子修面前溜走，逃出这虎口，就是好的。

难道还能有比谢子修，以及谢子修身边更糟糕的吗？

车子开到霓虹闪烁的长街上，而后停在一家令人眼花缭乱的夜店门口，颜苗下了车，略有迟疑，来不及抬头去看上面令人眼晕的招牌，还是跟了 Hikaru 进去。

待进到室内，冷不防迎面就是好几个年轻男人一齐站起来说："欢迎光临！"吓了她一大跳。

颜苗边往里走，边打量着周边的装潢摆设，看到那些坐在沙发里闲谈的男男女女，颜苗就觉得不是太对味了。

这、这难道是传说中的……Host Club，也就是……那个啥……牛郎店？

颜苗深深地震惊了，原来这世界上，对她来说，还真有比谢子修身边更糟糕的地方啊！

Hikaru 见她全身紧绷，就笑道："啊，这是我跟朋友的店，带你来玩玩而已，不用紧张。"

颜苗僵硬地笑了两声，"啊……"

不是紧不紧张，这种地方哪里是她该来的。

她到底造的是什么孽啊。

Hikaru 很是礼貌和殷勤，"没有关系哦，带你来只是介绍给你，不需要消费，都很 OK 的。"

"……"

颜苗真是欲哭无泪，她很想立刻夺门而出，然而雪上加霜的是，她已经看到谢子修的身影出现在门口了。

真是怕什么来什么。

谢子修想看她笑话，她就果然要出丑给他看，需不需要配合得这么好啊。

Hikaru 叫来几个人，大家围着她散坐着闲聊，颜苗被环绕在中间，溜都溜不成，整个人都动弹不得，而后便听到有人问："颜小姐是做什么职业的？"

颜苗老实地回答："是公司文员。"

众人像是有些意外，Hikaru 又问："那你父亲是做什么的？经营公司吗？"

她老爸是乡下警所的老警察，差不多要退休了。

"我爸爸是个警员。"

"哦，那你母亲……"

"我妈妈是全职家庭主妇。"

对方态度上有了微妙的变化，疑虑之中略微生出轻浮来，笑道："是吗？那你怎么会坐头等，还住四季呢？"

"哦，那是因为有人要追求我朋友，所以帮忙订的高级饭店而已。"

"……"

气氛一时有些僵硬，几个人看她的眼神就像是看见鱼目混珠的劣等品一样，虽然还是很有职业水准地维持着礼貌的微笑，但已经有人找借口离开了。

颜苗忍不住后悔自己为了开溜而慌不择路，的确这里的水太深，这年头，什么人都可以衣冠楚楚，连谢子修都能那么道貌岸然了，何况是服务业啊，随便跟陌生人走掉果然是不行的。

人家误会她是什么大小姐、潜在客户，才花心思把她带到这里来，结果她连三百日元的面包都不会舍得买呢。

于是刚才开掉的那几瓶酒，眼看就要统统化为浮云，飘散在风中了。

正在尴尬的沉默里如坐针毡，颜苗又见到那个让她头疼的男人从一边的沙发上站起身，微笑着朝她走过来。

"……"

要死了，这家伙落井下石的功力一向很高，这种时候不就变本加厉了嘛。

颜苗等着再次被大泼冷水，反正她已经准备把自尊心丢到马桶里冲走了，哪料得谢子修在她面前一站，突然就彬彬有礼地弯下腰来，“大小姐。”

“……”

手被他温热的手指握住，颜苗顾不上茫然了，忙要用力甩开，“你干什么？”

谢子修微笑道：“你偷偷跑到这里来，会让我们担心的，我回去也很不好交代啊。”

“……”

谢子修的日文居然也讲得相当流利，那之前凡事都要她来翻译又是怎么回事？而且问题是，虽然他的语法都很正确，但说出来的这是什么鬼东西来着？

“……你胡说什么？”

“您不要再闹脾气了，这样我会很为难的。”

敬语！她有生之年居然能听到谢子修跟她说敬语！她可以说死也值得了吗？

周围已然鸦雀无声，大家都静悄悄地看着俨然黑帮少主模样的谢子修对她毕恭毕敬，一声也不敢出。

颜苗已经完全不知所措了，“你、你放手！乱讲什么啊你！”

谢子修转头朝着 Hikaru 道：“真不好意思影响你们的营业，但你带我们大小姐来这种地方，是绝对不能被容许的。”

“……抱歉！”

“我来付账，请你们现在就让开。”

而后谢子修就轻而易举地把她扛在肩膀上，在众人的肃然起敬中，从容地出去了。

颜苗徒劳无功地挣扎了一路，被放进车子里的时候早已经血液逆流，满脸通红，吼道：“你、你这王八蛋，干什么啊？！”

谢子修关上车门，笑道：“哇，我对你这么好，你还不领情？”

“……好个屁啊！”

“我刚才可是给足了你面子哦。”

“……”

“这样好玩吧，大小姐？”

“……”

“对了，”谢子修想起什么似的，补充道，“刚才我帮你买单的时候，已经把你当时给我的那笔钱用掉了。”

颜苗顿时如被五雷轰顶，“你、你说什么？”

谢子修貌似乐不可支，“过这种瘾是要有代价的，不是吗？这价格就能让我叫一声大小姐，其实很划算了呢，颜秘书。”

颜苗都快哭了，“我才不要……”

谢子修笑着微微低一低头，呼吸拂在她鼻尖上，“那你要什么呢？”

“……”

谢子修的笑容还在嘴角上，“嗯？”

“……”

脸靠得好像有点太近，颜苗一时吓得连悲痛都忘掉了，赶紧把快喷出来的眼泪收回去了。

谢子修双手放在她肩上，仅仅是客气的略微用力而已，就让她动弹不得。

“这样好了。”

“……”好、好什么？

“你想要什么，只要你说，我就给你，如何？”

“……”

“我可是有求必应的好上司呢。”

“……”

颜苗在他那种近在咫尺的气息和笑容里，脑子里突然就一片空白，连讨债这么要紧的事，也像被磁化了一样瞬间被抹干净了。

她本能地只觉得有点微妙的害怕。

“我、我想回去了。”

谢子修看着她，“就这样？”

颜苗诚惶诚恐地说："嗯……"

"你确定？"

颜苗颤抖着，"嗯……"

谢子修挑挑眉，欠起身来，笑道："那行。"

居然变得这么好说话，颜苗一时有点接不上来，只能维持原姿势看着就那么凌驾于自己上方的男人，僵了好一会儿。

谢子修又是微微一笑，道："走吧，我送你回去了，大小姐。"

"……"

这称呼是想损死她是吧。

谢子修收起他那种蛊惑人心的邪性，相当正直绅士地帮她系好安全带，又顺手似的帮她拨了下头发。

颜苗只觉得自己连发梢都带了触觉神经似的，为那轻微的碰触而猛地一抖，背上汗毛都竖起来了。

车子到了四季酒店门口，谢子修微笑着送她下了车，而后毫不拖泥带水地对她挥一挥手，"晚安。"

"……"

颜苗不由得心想：就这样？

这充满了各种八点档潜在剧情的一天，就这么纯良正统地收尾了？

结果还真的是"就这样"。

谢子修全然没有再乘胜追击，穷追猛打。

因为次日颜苗就得知，他回国去了。

谢子修就好像只是来东京随便玩那么一天，刚巧遇到她，然后顺便开个玩笑，接着就自顾自地返身走了似的。

颜苗觉得，那天晚上，有那么一刻，谢子修应该是有要亲她，或者进一步的打算的。但事后，这样看来，谢子修又完全没有那种意思，大概真的只是她的错觉而已。

或许，就跟之前发生过的那些理不清楚的事情一样，谢子修的确不介意和她亲密一把，但并不会是认真的。

甚至，一遭到拒绝他就果断收手，连多尝试一下的意愿也没有。

她怕了谢子修这种若有似无、模棱两可的暧昧。

有时简直是刻意在让人往胡思乱想的地方去，而一回头就要迎面给你泼一大桶冷水。

这样反反复复地折腾，弄得她真的都不敢了。

接下来的时间里，谢子修再也没联络过她，就跟忘了她的存在似的。等这短假结束，返回公司上班，颜苗才总算又听见了他的声音。

“早上好。”

“谢先生好。”

“东京蜜月，玩得开心吗？”

“……”

果然骗假期什么的，是要被秋后算账的！

谢子修笑道：“不用紧张，我是个很宽容体贴的上司，不会因为这种事扣你奖金的。”

这人往自己脸上贴金的技能是越来越纯熟了啊。

谢子修接过她泡的咖啡，喝了一口，突然想起什么似的，抬头道：“对了，颜秘书。”

“是？”

“我的婚礼，你会来参加吗？”

颜苗的手还停在空中，猝不及防地，呆了一呆。

这太突然了，以至于她一时没能有其他的知觉，甚至忘了要掩饰自己的表情。

在谢子修微笑的眼光里，过了好半天，她才终于有所动作，而后听见自己的声音还算镇定地在问：“谢先生要结婚了吗？”

“嗯，是这么打算的。”

“……恭喜啊。”

“谢谢。”

"……"

祝福过后，就应该要赶紧走开才对，但颜苗只觉得脚像是被定在地上一样，完全无法移动，胃里沉甸甸的，消化不来。这太快了，也太突然了，没有任何的前兆、迹象。

他笑着俯身过来给她系安全带，拨她头发的时候手指擦过她脸颊的触感都好像还在，而他现在就要结婚了。

"那个，婚期定下来了吗？"

谢子修微微一笑，"还没有，不过希望越快越好吧。"

颜苗"哦"了一声，说："那个，到时通知我一声，我好准备红包跟礼物。"

谢子修笑道："那倒不用客气，怎么好让颜秘书破费。"

"……也是应该的。"

"那好，请务必到场。"

"嗯。"

话虽然这么说了，但她真不知道自己到时能不能有走进去的勇气。

从礼貌上来讲，她应该再多询问些细节，表现得更热心更热情些才对，但她已经没法再说更多了。

"那个，没、没事的话，我走了。"

谢子修点一点头，"去吧。"

颜苗转过身，居然一头就撞在了门上。

谢子修在身后笑道："颜秘书？"

颜苗连回应也忘了，忙捂着额头慌慌张张地走开了。

果然她终究是想得太多了。

谢子修就是谢子修，他会逗她玩玩，寻些开心，来一点并不吃亏的小暧昧，但除此之外，就不可能有更多的。

她其实很清楚这些现实，她也没真的去期待过什么，人生的大道理她懂得很多，所以并没有什么关系。

甚至于，谢子修这样不正经的人，居然能这么爽快地要定下心来，她也应该为他高兴。

毕竟在这个世界上，要遇到一个喜欢自己、自己也喜欢的人，是件不容易得近乎幸运的事。

她想，她应该还是能抱着一种好的心情去祝福他的。

颜苗这一天在下班之前，终于听见谢子修对她说："颜秘书，订婚仪式的时间地点都定了，等下发到你手机上，到时记得来参加。"

"哦……"

连请帖都没给她一张，仅仅是这么随意地口头交代。

"对了，记得穿正式一点。四十九块的牛仔裤就不要了。"

"……"还不忘再奚落她一把。

颜苗也不知道到时候要怎么出现在那种场合，完全无法去想象那一刻的场景。

在这短短的时间里，她参加了颜子清的婚礼，然后是谢子修的订婚仪式。

这就好像一下子，她把她人生里懵懂的仰慕，和真正动心的单恋，都毫无余地地完结了。

和谢子修一起同仇敌忾地组成失恋联盟的事，想起来好像也不过是在昨天，然而谢子修现在就已经找到真正喜欢的那个人了。

颜苗完全没有心思打扮自己，但碍于谢子修的嘱咐，她也能想象得出来那种场合没理由不隆重，自己穿得太不对，的确对主人不尊重。

打开衣橱找衣服的时候，颜苗看见那件被她小心翼翼地专门独立挂起来的旗袍。参加颜子清婚礼的那件小礼服被扯坏以后，这是她唯一一件上得了台面的衣服了，也是谢子修送她的最用心的礼物，虽然在这季节穿已经不合时宜了。

颜苗狠了狠心，把它拿出来，还有自己最值钱的，分期付款向谢子修买的玉石坠子。

这是她所能允许的，自己对谢子修最后的一点念念不忘。

参加完典礼，她就要坚决把这两样东西永远收起来封存了。

谢子修的典礼定在别墅度假村，受邀的人也并不多，一路行进来，只见绿荫浓密，地上光影斑驳，三三两两散落的宾客在近乎安静地交谈，很有私密而低调的意味。

颜苗有些拘谨地抓着手包，在宾客之间不太确定地走了两步，想给自己找一个合适的位置。

"嗨，你来了。"

"呃……"

谢子修站在那里，看着她，身边还跟着绑了领结的达尔文。

他难得穿得这样正式，西装笔挺，一丝不苟，每一颗衬衫扣子都规规矩矩扣起来了，甚至还戴了袖扣和领带。她还以为这辈子都见不到他系领带的样子呢。

他是认真的。

他在阳光之下分外鲜明的眉眼、笑容，少有的正经，帅得让她都不知道怎么办才好，颜苗一下子几乎有要哭的冲动。越是走近，她就越觉得无法自制地喉咙发酸。

"恭喜你。"

谢子修笑道："谢谢。"

"你今天看起来……很好。"

谢子修微笑着回道："你也是。"

她会好才怪。

而想到自己居然会跟这种客套话较真，颜苗就更觉得天色都灰暗了。

"你、你的未婚妻呢？"

"她啊，她也到了。"

"哦……"

颜苗很想见一见，但也很怕真的见到。

人心是很怯弱的东西，虽然她是勇敢的颜苗，但这一刻也会想躲到没人的地方去藏起来。

两人面对面站着，又不能完全不说话，在安静里她怕自己会表现得更不自然。

“你、你未婚妻一定很漂亮。”

“嗯，我很喜欢。”

这问的不是废话吗？谢子修这种人，眼光高过天，普通人什么的，他怎么可能看得上。

“我认识她吗？”

“认识。”

颜苗一下子觉得更糟糕了。

如果是个自己从未见过，也毫无关联的人，还能稍微好一点，遥远而虚拟的距离感是能保护脆弱的人心的。

而一旦是身边真实的活生生的人，那就太近了，近到她也不知道要用多长的时间才能面对得了。

颜苗觉得自己没法再问下去了。

“我、我先走开一下。”

谢子修看着她问：“怎么了？”

“我、我有点饿。”

“啊？”

“我……我先去找点东西吃。”

谢子修像是哑然失笑，“也是，时间不早了。那快点开始典礼，等下就可以吃蛋糕了。”

“嗯……”

好像她也该感谢他的这种体贴。

谢子修朝她低一低头，笑道：“那走吧。”

“啊？”走去哪里，现在就去偷吃订婚蛋糕？那还是人吗？

谢子修伸过手来，抓住她的手。

颜苗一时之间有点茫然了，这不好吧？这怎么能行？

虽然抓个手也许不代表什么，但这对他未婚妻说不过去，太失礼了吧？

理智上来讲，她第一时间就该把手抽回来，但不知怎么鬼迷心窍地，她也就那么顺从地被他牵着，心甘情愿地，还跟着他往前走了两步。

“可以开始了。”

“啊？”

开始什么？！

颜苗和他一起站在场地中间，茫茫然的，花束和藤蔓的香气，还有谢子修手心的温度，都让她有点头晕，只能糊里糊涂地望着底下入座了的宾客，而大家也都在看着她。

有人在说着什么话，好像类似于司仪祝词的东西，颜苗顿时连耳朵也轰鸣了，脑子里只能一遍遍地想，“我怎么还站在这里？这关我什么事呢？我应该赶紧下去才对吧？”

谢子修俯身过来，微笑着，在她瞪圆了眼睛的视野里，亲了一下她的嘴唇。

“……”

颜苗还在想：刚刚发生了什么事？！这是怎么了？！

她的脑子一刻不停地乱转，手指则紧紧握成拳，硬到掰都掰不开。

谢子修终于像是有些哭笑不得了，“来，把手松开，戴上这个，然后就可以切蛋糕吃了，颜秘书。”

“……”

颜苗僵硬地看看他，又看看自己的手，再看看底下的宾客，众目睽睽之下，脑子里一片空白。

也不知道是空白了多久，她的大脑各部件才得以重新启动，恢复运转以后的第一件事，就是受惊地“哇”了一声，猛然把手用力抽了回来，而后不顾一切转身就跑。

颜苗坐在自家小公寓的小沙发里，还在惊魂未定。

人生要是每天都这样大起大落、一波三折，不仅心脏，脑袋迟早要受不了的。

而后新波折的敲门声又响起来了。

“颜秘书？”

“……”

颜苗一时不知道要怎么样才好，是躲进卫生间里把门锁上，假装没人在家比较合理呢，还是鼓起勇气去开门迎接比较合理？

“你信不信我其实自己也能开门的？”

颜苗立刻屈服，当机立断地去把门锁开了。

谢子修笑微微地站在门口，道：“你穿着高跟鞋也跑得挺快的嘛。”

“……”人类的潜能爆发起来是有无尽空间的。

“你毁了我的整个订婚仪式啊，颜秘书。”

“……”说起来完全是他自己在乱来，才会弄得一团糟，根本就是他的错啊。

“你知道你做出那种行为，达尔文有多抑郁吗？它今天还绑了领结呢。”

在他那种催眠的气场下，颜苗莫名地也就开始认错了，“抱歉……”

“你知道错了？错在哪里？”

“……我对不起达尔文……”

“……”谢子修豁达地一扬眉，说：“算了，能成为他们参加过的印象最深刻的订婚典礼，也不错。”

“……”为什么听起来还是这么儿戏呢？

“过去的就让它过去吧。”

“……”

什么叫让它过去？

这种大事，也能先不管三七二十一，霸王硬上弓地拉上去完成一下仪式，然后再“让它过去”吗？

谢子修相当不客气地坐在她的小沙发上，毫不拘束地将长腿一伸，就把她挤得没地方去了，只能尴尬地贴着他。

“对了，我来送你个东西。”

“啊？”

颜苗顿时只觉得心脏怦怦乱跳起来。

难道是戒指?

也只能，是戒指了吧。

她在那完全是生米煮成熟饭的典礼上，逃跑得太快，以至于连戒指是什么样子都没来得及看清楚，更不用说接受了。

谢子修从怀里掏出一个盒子，递过来给她，“拿着吧。”

颜苗一时连心跳都几乎停了，只能僵硬着接住，而后瞪着它，一动也不敢动。

谢子修微笑道：“打开看看，喜欢不喜欢。”

颜苗的手指有些不太听使唤，她花了些力气，才终于打开了那质感精良的天鹅绒盒子。

躺在那柔软深色垫子上的是枚……领带夹？！

颜苗呆若木鸡，“哈？”

“不错吧，18K 金带宝石，还是名牌。”

颜苗瞪着它，“呃……这东西我能用吗？”

“不能。”

“那给我干吗？”

谢子修用手指微微撑住脸颊，说：“你可以拿去卖钱嘛，你不是最喜欢的吗？”

颜苗一时间有着说不出的失望，只能说：“这不会还是你花钱买的吧？”

谢子修笑道：“是啊，过来时顺路买的。”

颜苗不由得怒了，“……你傻啊，这一转就变成二手货了，这买卖不是纯粹亏钱的吗？”

谢子修笑道：“反正对你来说是纯收入嘛，你又不吃亏。”

颜苗也不知道是该先失落还是先心疼，只觉得心情复杂得头跟胸口都开始一起抽痛了。

谢子修又笑道：“好吧，要是这个礼物觉得不太好的话，再给你一个吧。”

“……”

这下要轮到刮胡刀了吗？

颜苗带着自暴自弃的心情，把被放在手心里的盒子握住，用力一掰。

猛然露出来的钻石和蓝宝石，在灯光的反射下差点让她眼睛一痛。

“……”

谢子修看着她，问：“这个有没有好一点？”

“……”

“这个比领带夹可是要贵非常多哦。”

“……”

谢子修还是带着微笑，“所以没有理由不收下的，对吧，颜秘书？”

颜苗安静了一会儿，突然攥起拳头，没头没脑地用力打他，“你这王八蛋，王八蛋！”

谢子修笑道：“哇，送你这种东西，也要被骂是王八蛋吗？早知道不如送你卷纸了。”

不管什么时候，哪怕到了这种时候，他都没停止过戏弄她。他对她，没有一刻是肯老老实实地正经坦白的。

“这样很好玩吗？会很有趣吗？！你什么时候才能别拿我开玩笑？什么时候才能严肃一点？！你这王八蛋！”

谢子修笑着挨了一会儿打，而后收起笑容，道：“等我不会紧张的时候。”

“……”

一瞬间颜苗就手足无措了，她看不到自己，但她知道脸上一定是不争气地完全红透了。

“骗、骗人！”

谢子修笑道：“相比之下，我反而才是那个没说过谎的人呢。”

“……”

“我很高兴你今天来了，还穿了这件旗袍。”

颜苗只能想，脸红是有上限的吗？难道这还可能有继续红下去的空间？

谢子修双手放在她腰上，只轻微一用力，就把她整个腰抓住了。

颜苗突然觉得这不太合适了。

她骑在谢子修身上，揪着他的衬衣胸口，把他的衣服扯得乱七八糟，谢子修就这么牢牢地抓住了她的腰，自下往上微笑着望着她。

于是颜苗结巴道："不、不要乱来啊，我、我这个人，可是很保守的啊。"

谢子修一挑眉，"啊，这么巧，我也是呢。"

胡说八道！他从内到外，哪个地方像保守的人啊？

"你、你快回去！"

谢子修笑道："你怕什么。"

"……我、我没怕啊。"

没办法不在他面前腿软吧！

"那既然你不怕，又都收了戒指了，我还需要回家吗？"

"……"

颜苗脑子里一片混乱，不知道该怎么办才好，在他那玩味的笑容里，只能一个劲地说："不，不行啦！要不然戒指还给你好了！"

谢子修笑道："傻瓜。"

"……"

嘴唇冷不防被亲了一下，额头又被超用力地弹了一下，颜苗一时也分不出这两种行为哪个比较欠揍，只能一手捂住额头一手捂住嘴唇："可恶……"

"我回去了，晚安。"

"……晚安。"

颜苗目送那高大的身影走下楼梯，消失在拐角，不由得心想：惨，她要怎么向听了无数谢子修坏话的舒浣、与谢子修势不两立的老哥，甚至还有谢子修的前任未婚妻杜维维，有理有据、条理清晰地解释这一切呢？

不如先假装什么都没发生，然后写一份说来话长、字字血泪的自白书吧。

Chapter14

最重要的小事

昵称

小调查：你的恋人在他手机上给你设的昵称，是什么呢?

调查回馈：

徐玮泽的手机上来电显示是“浣熊宝贝”。

颜子清的是“女神大人”。

谢子修的……

颜苗偷偷翻出自家上司的手机，屏幕上跳出两个硕大的字——

“傻妞”。

“……”

吵架

颜苗最讨厌和谢子修斗嘴，因为模式往往都如下：

“你是猪！”

谢子修笑道：“猪是你。”

颜苗气坏了，“不准这样反过来说！既然都吵架了，你有点诚意好不好？”

“好吧，那再来一次。”

“你是猪头！”

谢子修笑道：“你是头猪。”

“呜呜呜呜呜呜……”

能有吵架吵得比他更省力的吗?

礼物

“新年你准备了什么礼物呢？”舒浣在电话里听起来很是苦恼，“男人能用的东西真的少啊，一年过这么多次节，又不能总送一样的……”

颜苗对此则是胸有成竹。

一来她和谢子修还没一起度过什么节日，送什么都不怕重复，二来她未雨绸缪，早就在前几天，趁限时半价活动的时候，守着凌晨零点的那一刻，花两百大洋在网络上帮谢子修抢订了件毛衣。

折后两百，原价四百的毛衣，在没有品牌溢价的情况下，质量可以说是很不错了呢！

这毛衣不用贴身穿，就算谢子修再怎么细皮嫩肉犹如豌豆公主，也不需要它是什么顶级羊毛开司米，它又不像外套那样穿在最外头，要遭受别人火眼金睛的检验，不得不讲究。

所以虽然不能跟谢子修那钱多得烧的各种名牌比质量，但它也算相当的实惠了。

哪知道节日将近，处处都是货运高峰，颜苗的这个快递包裹是左等右等，望穿秋水也等不来。

眼看新年马上就到了，那份快递单子的追踪信息依旧停在“12 月 23 日，由 ×× 航空部发往 ×× 航空部”。

颜苗不由得悲愤交加，还航空呢！它要是有腿，用走的都该走到了呀！

终于在 31 日下午，颜苗接到了电话。

“颜小姐，你的快递。”

颜苗“噌”地从沙发上跳起来，长舒了一口气。

终于啊……

虽然慢了点，但也算来得巧了，只能要赶得上过节，多晚都不算太晚。

颜苗几乎是恶狠狠地拆开了那捆得跟炸药包似的包裹，千呼万唤始出来的，是件含羞带怯的、灰不溜秋的、又肥又笨的外套。

“咦？！”

她货比三家以后看中的那件米色毛衣呢？

颜苗二话不说，立刻上网去找罪魁祸首算账。

店里的客服诚惶诚恐地道：“亲，不好意思啊亲，刚去查过了，因为最近发货量太大，仓库的同事弄错了。”

颜苗悲愤欲绝，“可我这个是要送人的啊，用了一个多星期才送到，还发错货，你让我怎么办啊？”

“您可以退换，亲，我们负担来回运费的，亲！”

“今晚就要跨年了，换货肯定来不及啊！”

“真是抱歉啊亲！要不您问问您男朋友，这件衣服他还喜欢吗？他喜欢的话，那就可以留着了，亲！”

他会喜欢才怪呢！

“其实，它比那件毛衣还贵五十块呢，这差价我们也不要了。”

颜苗心想：这不对啊，半价两百块的毛衣，和原价二百五的外套，这能是一个档次的东西吗？

“亲，我们也不是故意的亲，仓库的同事这几天发了上万件包裹，连老婆生了儿子都没时间回去看一眼！我们这几天真的是非常忙的，亲，都没时间吃顿好饭睡个好觉，所以才会出错，只能请您多多包涵，亲！”

“……”

一口一个亲，颜苗表示没脾气。

她能拎着棍子把谢少维和那群流氓手下追得满地跑，但对着涕泪横流、好话说尽、楚楚可怜的小客服，她就只能泄了气。

唉，人家拿点薪水不容易，大过节的，也就不为难他们了吧。

但颜苗自己很为难。

衣服真是丑得人神共愤，光是看着它，她就感受到了人生的失败，恨不得替它痛哭一场。

她无数次打开那件外套的模特展示页面，想自我催眠说“其实它还不错啦，也不是那么丑，穿着比放着好看”，但一看见模特那城乡结合的淳朴风采，她就只想跟那件外套一起抱头痛哭。

原本她还准备了很素雅的包装纸和丝带，特地买来了烫金纸盒，打算自己动手包装，好让这礼物显得更有气质一点。

现在她觉得自己这番功夫都白费了，这破外套只配用装垃圾的黑色塑料袋装着。

颜苗垂头丧气地打电话给好友，“舒浣，你最后决定送什么给徐玮泽的呀？”

“我买了对白金镶钻的袖扣给他。给男人买礼物真是太难了，看来看去也只有这个实用又好看，你呢？”

“……”

虽然知道舒浣在消费方面一向是单细胞动物，只要够喜欢，只要卡没爆，不论多少钱她都敢刷，但颜苗的良心在这一刻还是受到很大的冲击。

比起收到白金钻石袖扣的徐玮泽，新年礼物只有一件丑得匪夷所思的外套的谢子修，不是太可怜了吗？

颜苗蔫蔫的，眼看天色犹如心情一般越来越暗，今晚跟谢子修约了去吃饭，必然是交换礼物的时候，难道她要拿这丑不拉唧的二百五出来见他吗？

颜苗带上钱包，出门去搜罗可以充当礼物，买得起、又配得上谢子修的东西。

都说临阵磨枪，不快也光，但到了她要临时抱佛脚的时候，店里那些物美价廉的东西就都跟约好了一样，集体消失了。

颜苗硬着头皮去名牌店，也想看看袖扣，然而哪个都不顺眼，要么太老气横秋，要么太乏善可陈，要么太花里胡哨，总之就是统统都不入她的眼。

店员见她看得满面愁云，便过来微笑着道：“你好，请问你是要买来送人的吗？”

“……唔，是的。”

“对方大概是什么年纪呢？”

“唔，和我差不多……”

“那这些你可以看看，纯银的，玫瑰金拼珍珠贝的，都很简洁大方。”

其实也不是这些袖扣真的不好看，的确设计独特、用料考究、做工细致，如果价格少两个零，她也会觉得它们无可挑剔了。

但一对纯银袖扣三千块，一对18K金镶黑胆石的袖扣就敢卖一万五，若它们没有美若天仙、勾人魂魄的姿色，又怎么能把她迷昏到掏钱包呢？

颜苗挣扎了半晌，终究还是铩羽而归，灰溜溜地要走出店门的时候，正巧有客人进来，打了个照面，对方愣了一愣，说：“啊，颜苗？”

颜苗也震惊道：“简茵？这么巧哦，你来挑礼物的吗？”

简茵有了种被人撞破了的慌张，忙东张西望一下，而后不好意思地道：“嗯，我来看个东西……”

“哦……”

颜苗当初认识她，是受人之托，跟舒浣一起陪她买过衣服。

据说她是徐玮泽的某个朋友的妹妹的朋友，算起来关系真是非常之遥远，不过这不妨碍她们迅速有了不错的交情。

所以颜苗大概也了解简茵的经济能力和消费观念。比起舒浣那花钱如流水、没钱吃泡面的糊涂理财观，她们俩在财政上更像是一类人——不太舍得买名牌，时常去批发市场淘东西，勤俭持家，兢兢业业。

而后她听得跟她同样节俭的简茵对店员说：“你好，麻烦给我看下这对袖扣。”

那是一对黑色大溪地珍珠镶黑钻的袖扣，颜苗之前有一瞬间也觉得它蛮好看的，但一眼瞄到价格就立刻清醒过来了。

简茵认真地看了一会儿，坚定地道：“请帮我包起来吧。”

“……”颜苗愈发沮丧了。

这世界太不真实了。

简茵自己一身从头到脚不超过三百元，却眼也不眨地买下一万多的袖扣给人当礼物。

不管那个幸运的家伙是谁，相比之下，她的二百五，对谢子修来说，好像都太没人性了。

但这种奢侈品，她是真的买不下手。

把五千斤的大米扣在袖子上，这难道不会太沉重了吗？

还好这条街上总还有她光顾得起的地方，比如一间花店。

颜苗在手里掂着钱包的分量，一咬牙，“老板，来束花。”

在花丛里忙碌的少年麻利地起身，“好的，请问要哪些花呢？”

一旁摆着的牌子上清晰地标明了所有在售鲜花的实时价格，这一天玫瑰花的身价，真是令人闻风丧胆，连百合、勿忘我之类，也趁火打劫地跟着水涨船高，只剩下菊花最便宜。

想象了一下谢子修收到一束菊花的表情，嗯……

颜苗还是忍痛说：“就……玫瑰吧。”

被大堆满天星簇拥着的玫瑰，虽然数量不多，但在紫色玻璃纸里面看着还是颇像模像样的，可以撑一下场面。至于那件阴差阳错的外套，颜苗临出门前，在带与不带它之间，挣扎了很久。

它灰蒙蒙地躺在沙发上，孤苦伶仃，不受待见，样子怪可怜的，最后颜苗还是同情心发作，用那精美的包装袋将它打扮起来。

而这东西怎么打扮，都是傻胖傻胖的，好不容易才能塞进她那时常用来装 A4 文件夹的大容量豹纹手提包。颜苗一把它拿上，就立刻觉得自己的气势矮了一截。

谢子修果然已经在楼下等着她了。天气冷，又有点细雪，他撑把伞站在路灯下，穿着深灰色的羊绒长外套，纯白围巾，哈气成霜，犹如旧电影里走出来的人物一般。

颜苗一步步走到他面前，突然就忐忑了，只能把藏在背后的花束拿出来，递到他眼睛下边。

谢子修显然很意外，并不立刻伸手，只是大幅度地抬起眉毛，问：“这，给我的？”

“嗯……”

谢子修这才伸手接过，笑道：“很漂亮。”

“唔……”真的没有太寒酸吗？

“说起来，我还是第一次收到花呢。”

“……”

的确，过节哪有女人送男人玫瑰的，都是要反过来才对啊。她买花的时候到底在想什么呀？

谢子修笑道：“谢谢你。”

坐进车里，颜苗觉得又没那么有心理负担了。

毕竟谢子修也不是什么善茬儿，指不定要送她什么匪夷所思的荒唐玩意儿呢，想想谢子修送给她的那个领带夹吧。

算起来，谢子修貌似还没有正经八百地送过她什么认真的东西。

他们不像徐玮泽和舒浣那样，每逢节日都很当回事。徐玮泽还为了一套无法邮寄的手办模型，千里迢迢地飞去希腊，买了再带回来给舒浣。这种不顾一切的浪漫劲头，在她和谢子修之间是不存在的。

发动车子之前，谢子修从边上拿过一个纸袋，“新年礼物，实用的小东西，希望你喜欢。”

纸袋里是一个不大的盒子，拿着也很轻，不像是珠宝。

颜苗顿时松了口气，总算没有那么重的内疚感了。

盒子打开来，丝绒之上躺着的是只白绒绒的北极熊。

颜苗一下子张大了眼睛，“啊！”

这不是玩具，而是个拼皮材质的零钱包，非常的可爱。

她从第一眼看到新品预告图片的时候，就喜欢上它了。但它是某个著名大牌的产品，又是圣诞限量系列，这就注定了她颜苗这辈子都绝对不会去买。

其实单从价格来说，它并不是贵到无法承担，几千块钱谁都拿得出来。但它仅仅只是一个普通材质的零钱包，所以这就太奢侈了。

每个人的生活里都有这样的一些东西，你喜欢它，它也并没有那么遥不可及，但你也知道你得不到。

她把它放在购物网的收藏夹里，几家提供代购的店她都收藏了，每天都看看，一直看到它断货，售空，显示“无法购买”，依旧舍不得删。

而没有想到有一天它会真的出现在她面前，好像一个梦一样。

颜苗有点想哭了，她突然前所未有地觉得对不住谢子修，她第一次这样讨厌自己那一直引以为豪的“经济实惠”。

车子在餐厅外的停车位上安稳停好，谢子修解开安全带，推了车门，副座上的颜苗却还是坐着不动。

“怎么了？”

“……我有东西给你。”

“嗯？”

颜苗把那肥嘟嘟的外套从包里艰难地拔出来，“你的新年礼物……”

谢子修有些奇怪，“不是给我送花了吗，怎么还有？”

“其实这个才是……”

把外套递给他的时候，颜苗还是不由自主地觉得难为情了。

谢子修微笑了，动手打开包装纸，而后又意外地挑起眉毛，“咦？这是……”

颜苗完全能理解他这一刻的花容失色，于是垂头丧气地道：“唉，我本来给你买的是件毛衣，结果店家发错货，成了这个……”

“哦……”

“那毛衣真的还不错啦，但这外套就比较……不过你也可以在家里看电视的时候穿，还是比较保暖的，又耐脏，所以……”

谢子修将那不堪入目的外套抖开，看了一看，挑起眉毛，“不错啊，看起来是挺暖和。”

而后他脱下身上那剪裁精良、笔挺服帖的迪奥，把这灰老鼠色的外套穿上了。

“……”

这外套穿在他身上，居然，真的，一点都不难看。

不仅不难看，因为谢子修身形挺拔、脖颈修长、肩膀宽阔的关系，显得这衣服还有种简约随性的帅气。

再配上那么一张脸，连那灰不溜秋的颜色都变得清新又别致起来，它简直就是脱胎换骨，重获新生，从二百五变两千五，不，两万五了。

真不是人靠衣装，而是衣要人穿。

颜苗顿时理解了大品牌在模特上砸重金的必要性了——模特找得好，那效果简直就等于欺诈啊。

在她直勾勾的眼神里，谢子修笑道："走吧，我订了顶楼靠露台的位置，可以看到夜景。"

颜苗忙道说："啊，你不换衣服吗？"他身上还穿着她送的二百五呢。

谢子修抬手整了一下衣襟，道："不用啊，这件不是很好吗？"

可恶，他怎么能连这样一个动作都那么有气质。

挽住谢子修的胳膊，走在他身边的时候，颜苗突然想到，既然他如此天生丽质，穿什么衣服都玉树临风、风流倜傥的形象，那不就表示她可以各种买便宜货，帮他省很多钱喽？

让我们在此，祝福对"美貌未必是好事"这一现实浑然不觉的谢子修先生吧。

子非鱼

谢子修先生每天的一大娱乐，就是查看某位秘书在购物网站上又新买了什么东西，或者新收藏了什么东西。

当然了，谢子修先生是遵纪守法的好公民，尽管当事人并不知道他在"窥视"她的这些"隐私"，但他并没有做任何违法乱纪的事，也绝对和黑客木马沾不上边。

只是这家购物网站为了提升业绩，就自动在会员之间推荐和共享大量相关的商品信息，只要你愿意，更可以大摇大摆地查看其他好友在这个网站上的一切购买和收藏记录，非常的公开、合法。

一般来说，只要不是名人，也根本没人在乎你到底买了什么，所以这功能对大多人而言都没什么意义。

只不过对谢子修先生来说则不同。

"哇，一口气买了二十包牛肉、三十包兔肉，这样还吃不胖，嗯……"

"原来这个上衣才五十块，还真看不出来……"

"唔……原来内衣尺寸是 ×××（此处马赛克处理）……这我居然也没

看出来……”

“这个手镯居然才六块钱！我的秘书真是少有的人才……”

“哦，两眼近视度数分别是……”

“等等，为什么会突然买件情趣睡衣？哦……本店衣物一律三件包邮……”

“收这么多凯蒂猫……拖鞋……纸巾盒……杯垫……墙纸……嗯，我已经可以预见我的公寓未来的样子了……”

“唔，这个零钱包，收藏了这么多这么久，还是没买啊……”

当谢子修先生在收藏夹里看到那件男款毛衣的时候，他就毫无悬念地知道自己的新年礼物会是什么了。

他也知道颜苗给她自己买的东西里，没有一样是比它贵的。

这就已经足够幸福了，不是吗？

番外一

轻轻的浅吻

谢子修为什么要向她求婚呢？

她和他在一起，那会是什么样的生活呢？

她对谢子修和自己，其实都没有信心。

周五晚上，颜苗的小公寓。

颜苗瞪着门外的一人一狗。男人手拎行李箱，微笑着俯视她，拉布拉多嘴里叼了个行李袋，摇着尾巴仰视她。

“你……们，确定要来借宿？”

谢子修一本正经地点点头，“是的。”

颜苗保持住她守门员的姿势，“……为什么？”

谢子修也风度翩翩地保持着他的微笑，“我说过了，我的公寓泡了水，地板墙壁都需要翻修，得花上不少时间。”

颜苗还是大字形挡在门口，“但你，可以去别的地方住啊。”

谢子修很有耐心地说：“很多酒店不让带宠物的。”

“哦，达尔文当然可以留在这里，我照顾它蛮方便的，你……就去住酒店吧。”

谢子修说：“嗯，我是不介意去希尔顿住，一天也就几千块而已，大概住两个星期，我想，这应该需要……”

颜苗耳边即时自动奏起叮叮叮的收银机声响，她在心里迅速地帮他算了一笔账，“你这太浪费钱了啊！”

天杀的！奢侈的资本家！

谢子修笑道："会吗？"

颜苗痛心疾首道："你想想啊，一天的大部分时间，你都在公司，或者去公司的路上。真正待在酒店的时间，不会超过十个小时，平均下来一小时几百块，这都超过很多人的时薪了……"

谢子修又是微微一笑，"但这是必需的消费呢。"

"……"

"或者，如果你愿意把房间租给我，我也可以按市价折算房钱给你。"

"……"

"也算是肥水不流外人田吧。"

"……"

"我们都是未婚夫妻了，住在一间公寓里，也没有什么不合理的。"

一番天人交战之后，颜苗还是不免人为财死，弱弱地道："但是，我就一个卧室，没地方租给你呀……"

谢子修倒是很大方，"哦，没有关系，我可以睡在客厅。"

"客厅？"

颜苗想了想，她的小客厅，的确是有个长沙发。设想一下谢子修躺在上面的场景，如果把他的脚蜷起来，头折起来，勉强应该能够装得下。

颜苗内心又激烈地挣扎了一番，终于大义凛然地道："这样吧，我去睡客厅，卧室给你。"

谢子修一挑眉，"真的？待遇这么好？"

颜苗拍拍胸口，"当然。"

做生意的话就要有商业道德，讲究服务质量的，让出房租的租客睡沙发，这太不人道了。

于是谢子修携带着达尔文和行李，正式入住颜记家庭旅馆。

这破公寓的硬件设施，显然是拍马都追不上五星酒店的，于是只能在服务上多多贴补，因此颜苗主动承担了帮房客整理房间和行李的义务。

"床品我帮你换了套新的了，保证每周换洗，清洁可靠。"

谢子修若有所思地看着枕头被套上的粉红色凯蒂猫，"嗯……"

“冷气的遥控在这里，这个有点旧了，所以有时候需要多按一次，但也不要按太多次……”

“……”

“你在找灯的开关是吗？在这穿衣镜的后面啦，你关的时候把手伸进去就好了，不过要小心点，别把镜子碰倒了。”

“……”

谢子修熟悉了一下这对他而言小得可怜的卧室的结构，而后问：“我的东西要放哪里？”

“东西？”

谢子修指一指脚下的行李箱，“比如衣物。”

“啊……”

的确，总不能让他每天从箱子里翻出被压得皱巴巴的衬衫和西装来穿。

颜苗把自己的衣柜收拾了一番，压缩再压缩，总算为谢子修腾出点空间来。

“外套就挂这里吧，衬衫放这边……领带……裤子……袜子……鞋子……”颜苗越收拾，越觉得这简直是鸠占鹊巢，“可恶……你东西也太多了吧？”

“多吗？”谢子修无辜地道，“这都是生活必需品而已。”

“……”

颜苗惆怅地望着那已经被塞得不分你我的衣柜，这公寓要容纳一个房东加一个房客来生活，还真是蛮拥挤的。

房租真是不好赚呢。

帮谢子修整理好卧室，帮达尔文准备好它的容身之所，颜苗作为一个完全业余的房东，开始苦思冥想房客还需要什么服务，“对了，你的牙刷毛巾都没有，我去超市买。”

谢子修笑道：“一起去吧。”

“我去就行了啦。”提供日用品是旅馆应尽的责任。

“哦，我开车，会比较方便。顺便看有什么我需要的东西，一次性买齐，省得来回跑。”

偌大的超市里，两人推着购物车，在货品架之间毫无效率可言地来回逛了半天。

“浴巾一条……洗脸毛巾一条……擦脚布一条……擦头发毛巾一条……”

“浴球也要一个。”

“哦，还有你的拖鞋！”

“喝水的杯子、刷牙的杯子……”

“对哦，还得买剃须刀，剃须泡沫？”

谢子修微笑道：“是的。”

从架子上拿了瓶谢子修指定牌子的漱口水放进手推车里，颜苗又想起，五星酒店都会提供给住客免费的水果和床头巧克力，于是转头问身边的男人，“你要吃什么水果吗？”

“哈密瓜吧。”

“吃不吃冰淇淋？”

“可以。”

不买不知道，一买吓一跳，颜苗才发现，家里只是多了一个房客，就有这么多的琐碎需求，零零散散的都是小物件，居然也装了半个购物车。

当房东的成本还是很高的啊！

回到家里，颜苗趴到写字台上，拿着超市小票在辛勤地记账。

“哈密瓜十三块五，冰淇淋六十块！拖鞋十五块……”

真是越记越心痛。

偏偏谢子修还在客厅问：“你家没有足球频道吗？”

颜苗只得放下纸笔，出来帮他查看，“足球？不清楚呢……”

颜苗基本不看电视的，她有电脑和网络就足够了，网络上什么节目资源都有，而且还能快进和定格呢。

所以家里的电视机依旧是房东留下来的古董型号，屏幕小得要命，坐远一点就看不见字幕了。舒浣每次来做客，想看直播节目，就只能搬个小板凳，把脸贴到电视上。

颜苗抱着小电视折腾了半天，最后下了结论：“没有足球。”

谢子修挑起眉毛，“一共就这几个频道？”

“……是呢。”

房客的娱乐活动显然得不到保障了。

“嗯，你不是说，你这里包三餐、包夜宵，还提供电视和网络吗……”

“收费频道很贵的。”

谢子修“哦”了一声，居然没有进一步捍卫自己的消费者权益，只是转了下遥控器，而后逆来顺受地看起老掉牙的伦理剧来了。

他长得那副光彩夺目的样子，在这破公寓、旧沙发、小电视、烂节目的环绕下，愈发显得格格不入，甚至楚楚可怜起来。

颜苗在良心的谴责之下，终于只得说：“……好啦，我明天去开通足球频道。”

“那我还要高尔夫、网球和赛车频道。”

“……”他还真是一点都不客气，完全的宾至如归啊！

两人边看电视，边一起吃掉了她买的哈密瓜和冰淇淋，而后谢子修大爷要去洗澡了。颜苗帮这房客准备好浴巾拖鞋，顺便向他介绍浴室使用注意事项。

“这热水器里的热水，只够洗半小时的，半小时之内你还没洗完的话，接下来就只有冷水了。”将就着用还是可以的。

“……”

“对了，洗之前，记得拿这块毛巾，把马桶盖上，不然莲蓬头的水会把坐垫弄湿的。”

浴室空间太小也是没办法。

“……”

“哦，还有，浴室的门锁是坏的，所以才拿胶带把它封起来了。不过你放心啊，门还是能关的。”

她一直都是一个人住，浴室有没有锁都没什么差别。修锁什么的也需要钱，能省则省嘛。

“……”

“你有什么问题吗？”

谢子修吐了口气，看着浴室墙上那有了裂痕还依旧坚守岗位的老旧镜子，“没有。”

委曲求全地沐浴完毕之后，谢子修带着一身水汽，头发湿漉漉地出来了。

因为入乡随俗的关系，谢子修也失去了他的阿玛尼睡袍，只能穿个简单的浅灰色宽松休闲 T 恤、到膝盖的深灰色沙滩裤、黑色夹脚拖鞋，手上是一块印着咸蛋超人的大毛巾——全身上下都是纯正的颜苗手选，超市出品。

然而这么一系列平价又毫无品位可言的东西，也完全无损他的美感，他就这么穿着简单宽松的家居服，坐在那里随意擦着头发，很放松很惬意的英俊。

突然之间他就生活化得很亲近，不再是那个高高在上的、遥不可及的谢子修。

颜苗并不是第一次看见他洗过澡的样子，但这是他第一次这样随和又随意地出现在她家里，不由得就让人感觉很微妙，像是他从墙上的画里走下来，进到她的生活里来了。

谢子修擦完头发，从毛巾里露出他那漂亮的脸来，朝她微微一笑，“对了，这里也应该提供洗衣服务的吧？”

“……”

颜苗站在洗衣池边上，拿了块搓衣板，吭哧吭哧地在泡泡里搓着衣服。

谢子修的衣物都太娇贵，比如手工绢制衬衫之类，她实在不敢丢进洗衣机里去一通乱搅，只好小心翼翼地手洗。

何况谢子修还站在她背后，监督她洗衣服。

连偷懒都不能！

颜苗洗着洗着，就开始纠结了。

“这个……”

“嗯？”

颜苗有点难以启齿，“这个东西，我不要洗啦！”

谢子修挑起眉毛，“哦？旅馆的洗衣服务，不是应该什么都接的吗，还有分类歧视的？”

颜苗嘟哝道：“……我、我不想面对这种东西……”

“什么东西？”

“……你的……内裤啦。”

谢子修笑道：“这你早晚要面对的。”

颜苗瞬间全身都竖起毛刺，犹如一颗海胆，嘟囔道：“什么？我才不要！”

谢子修看着她，“嗯？你说什么？”

和他四目相对，在那视线之下，颜苗就跟被戳了个洞一样，慢慢就泄光了气，最后瘪瘪地心虚地道：“没、没什么……”

的确，她是喜欢谢子修的，就算觉得这家伙不靠谱，也依旧鬼迷心窍。而且都已经收了人家的订婚戒指，就未婚夫妻的身份而言，任何程度的亲密都很合理。

但事实上，他们似乎又没亲密到那种地步。

到现在都订婚了，算起来，他们一共也就只接吻过两三次——还不全是情意绵绵的那种，而像样的牵手和拥抱，至今也都没有过。

她甚至连“我爱你”都没听过，更没说过呢。

某种程度上而言，他们根本就还没进入状态。

所以说，都是谢子修不好，连表白都没有，就突然说要结婚！

人生哪有这么飞跃的啊。

颜苗纠结地把衣服拧干，身边的人便伸过手来，自然而然地接过去，拎着衣领抖开，挂到衣架上。

“啊？”

谢子修在帮她晾衣服？

这么有善心？

“我的浴巾呢？”

“哦，在这里。”

谢子修不忘批评她的工作成果，“连块浴巾都拧不干，猪头。”

“……哼。”

颜苗看着谢子修不甚熟练地拿晾衣竿撑住衣架，试图勾到绳子上去，显然完全不熟悉此类业务，就不放心地从背后拉住他的衣角，“喂，你到底会不会啊？”

“嗯，你觉得呢？”

谢子修那宽阔坚实的，裹在休闲T恤里的肩膀，挺拔而充满力量的脊背，连平价沙滩裤也糟蹋不了的修长双腿，全身上下都是令人觉得安心的居家男人的气息。

凉风里吹来一点初夏夜晚的花草香气，混杂着他身上沐浴乳的清爽味道，充满在她的鼻腔和胸腔里，恍惚好像这就是未来的生活一样。

“好了，有夜宵吃吗？”

冷不防被谢子修转头这么一问，颜苗如梦初醒，忙松开抓着他衣服的手，后退一步，“啊？”

谢子修挑起眉毛，“不是说，服务是包三餐连带夜宵的吗？”

“……哼。”

好在她及早做了准备，刚刚有从超市顺手买了速冻鱼丸。

连烧水煮鱼丸这么简单的工作，也要受到谢子修先生的亲自监督，颜苗觉得他真不是一般的作威作福。

水刚在锅里咕噜咕噜地烧开，手机就响了，颜苗一看那来电显示，忙对谢子修做了个“嘘”的手势，而后才接起来，“喂，哥……”

谢子修笑着接了手，掀起锅盖，往沸腾的水里放鱼丸和调料。

颜子清在一番惯例的嘘寒问暖之后，又问道：“那个谢子修，最近有没有做什么奇怪的事？”

颜苗心虚地说：“没有啊。”

“当然，我不想干涉太多。我们已经讨论过了，我会尊重你的判断和选择，只不过，防人之心不可无，你对他，还是得小心点。”

“嗯……”

她的胆量，只够她告诉颜子清她在跟谢子修交往而已——光是这样，就引发了若干次家庭战争，最后是加上杜维维的力量，她才好不容易勉强让兄长的情绪维持在稳定状态。

“其实都已经订婚了”这种话，短期内是万万不能说出口了，不然颜子清多半会昏过去。

而至于“谢子修现在在我家”什么的，那就更加影响世界和平了。

而此刻谢子修就站在她身后，连呼吸的动静都一清二楚。颜苗生怕他发出声音来会被哥哥听到，紧张之下，索性伸手牢牢地捂住他的嘴，以防万一。

谢子修在她的手掌之下挑了挑眉。

颜子清还在碎碎念道：“你要知道，男人是很危险的动物，不要随便让他到你家，你也不要去他家，总之呢，不要跟他在一个空间独处，要时刻记得保护自己，不可放松警惕。我教给你的那些防身术，都还记得吧？”

“……记得。”

这是防男朋友还是防贼呢？

“还有啊，不管他说什么甜言蜜语，许诺你什么，都不能让他占便宜，明白吗？男人为了达到那种目的，是什么手段都使得出来的。你千万不要低估男人的兽性啊，男人是靠不住的，都不是好东西！”

“……”他自己好像也是男的吧？

多方面引经据典地充分论证了“男人是洪水猛兽”这个观点之后，颜子清才意犹未尽地挂了电话。

颜苗总算能舒口气，把手拿开，因为捂得太久，她手心都出汗了，以至于在他脸上还留下一个汗津津的印子。

谢子修在这“被封口”的过程中相当的配合，一直没有反抗，也没有分辩，过后也只是微笑着敲了一敲碗筷，“鱼丸可以吃了。”

两人在小餐桌边上坐下来吃刚煮好的夜宵。飘着葱花的鱼丸汤冒着淡淡的香气，电视机小声地播放着老掉牙的节目，达尔文已经在颜苗铺好的垫子上睡着了，在睡梦中偶尔因为鱼丸的味道而扇一扇鼻翼。

虽然老哥说得那么吓人，但颜苗觉得，跟谢子修这样坐在一起的氛围其实很舒服，没有任何的不自在，或者不安全。

好像这样就是生活，或者，这样才是生活。

“吃完就该睡觉了吧。”

颜苗立刻打了个激灵。

“睡觉？”

谢子修站起身来，收拾了碗筷，“是啊，时间也不早了。”

“……”

谢子修把碗筷丢进水槽里，道：“你在客厅睡会不舒服，来卧室吧。”

“……”

“哦，我不会做什么，反正你的也是双人床，空间还是够的。”

“哼……”

颜子清刚刚都说了，孤男寡女，在一张床上睡觉，却什么都没发生的话，只有两种可能性，要么是女的丑到让人下不了手，要么就是男的生理有问题。

这两种情况……她当然都不希望啊。

见她不吭声，谢子修又说：“实在介意的话，那就你去卧室吧，我睡客厅。”

“不用啦，你付了房租啊。”

谢子修笑道：“你是女孩子。睡在卧室里才是应该的。”

“但是……”

“我不可能让我未婚妻睡在客厅，沙发我可以的，你就好好休息吧。”

“……嗯。”

谢子修对于同床这件事，居然一点都不再坚持了。颜子清传授的“如何和危险男性保持距离”大全，她一招都没用上，就轻易获胜。

这世界上，比被纠缠更糟的事情就是……完全没有被纠缠。

颜子清说的那些，男性的死缠烂打不达目的不罢休之类的特质，在谢子修身上压根就没体现出来嘛。

是谢子修太正人君子呢，还是她太没吸引力了？

不知道谢子修睡得如何，颜苗自己这一晚则是翻来覆去难以入眠。各种纠结的念头都在脑子里排着队争先恐后地跑过，最后变成了脸上的两个大黑眼圈。

从半夜起外面开始下雨，以至于天色一直未曾明亮过，颜苗趴在床头，借着窗帘缝隙透进来的微弱光线看床头的闹钟，现在是七点半。

上一次看的时候是七点十分。

唉，虽然赖在床上也是完全睡不着，唯一能做的事就是不停地看时间，但她就是不能起得太早，起码要有周末睡懒觉该有的样子嘛，不然谢子修就会发现她失眠。

在床上老母鸡孵蛋一样窝到中午，看看时间，总算是憋到功德圆满了，颜苗这才爬起来，步履蹒跚地推开卧室的门。

客厅里正在刷新闻的男人听见她的动静，便回头微笑道："早。"

"……早……"

都中午了，"早"都已经下班了吧。

谢子修端详了她一会儿，若有所思地道："昨晚没睡好？"

"没，很好呀！"

谢子修笑着隔空比画了下她的脸，"睡得好的脸不该是这样的。"

"还好啦……"颜苗遮遮掩掩的，"天气有点怪……"

谢子修笑道："是不是因为我不在你身边，所以睡得不安稳？"

"……"耍流氓！

进了浴室，往墙上的镜子里一看，颜苗自己都吓得倒退三步。

谢子修说她这副尊容只是"没睡好"，真是太客气了。

她这张睡到刘海倒竖、脸色蜡黄、面目浮肿的脸，加上旧衣服改造的松垮大睡衣，都被谢子修尽收眼底……

虽然说谢子修跟她初次见面的时候，她也是素面朝天，但像现在睡到脸都歪掉的重口味，给人的视觉冲击力会不会太大了？

谢子修应该会后悔到想退货吧？

颜苗对着镜子沮丧了一会儿，萎靡不振地一手牙刷，一手牙膏，对着一挤，却觉得手感不对。定睛一看，才发现她的牙刷上已经漂亮地铺了一条挤好的薄荷牙膏。

“……”

这种场景她以为只有电视跟小说里才会有，而现在居然身临其境！

她从来都没幻想过，能有那么一天，会有个男人早起帮她挤好牙膏。

而且那个男人还是一直照着一日三餐加夜宵的频率来欺压她的谢子修。

颜苗心如鹿撞地把头、脸洗刷干净，而后回到客厅。她这下变得耳聪目明了，一眼就看见了昨晚买的牛奶面包，它们都已经用微波炉处理过了，面包中还夹着煎蛋和西红柿切片，变成了简易三明治，新鲜热腾地摆在餐桌上。

颜苗这才想起来，貌似连昨晚的碗筷也是谢子修洗的。

房客一反常态地这么勤劳，让她这当房东的百思不得其解。

难道，谢子修想用这种行径来抵房租？

心情复杂地吃完“早点”，颜苗看了看窗外，依旧是阴雨霏霏的天气。

天空如此不作美，连出去逛逛都不方便。待在家里的话，要怎么来打发这一天的时间呢？

和谢子修一起在这狭小的空间里坐着，虽然需要面对的只是他的后脑勺，还有达尔文在桌子底下钻来钻去制造出的热闹动静，颜苗脸上渐渐地还是尴尬地发热。

这可恶的存在感！

谢子修突然放下遥控器，转过头来，问道：“对了，这里提供按摩服务吗？”

“……”

既然当了房东，那就要服务齐全。反正也不是没做过，她可是十八般武艺样样精通的全能秘书呢。

于是谢子修便脱了 T 恤，在她的凯蒂猫床单上舒展开身体趴着（沙发实在装不下他）。颜苗则憋足力气，连吃奶的劲都使出来了，恶狠狠地给他掐脖子、捏肩膀、捶背。

谢子修的肩膀宽阔结实，延展下来的脊背骨骼匀称，裹了一层厚薄得当的漂亮肌肉，看上去白皙，却又包含力量，窄而紧致的腰部线条往下延伸，没入裤腰里去。

慢慢地，颜苗就脸红起来了。

唉，她这么正直的人，居然也会失态于男色。

算了，不要再去管那什么宽肩细腰，只给他捏捏手脚，做点中老年保健，总不至于还会胡思乱想吧。

然而谢子修四肢修长，别说手，连脚都是，完全没有被鞋子挤压得变形或者磨出厚茧，脚背的皮肤白皙细薄，脚趾长而直，趾甲光洁，干净得很优雅。

颜苗沮丧地想，连男人的脚趾都觉得好看的自己，才真的是有问题吧。

按着按着，看谢子修那悠然惬意的姿态，颜苗就越来越气鼓鼓的。两个人，孤男寡女，一样是年轻气盛、血气方刚，凭什么他这么气定神闲，若无其事，只有她一个人在心神不宁呢。

再想起一直以来所受的欺压，新仇旧恨，颜苗就愤愤不平地开始猛捶他。

谢子修倒貌似很受用，安安稳稳地趴好了，任她各种蹂躏拍打。颜苗假公济私地折腾了他好一阵子，才愤愤然收工，“按摩结束。”

谢子修依旧趴着，只是抬起头来，懒洋洋地道：“哇，你这表现，实在有失水准啊。酒店里这样的服务质量，是会被炒鱿鱼的呢。”

“……”

“算了，我来示范一下真正的优质按摩服务吧。”

“……啊？！”

她在有生之年，竟然能享受得到谢子修的按摩？真的假的？

这回轮到颜苗趴在床上了，枕头上依稀还有谢子修的气味，若有似无地进到她的鼻腔里，身侧跪着谢子修，肩背上感觉得到他那手指的力量。

“你肩膀好紧，放松一点。”

她、她也希望能放松得下来啊。

“这两个地方是穴位，你记着，照这样，往两边用力去推，等下会舒服很多的。”

谢子修的口气和动作都很镇定，显得不为所动，没有丝毫心猿意马的样子，只稳稳当当地继续往下按捏。

“有没有觉得肌肉放松点了？”

“嗯……”

“我觉得……”

“嗯？”

“其实你应该注意一下平时的坐姿，有空可以去上上瑜伽课，免得颈椎和脊骨变形。”

“……”她的身材有没有那么糟啊，没吸引力就算了，还连颈椎和脊骨都快变形了？

亏得舒浣还一直说她的线条和皮肤很好，为什么谢子修就好像在帮一头牛按摩呢。

不管心情有多沮丧，在谢子修那娴熟的手法里，渐渐地，颜苗居然舒服地睡着了。

一梦过去，待得醒来的时候，睁开眼，视野里是谢子修沉睡的脸。

“……”

他居然也睡着了。

按摩到自己都偷懒打瞌睡的人，还敢批评她按摩得不尽职。

外面的雨已经停了，屋子里很安静，只有琐碎的窸窸窣窣的微小响动，还是达尔文弄出来的。连它都好像知道她这地方窄小老旧，架不住它的折腾，所以难得的安分，只在那儿专注地啃着一只倒霉的拖鞋。

这种静谧里，有窗外进来的，混杂了一点雨气的风的味道，还有谢子修身上淡淡的，和她一样的沐浴露的香气，很放松，也很安稳。

非常的舒服。

和谢子修在一起，哪怕是这样狭小的，很难容得下两个人加一条狗生活的小公寓，她都觉得好开心，虽然有点不自在、不习惯、不放心，但她很喜欢。

颜苗脑子里猛地响起“吱”的刹车声。

等等，这种要傻笑起来的幸福感是怎么回事？

自顾自活在自己的美梦里，是不行的呀。

颜苗勉强镇定了一下，用力拨去那层迷住心窍的迷雾，然后重新审视面前男人的脸。

要理性地看待和分析，千万不能为色相所迷惑啊……

唉，为什么越看只会越觉得帅呢。

颜苗终于把自己的理智丢出窗外，凑过去，偷偷亲了一下那薄薄的嘴唇。

只是这么一碰，就从嘴唇一直麻到了背上。

唉，触感真柔软，还带电的……

原来她真的是好色之徒。

只是偷了一个吻，就把她的色胆用完了，于是颜苗缩回去，闭上眼睛继续回味方才的成果。

冷不防嘴唇上一热，颜苗吓得差点弹起来，睁眼就见到谢子修朝她微微笑道：“礼尚往来。”

“……”

在她呆若木鸡之际，谢子修又亲了她一下，而后思索着，“哦，不对，应该说是，投我以木瓜，报之以琼琚。”

“……”

“或者，抛砖引玉？”

“……”少往自己脸上贴金了！

谢子修这回没再继续往自己脸上贴金，只是笑着往前一倾，贴住她的嘴唇。

仅仅是双唇碰触，而后辗转吮吸而已，甚至都谈不上什么情色气息，颜苗却像连魂魄都被吸过去了一样，不由自主地就抱住他的脖子。

不仅主动配合了，在短短的十来秒里，心跳还到了危险的地步，颜苗稍微回过一点神，就忙用手按着他的脸颊，勉强将他推开，结巴道："……我、我饿了。"

谢子修一挑嘴角，凑过来，微笑着咬住她的鼻子，"我也是。"

颜苗顿时大惊失色，"啊！我不是那个意思！"

"嗯？哪个意思？"

"我是指，我肚子真的很饿！"

谢子修挑起眉毛，"我也是啊。"

"……"

谢子修似笑非笑地道："你的思想是有多不纯洁啊。"

"……"

她有生之年，居然被谢子修这种人评价为"不纯洁"？

那不就跟被乌鸦笑她黑一样吗？

"说起来今天都还没用过正餐，我们换个衣服出去吃饭吧。"

一听见主人嘴里的"吃饭"两个字，达尔文就"嗖"地一声，子弹一样冲进卧室，把门都撞得嗡嗡发抖。

谢子修挠了挠达尔文的耳朵，"你就不用准备了，等我们打包好吃的回来给你。"

达尔文这回难得地不纠缠、不吵闹，很快又在卧室里找到了另一只可以啃的拖鞋，而后耐心地咬着它打着转转。

跟这个男人出去吃晚饭，颜苗当然是有必要穿得像样些的。但她就算有心仔细打扮，也没有那个时间和空间——谢子修必然是盯着秒针在等呢。

颜苗只好迅速扎个长马尾，套了件黑白条纹的修身长背心、米色蕾丝裙裤，再找了双镶铆钉的夹脚拖鞋。

在客厅里等着她的谢子修也穿得很简单——米色 T 恤、深灰牛仔裤，裤管略微挽起，跟她一样在底下踩了夹脚沙滩拖鞋。

她第一次看到这么随性的谢子修，随性得分外年轻，有种少年的味道。

谢子修打开房门，道：“走吧。”

“哦……”

“在这附近选家店吧，就不开车过去了？”

“行啊。”

能这样简单方便最好，她一直觉得那家人均消费五十九元的自助烧烤店，比动不动就两个人吃掉四位数的米其林三星餐厅的味道强多了，还不用神经紧张地讲究所谓的餐桌礼仪。

出了门，两人肩并肩走在路上。走了两步，谢子修便很自然地伸手过来，牵住她的手，十指相扣。

颜苗瞬间犹如被雷当头劈中了，大脑一片空白，多半是已经焦了，以至于剩下的路她都不知道是怎么走完的了。

烧烤店里很是热闹，需要等一会儿才能有他们的位置，等待的时间里颜苗就呆若木鸡地被他牵着手，满脸通红，不知所往。

一直到就座，谢子修都拉着她的手，取餐具的时候才放开，而后顺手抽出菜单给她。

“我去拿吧，你要吃什么？”

颜苗略微回过神来，又震惊了，“啊？”

居然不是指使她这任劳任怨的好秘书去跑腿？谢子修他没事吧？

谢子修一次不会拿太多食物，他是不喜欢浪费的人，但他显然也低估了颜苗的战斗力。

她左手烤右手吃，还能见缝插针地给肉翻个身刷个酱。两碟雪花牛肉、两碟牛肩肉、一碟生虾送上来，没两下就被消灭得精光。

颜苗在吃的时候从来都是很积极很欢脱的，尤其这还是自助餐，能吃进去多少就算赚了多少，她更是要不遗余力地放手一搏！

一直吃到需要扶墙才能站起来的地步，颜苗才心满意足地歇了下来，喘了口长气。

这时候她终于想到了坐在对面的未婚夫，问道：“呃，你吃饱了吗？”

他好像大部分时间都在往返于楼上的座位和楼下的食物台之间吧？

谢子修一手撑着下巴，微笑道：“当然。”

颜苗心虚地“哦”了一声，而后讪讪地道：“我、我去结账。”

她答应过提供包三餐服务的，谢子修也早已经把住宿费的现金放在了她的抽屉里，她理所当然地要负责房客的饮食。

谢子修也不阻止，说：“嗯，那你去吧。”

颜苗刚站起身，就见他从牛仔裤兜里取出他自己的钱包，递到她手里，“喏，拿着。”

颜苗莫名地道：“……啊？”

“你不是要去结账吗？”

颜苗在极度震惊之下，稀里糊涂地抓着谢子修的钱包就去了。

迟疑地抽出钞票来付钱的时候，颜苗越想越觉得没道理，谢子修不是最爱占她便宜、最爱揩她那可怜瘦弱的荷包的油吗？怎么会把自己的钱包塞给她去结账的？

而且，这和他以往的付钱请她吃饭，也不尽然相同。

这点微妙的、难以言述的感觉，究竟是什么呢？

末了又是谢子修牵了她的手，悠然地散步回家。

颜苗从刚才起，脑子里就闹哄哄地乱成一团，到如今，她也终于开始觉察出谢子修的不一样来了。

大体上来说，他还是那个谢子修，但似乎又不全是一直以来的那个谢子修，到底是什么地方不一样了呢？

回到家里，谢子修在墙角放下给达尔文带的狗食，达尔文就快乐地扑上去抱住食盆，从各个角度深情款款地啃起来。

虽然达尔文基本不怎么跟他们抢空间，但家里多了个人，未免拥挤到不堪，转个身就能撞上。

比如说吧，沙发就只有那么大。谢子修在上面躺着，颜苗要想在自己的老位置上坐下来看个电视的话，就只能选择一屁股坐在他脸上了。

颜苗正想着，便见谢子修抬起头来，腾出点位置，微笑着示意她坐过去。

“来。”

颜苗刚坐下来，他就顺势舒舒服服地把头枕在她腿上。

“……”也太会享受了吧。

这么当了一会儿人肉枕头，谢子修是躺得很惬意，她则是连耳朵都红了，只能说：“我、我困了。”

谢子修不假思索地道：“那就睡觉吧。”

“嗯。”

“对了，今晚我也在卧室睡吧。”

“……”

“我没别的意思。只是，说实话，不管是你还是我，长期这么在客厅睡下去，腰椎会出问题的。”

颜苗结巴道：“但、但是，我不习惯睡觉的时候旁边有人啊。”

谢子修笑道：“你总要习惯睡觉的时候身边有我的。”

“……”

“你已经答应我的求婚了，以后是要在一个屋檐下共同生活的，不是吗？”

“……”

到了就寝时间，颜苗小心翼翼地爬上床，谢子修也只在另一侧规规矩矩地躺着，很放松的姿势。

颜苗有些紧张，但躺下来之前还是关了灯，而后说了声晚安。

黑暗里感觉得到谢子修凑过来，伸出胳膊从背后轻轻抱住她。他给予的是简单的拥抱，没什么调情的意味，而后在她脸颊上亲了一下。

“晚安。”

只是这样一个浅浅的亲吻，颜苗一下子就满脸通红了。

然后这一个两人并肩而眠的晚上……

什么都没发生。

“早安。”

“……早安。”

看着谢子修起身去洗漱，颜苗真是郁闷到无以复加的地步。

不是据说，孤男寡女在一张床上睡觉，却什么都没发生的话，要么是女的丑到让人下不了手，要么就是男的生理有问题吗？

别说发生什么了，谢子修连毛手毛脚都没有，从头到尾都是正人君子的典范、楷模、榜样！相比之下她才是一肚子不良心思的那个人呢。

但谢子修是正人君子的可能性，远比她长得不堪入目的可能性更小吧。

颜苗只能沮丧地自我反省，多半是她穿得不够吸引人。上班职业女装，谢子修看腻了，居家休闲装，他显然没兴趣。

于是在卧室里更换出门的衣服的时候，颜苗从衣柜里挑了条跟舒浣一起买的，英伦学院风配色的连衣裙。

裙子是藏蓝底色，细红白条纹镶边，一眼上去很有种清纯的学生气，而偏偏前后又都是大 V 领、小飞袖，不动声色地凸显身材的细腻柔软的面料，配上垂坠感相当的好，刚好遮住大腿的裙摆，上下都露得恰到好处，很是天真的性感。

颜苗对着镜子检查了一遍，确认这裙子是合身的、漂亮的、万无一失的，这才吸了口气，推开卧室的门。

谢子修在客厅等着她一起上街，转头见了她，直接“噗”地一口茶喷了出来。

“……”

不等颜苗做出反应，他已经站起身来了，连连摆手，“不行不行，绝对不行。”

“……”

“不能这么穿，完全不行。”

“为什么不行？”

谢子修咳了一声，面露难色，而后说：“不合适。”

“……”

颜苗回去卧室，迅速换了朴素无比的 T 恤牛仔裤，而后出来，“这样合适了吧？”

谢子修说：“当然。”

“嗯，那走吧。”

谢子修又咳了一声，“稍等一下吧，等我，把这茶喝完。”

“嗯。”

颜苗一直低着头，脸上还是火辣辣的，那一口茶就像直接喷在她脸上似的。

谢子修到底喜欢她什么呢?

甚至，他真的是喜欢她的吗?

对谢子修而言，她了无吸引力，连在一张床上过夜都不会有事；而她企图色诱他，得到的评价也只是“不合适”。

他选择她的意义究竟在哪里呢?

因为她好欺负，任劳任怨，等于得一个保姆兼钟点工，而且对他死心塌地、不离不弃，绝对不会给他绿帽子戴?

杜维维那样过于美艳和优秀的，他大概是一朝被蛇咬，十年怕井绳，所以就选一个她这样的平凡姑娘，求个心安?

“为什么向我求婚呢？”——这句话，这段时间以来，在她心里想过千百遍，只是一直不敢问出口而已。

她怕谢子修答不出来，或者含糊其辞，或者给出她所害怕的答案。

只是她心底一直存着那种积累到了最高点的，让人呼吸困难的不安。

谢子修收了笑容，低下头端详她的表情，问：“怎么了？”

“没什么。”

“你不开心？”

“没有。”

谢子修伸手撩起她的刘海，手掌覆在她额头上，“不舒服？”

“……都没有。”

谢子修也就不再问了，只把她的脸捧着，看着她。

颜苗知道自己在那像是能看透一切的注视下，已经没出息地红了眼圈、红了鼻子，然后连鼻涕都要出来了。

可恶啊，还能更狼狈、更软弱一点吗?

这时候她应该是一拳把谢子修打飞，然后一脚踩在他身上，恶狠狠地质问“你给我说清楚”才对吧。

静默了一会儿，谢子修挑起眉毛，“说吧，你不是最坦白的吗？”

“……”

“有事隐瞒也是要扣奖金的。”

“……”

颜苗过了一阵，才能清清嗓子，开口说：“你为什么，要向我求婚呢？”

谢子修明显愣了一愣，“啊”了一声。

“你是真心要求婚的吗？”

“……”

“你喜欢我哪里呢？”

如果谢子修说什么“喜欢你的内在，喜欢你的灵魂”之类敷衍的话，她可能真的会忍不住揍他的。

幸而谢子修只是皱眉反问道：“为什么这么问？”

“别的我是不知道，但是，喜欢一个人，两性吸引，不是最基本的吗？既然我对你根本没任何吸引力，连睡在一张床上都不会出事，那你不觉得，其实我并不是你需要的那个人吗？”

谢子修过了一阵子，才神色复杂地说：“所以说，你是希望能出事？”

颜苗屈辱得简直要飙泪了，“我没那么说！”

谢子修长长地出了一口气，而后微笑道：“其实你哥哥说得很对，男人都是感官动物，只是外面有一层人皮而已。”

“……”

“只不过我的人皮质量比较好一点，比较耐用持久……而且我不想一下子把你吓跑。”

“……”

谢子修又是微微一笑，“你真想知道你自己的吸引力？”

颜苗在他那似邪非正的笑容里，还没来得及发起抖来，就突然腾空而起，被他一把扛在了肩膀上。

“……”

达尔文大概觉得这是一个很好的游戏的开始，于是乐颠颠地跟着进了卧室。谢子修把正乱七八糟地扑腾的颜苗放在床上，而后转头道：“达尔文，乖，今天你先出去。”

达尔文失望地摇着尾巴，看着床上明明就在纠缠不清的两个人，一副“为什么又不带我玩”的表情。

谢子修笑道：“你乖的话，很快就会有很可爱的小朋友陪你玩了，你不是最喜欢的吗？”

达尔文真的怀着幸福的憧憬，欢乐地跑出去了。

留下颜苗在那儿几乎气绝身亡，“哪来的小朋友，你又骗它，你……”

“嗯？我没骗它。”

“……我杀了你！”

当达尔文在客厅抱着“等下家里会有个小朋友”的美好的梦想，和一团卷纸玩游戏的时候，卧室里的两个人还在拉锯战。

“你热吗？”

颜苗已经挣扎出了一身的汗，气喘吁吁地道：“很热……”

“那帮你把衣服脱了吧。”

颜苗忙紧紧地抓住自己的衣领，“不，我一点都不热，我很冷！”

“冷吗？那我抱着你好了。”

“……”

令达尔文沮丧的是，当主人打开卧室门的时候，并没有什么小朋友出现，他怀里还是只有颜苗而已。

说好的小朋友呢？！

可惜它哀怨地绕着两人的脚打转转的心声，无人能懂。

颜苗一直用手捂着脸，她实在没脸面对达尔文那么纯真的眼神。

为什么这么纯真的拉布拉多的主人，会那么无赖呢？

“为什么你要向我求婚呢？”

谢子修像是有些意外，“你真不知道？”

“嗯。”

谢子修笑道：“因为想你成为谢太太啊。”

“……”

这回答的逻辑貌似不太对呀。

谢子修正色道：“我向你求婚的原因，和你答应我求婚的原因，是一样的。”

“……”

“就这么简单。”

“……”

“你明白吗？”

颜苗依旧捂着脸，除了觉得没脸见人之外，也是因为她的脸颊实在太烫了。

而后她听得谢子修说：“对了，我们这算是正式同居过了……”

“……”

“我的钱包你也拿着了，家用也放在抽屉里了。”

“……”

“当掌握财政大权的谢太太的感觉，还不错吧？”

“……”

“那就找个时间把结婚手续办了吧。”

“……啊！”

“嗯？你很惊讶吗？我们这都孤男寡女共处一室了，不赶紧结婚的话，传出去我的名誉怎么办？”

“……”他有名誉吗？

“总之你是要负责的，不然你就得支付我的精神损失费、名誉损失费，当然还有肉体损失费，一共是……”

“……啊！”这比她赚到的房租可要贵多了！

颜苗一边欲哭无泪一边想：陷阱，这从头到尾就是个陷阱，她再也不要跟谢子修这种奸商做生意了！

番外二

恋爱阵线联萌

虽然谢子修一副“已是既成事实了，请不要始乱终弃”的模样，在她面前晃来晃去，还一本正经地提醒她该自觉地把彼此的关系上升到法律层面，给他一个名分，但结婚的事还是迟迟未能提上日程。

毕竟颜苗凑不出那个胆子跟她哥说啊。

光是和谢子修交往，颜子清就已经如临大敌，痛心疾首了。每日苦口婆心，循循善诱，恨不得妹妹一觉醒来能醍醐灌顶，幡然醒悟，赶紧把谢子修踹了，换个靠谱的新男友。

男朋友这身份都还没能得到官方认证，突然就说要结婚？

这好比打个游戏，副本入口的门神都还没砍倒，就想着去打关底的大BOSS。越级挑战，仿佛嫌自己头太硬。

人家提亲是要钱，谢子修提亲，那是要命啊。

这天周末，两人在家煮了晚饭，吃过以后，颜苗切水果，谢子修洗碗，达尔文把垃圾叼去楼下扔，而后两人挤在沙发里打游戏，达尔文趴在脚边观战。

谢子修买了新出的游戏机，为了能流畅地享受游戏，顺便把家里电视也换了，然后因为这样和那样的搭配，窗帘也换了，茶几也换了，连床都换了。颜苗没什么理由反对——毕竟房客只要肯自己出资的话，还是有置换家具的权利的。

反正她把旧电视挂咸鱼上卖二手，也回收了几十块，稳赚不亏。

奇怪的是谢子修对狭小的双人沙发倒没什么意见，一点也不嫌挤得难受。

正抱着 PS4 手柄一通按，突然手机铃声响起，颜苗看了一眼，转头严肃道：“是我哥。”

谢子修立刻默契地进入静音模式。

颜苗先心虚地清了一下嗓子：“喂，哥……”

“苗苗啊，那个谢子修……”

颜苗和谢子修对视了一眼。

开始了开始了。

颜子清每次打来都要例行大说一通谢子修的坏话，这电话漏音效果还挺强的，相当于全程直播，谢子修在旁边听得面不改色，泰然自若，也不能不说是种功力。

“对了，”一番语重心长的力劝分手之后，颜子清又说，“今天我跟维维出来吃饭，打包了两道特别好的菜，等下给你送过去。”

颜苗立刻说：“不用不用！”

“跟哥客气什么，餐厅离你家不远，挺顺路的，我车马上就到你家楼下了，”颜子清愧疚道，“这阵子忙，都没来看你，等下我们把菜给你拎上去，顺便坐会儿……”

颜苗不由得汗毛倒竖：“哥，开车打电话不安全的，要不还是先挂了吧！”

“别担心，是你嫂子在开车。”

“……”

颜苗只得边敷衍地讲着电话，边拼命用眼神和手势指挥谢子修把各种“罪证”藏起来。

沙发上、房间里的谢子修的衣服全卷起来一股脑儿塞进衣柜，桌上的杯子只能留一个，洗手间里的牙刷、牙杯、各种男士护理品都一把扔进了抽屉。

只要颜子清不打开柜子的话，基本上发现不了什么。

现在只剩下最大的问题了——谢子修本人。

“我们到你家楼下了啊，我先挂了。”

“……”

这时候让谢子修下楼已经来不及了，如何大变活人呢？

颜苗盯着谢子修，双眼冒火，恨不能把他折叠起来藏进行李箱里，或者塞床底下，或者关衣橱里。

还没想好地方，门铃已经响了，颜苗只得边尽量放慢脚步，磨磨蹭蹭朝门口走，边冲谢子修小声喊：“躲进洗手间！”

待开了门，颜子清带着杜维维一进来，便向妻子夸奖道：“你看这收拾得多好啊，又整洁、又温馨，我妹妹就是会过日子。”

见有客人，达尔文赶紧敌我不分地跑上来示好。

颜子清低头道：“哦，最近还养狗了啊？挺可爱的。”

杜维维瞧了它一会儿：“这不是那谁的狗吗？达尔文？”

被叫到名字，达尔文立刻快乐地摇着尾巴。

颜苗只得说：“谢子修最近有点不方便，我先帮忙照看一阵子。”

颜子清甚是不满：“什么男人，连狗都不自己养！”

“哈……”

将餐盒放下，颜子清在屋子里打量了一番，颇为欣慰：“换电视了啊，还买了PS4。苗苗你总算肯花钱对自己好点了。玩的什么游戏？我看看——”

颜苗不由得虎躯一震。幸而谢子修十分机敏，刚才已经眼疾手快地把游戏机关了，连手柄也藏了一个，没让他们发现玩的是双人模式。

她很怕颜子清突然兴致大发，手痒想玩个几局，那谢子修就得在洗手间坐到石化了。

“哥，你看起来好像很累的样子，你们要不要早点回去休息？”

杜维维瞧着她：“子清最近加班，都没在家睡过一场整觉，难得有空，就惦记着来看看你。怎么着，你这是赶人吗？”

在杜维维面前她气势一直都很弱，此刻更是连脸上那点强颜欢笑都僵化了：“不不不，我就是怕我哥休息不够。那、那你们坐，我去给你们泡茶。”

“你脸怎么了，”杜维维说，“笑得怎么那么硬啊，玻尿酸打多了？”

“怎么可能？我妹是那种人吗？”颜子清说，“她能舍得那个钱？”

“……”

颜苗把花茶端过来，刚倒上两杯，颜子清说：“我先去洗个手。”

颜苗还没反应过来，他已径自走过去打开洗手间的门，颜苗来不及阻止，不由得大叫一声。

颜子清猝不及防，被她叫得猛然一哆嗦：“怎么了？”

开了门的洗手间里空无一人。

颜苗惊魂未定，说：“哦，我、我好像看到了蟑螂。”

“有蟑螂？”颜子清立刻严肃起来，“有一只，就代表有一窝，这个忽视不得。明天我给你买些蟑螂饵胶寄过来，把屋子角落都点上。”

颜苗边敷衍道：“应该是看错了……”边想着谢子修到底上哪儿去了，隐形了吗？还是从下水道把自己冲走了？

之后的寒暄闲聊里，她明显开始反应迟钝，心不在焉，满脑子都在想着人间蒸发了的谢子修。

“苗苗你累了吗？”

颜苗精神恍惚道：“还好……”

颜子清说：“那早点休息吧，哥不打扰你了，菜给你放冰箱，吃的时候用微波炉热一下就很香了，吃了好好睡一觉啊。”

“哦……”

颜子清往窗边看了一眼，突然站起身，而后说：“那我们走了啊。”

“嗯。”

“你也别送了。”

“哎？”

他嘴里说着告辞的话，却并不往门边走，反而蹑手蹑脚，朝着拉上了窗帘的阳台方向靠近。

“你……”

颜子清朝他们做了个“嘘”的手势，而后猛然一把扯开窗帘。

窗帘后面赫然站着个男人。

杜维维吓得大叫了一声。

颜苗一脸懵。

谢子修一脸无辜。

面对三人的围观，谢子修淡定道：“你好。”

颜子清一副眼里要射出火来的样子：“哪儿好？”

这真是仇人相见，分外眼红。

“你怎么会在这儿？你躲在这儿想干什么？”颜子清掏出手机，“我报警了啊！”

杜维维一瞬间的惊吓过去了，在旁边劝自己丈夫：“你不就是警察吗？亲爱的。”

“……”

谢子修说：“我只是在我女朋友家的窗帘后面站一站，有那么严重吗？不违法吧。”

“你这么鬼鬼祟祟的，能有什么好事？藏的什么心？是不是想祸害我妹？啊？”颜子清怒道，“我妹就不该跟你这种人来往！”

场面一时控制不住，谢子修倒是挺冷静，也不打算跟脸红脖子粗的未来大舅哥相争，只说：“我还是先出去吧。”

颜子清一把扯住他的领子：“想跑？”

达尔文“汪”地一下冲上来，竖起了尾巴。

谢子修道：“这倒没有。不过如果你想跟我在这里打起来，也不合适吧。这是颜苗的家，要把这儿弄得一团糟，多少考虑一下她的意愿。你得问问她想不想我们在这里解决问题。”

颜苗：“……”

一时间大家都看向她。

她在这些目光里，看看满脸通红的颜子清，又看看一脸平静的谢子修，有点不知所措。

这时候和稀泥是和不了的，她必须得表达立场了，不然难道还真的让他们出去打一架啊。

问题是她该帮谁？

先安抚情绪激动的哥哥吗？

她想起平常谢子修听着电话里对他从头到脚的批评，从来不反驳什么，想起他二话不说就配合自己的指令，做贼一样东躲西藏。

仿佛他真的无所谓，真的没有脾气，也真的不会受伤。

颜苗说："哥。"

"……"

"其实，我跟谢子修要结婚了。"

室内突然一片寂静，没有人再出声，仿佛这屋里被原子弹轰过了一样。

三个人都看着她，一脸的震惊。

颜子清半天才道："你说什么？"

"我们之前就订了婚，"颜苗勇敢地说，"目前正在同居。"

"……"

颜子清一瞬间仿佛血管爆了，眼睛都快要翻过去了，要说点什么，抖着嘴唇却说不出来。

杜维维冷静地给他拍背顺气："亲爱的，别气啊，成年人嘛，交往一段时间打算结婚很正常的。"

颜子清勉强缓过来，颜苗又说："生米都煮成熟饭了。"

颜子清的眼睛又一次快要翻过去了。

杜维维扶着他在椅子上坐下，道："哎哟，颜苗，你非得这么直接吗，虽然我是觉得没什么问题啦，但拜托你也考虑一下你哥的血压好吧？中年男人很脆弱的。"

"……"

颜苗说："哥，我知道短时间内你不容易接受这件事。虽然你不喜欢他，他有很多地方令你不满意，但我还是不会跟他分手的。"

"……"

“和他交往，这本身就不是一个随便做出来的决定，所以也不会轻易分手。感情不是那么儿戏的，对吗？我是认真考虑以后才确定自己想要的人是他。没有被骗，也不轻率。请你相信我。”

颜子清终于镇定下来了，过了一阵，才低声道：“我不是不相信你，我是不相信他。”

“但我相信他啊，因为我了解他，而你不同，”颜苗说，“我不要求你去了解他，但我希望你也相信我的眼光。”

颜子清苦笑道：“你一个涉世未深的小孩子，跟这种老奸巨猾的花花公子谈了解……”

老奸巨猾的谢子修没作声，只抬了抬眉毛。

“我不是小孩子了，我一直有自己的判断力，”颜苗道，“我从没交往过渣男，从没看错过人，不是吗？”

“是没有！但你交过男朋友吗？你喜欢过谁吗？！”颜子清说，“你在这之前压根儿就没喜欢过谁，你一点经验都没有！谈什么判断力呢？！”

杜维维说：“唉，别激动啊，喝点茶，冷静一下。”

颜苗说：“我有啊。在他之前，我喜欢过你。”

颜子清“噗”地把一口茶全喷在茶几上了。

“你就是好男人，不是吗？”颜苗理直气壮，“这也证明了我的眼光。”

颜子清今晚连着遭受了两个致命冲击，血压再也下不去，这会儿完全说不出话来了。

房间里鸦雀无声，气氛一度十分尴尬。

还是杜维维先开口：“说来，谢子修跟你求过婚了吧，戒指什么样，给我瞧瞧他的品位。”

颜苗也不藏着掖着了，反正颜子清已经魂飞魄散，不差这点冲击了，于是她坦荡地展示了那枚梵克雅宝的蓝宝石带钻戒指。

“不错啊！这眼光可以，”杜维维由衷地赞叹，而后立刻又对身边的颜子清补充道，“当然你送我的那枚更好看。”

“……”

送走了颜子清夫妇，家里又只剩下两人一狗。

谢子修看着她。

颜苗说：“……我去把那菜热一热，我们当夜宵吃了？”

“不解释一下吗？”

“啥？”

“刚才你的那番话。”

“……”

“我们好像之前都没针对这个问题沟通过，”谢子修道，“突然听你对颜子清那么说，我也挺意外的，导致有点没听清。要不你再说一遍？”

“说啥啊，”颜苗恼羞成怒，“没听清就算了。”

“再说一遍嘛，我耳朵不好使。”

“耳朵用不上，可以捐给有需要的人！”颜苗说，“我去热菜了！”

她在厨房乒乒乓乓地开关着微波炉，而后听到谢子修在身后用微笑的声音说：“我很高兴。”

“……”

“你这样维护我。”

“……”

“其实这超出我的预期了，”谢子修道，“我一直觉得，你哥那边的问题，该由我自己去解决。毕竟我是男人嘛。”

“……”

“但能被老婆保护，感觉也是很好呢。出奇地好，比想象的还好。”

“……”

“简直都想吃软饭了。”

“不要脸。”

不管厨房里的气氛怎么样，等在门口的达尔文反正是非常快乐，因为它已经闻到了酥炸排骨的香气呢。